U0910436

朱自清
散文精选集

回眸经典·名家必读

朱自清◎著

山西出版传媒集团
山西人民出版社

图书在版编目(CIP)数据

朱自清散文精选集 / 朱自清著. —太原 : 山西人民出版社, 2019.11

(回眸经典 · 名家必读)

ISBN 978-7-203-11086-6

Ⅰ. ①朱…　Ⅱ. ①朱…　Ⅲ. ①散文集－中国－现代 Ⅳ. ①I266

中国版本图书馆 CIP 数据核字(2019)第 223645 号

朱自清散文精选集

著　　者: 朱自清
责任编辑: 秦继华
复　　审: 赵虹霞
终　　审: 姚　军
装帧设计: 老　刀

出 版 者: 山西出版传媒集团 · 山西人民出版社
地　　址: 太原市建设南路 21 号
邮　　编: 030012
发行营销: 0351—4922220　4955996　4956039　4922127(传真)
天猫官网: https://sxrmcbs.tmall.com　电　　话: 0351—4922159
E－mail: sxskcb@163.com　发行部
sxskcb@126.com　总编室
网　　址: www.sxskcb.com

经 销 者: 山西出版传媒集团 · 山西人民出版社
承 印 厂: 凯德印刷(天津)有限公司

开　　本: 655mm × 965mm　1/16
印　　张: 19
字　　数: 240 千字
印　　数: 1—4000 册
版　　次: 2020 年 1 月　第 1 版
印　　次: 2020 年 1 月　第 1 次印刷
书　　号: ISBN 978-7-203-11086-6
定　　价: 49.80 元

目　录

低级趣味

从前论人物，论诗文，常用雅俗两个词来分别。有所谓雅致，有所谓俗气。雅该原是都雅，都是城市，这个雅就是成都人说的“苏气”。俗该原是鄙俗，鄙是乡野，这个俗就是普通话里的“土气”。城里人大方，乡下人小样，雅俗的分别就在这里。引申起来又有文雅，古雅，闲雅，淡雅，等等。例如说话有书卷气是文雅，客厅里摆设些古董是古雅，临事从容不迫是闲雅，打扮素净是淡雅。那么，粗话村话就是俗，美女月份牌就是俗，忙着开会应酬就是俗，重重的胭脂厚厚的粉就是俗。人如此，诗文也如此。

雅俗由于教养。城里人生活优裕的多些，他们教养好，见闻多，乡下人自然比不上。雅俗却不是呆板的。教养高可以化俗为雅。宋代诗人如苏东坡，诗里虽然用了俗词俗语，却新鲜有意思，正是淡雅一路。教养不到家而要附庸风雅，就不免做作，不能自然。从前那些斗方名士终于“雅得这样俗”，就在此。苏东坡常笑话某些和尚的诗有蔬笋气，有酸馅气。蔬笋气，酸馅气不能不算俗气。用力去写清苦求淡雅，倒不能脱俗了。雅俗是人品，也是诗文品，称为雅致，称为俗气，这“致”和“气”正指自然流露，做作不得。虽是自然流露，却非自然生成。天生的雅骨，天生的俗骨其实都没有，看生在什么人家罢了。

现在讲平等不大说什么雅俗了，却有了低级趣味这一个语。从前雅俗对峙，但是称人雅的时候多，骂人俗的时候少。现在有低级趣味，却不说高级趣味，更不敢说高等趣味。因为高等华人成了骂人的话，高得那么低，谁还敢说高等趣味！再说趣味这词也带上了刺儿，单讲趣味就不免低级，那么说高级趣味岂不自相矛盾？但是趣味究竟还和低级趣味不一样。“低级趣味”很像是日本名词，现在用在文艺批评上，似乎是指两类作品而言。一类是色情的作品，一类是玩笑的作品。

色情的作品引诱读者纵欲，不是一种“无关心”的态度，所以是低级。可是带有色情的成分而表现着灵肉冲突的，却当别论。因为灵肉冲突是人生的根本课题，作者只要认真在写灵肉冲突，而不像历来的猥亵小说在头尾装上一套劝善惩恶的话做幌子，那就虽然有些放纵，也还可以原谅。玩笑的作品油嘴滑舌，像在做双簧说相声，这种作者成了小丑，成了帮闲，有别人，没自己。他们笔底下的人生是那么轻飘飘的，所谓骨头没有四两重。这个可跟真正的幽默不同。真正的幽默含有对人生的批评，这种油嘴滑舌的玩笑，只是不择手段打哈哈罢了。这两类作品都只是迎合一般人的低级趣味来骗钱花的。

与低级趣味对峙着的是纯正严肃。我们可以说趣味纯正，但是说严肃却说态度严肃，态度比趣味要广大些。单讲趣味似乎总有点轻飘飘的；说趣味纯正却大不一样。纯就是不杂；写作或阅读都不杂有什么实际目的，只取“无关心”的态度，就是纯。正是正经，认真，也就是严肃。严肃和真的幽默并不冲突，例如《阿Q正传》；而这种幽默也是纯正的趣味。色情的和玩笑的作品都不纯正，不严肃，所以是低级趣味。

憎

我生平怕看见干笑，听见敷衍的话；更怕冰搁着的脸和冷淡的言词，看了，听了，心里便会发抖。至于残酷的佯笑，强烈的揶揄，那简直要我全身都痉挛般掣动了。在一般看惯、听惯、老于世故的前辈们，这些原都是“家常便饭”，很用不着大惊小怪地去张扬；但如我这样一个阅历未深的人，神经自然容易激动些，又痴心渴望着爱与和平，所以便不免有些变态。平常人可以随随便便过去的，我不幸竟是不能；因此增加了好些苦恼，减却了好些“生力”。——这真所谓“自作孽”了！

前月我走过北火车站附近。马路上横躺着一个人：微侧着蜷曲的身子。脸被一破芦苇遮了，不曾看见；穿着黑布夹袄，垢腻的淡青的衬里，从一处处不规则地显露，白斜纹的单袴，受了尘秽底沾染，早已变成灰色；双足是赤着，脚底满涂着泥土，脚面满积着尘垢，皮上却绉着网一般的细纹，映在太阳里，闪闪有光。这显然是一个劳动者底尸体了。一个不相干的人死了，原是极平凡的事；况是一个不相干又不相干的劳动者呢？所以围着看的虽有十余人，却都好奇地睁着眼，脸上的筋肉也都冷静而弛缓。我给周遭的冷淡噤住了；但因为我的老脾气，终于茫漠地想着：他的一生是完了；但于他曾有什么价值呢？他的死，自然，不自然呢？上海像他这样人，知道有多少？像他这样死的，知道一日里又有多少？再推到全世界呢？……这不免引起我对于人类运命的一种杞忧了！但是思想忽然转向，何以那些看闲的，于这一个同伴底死如此冷淡呢？倘然死的是他们的兄弟，朋友，或相识者，他们将必哀哭切齿，至少也必惊惶；这个不识者，在他们却是无关得失的，所以便漠然了？但是，果然无关得失么？“叫天子一声叫”，尚能“撕去我一缕神经”，一个同伴悲惨的死，果然无关得失么？一人生在世，倘只有极少极少的所谓得失相关者顾念着，岂不是太孤寂又太狭隘了么？狭隘，孤寂的人间，哪里有善良的生活！唉！我不愿再往下想了！

这便是遍满现世间的“漠视”了。我有一个中学同班的同学。他在高等学校毕了业；今年恰巧和我同事。我们有四五年不见面，不通信了；相见时我很高兴，滔滔汩汩地向他说知别后的情形；称呼他的号，和在中学时一样。他只支持着同样的微笑听着。听完了，仍旧支持那微笑，只用极简单的话说明他中学毕业后的事，又称了我几声“先生”。我起初不曾留意，陡然发见那干涸的微笑，心里先有些怯了；接着便是那机器榨出来的几句话和“敬而远之”的一声声的“先生”，我全身都不自在起来；热烈的想望早冰结在心坎里！可是到底鼓勇说了这一句话：“请不要这样称呼罢；我们是同班的同学哩！”他却笑着不理会，只含糊应了一回；另一个“先生”早又从他嘴里送出了！我再不能开口，只蜷缩在椅子里，眼望着他。他觉得有些奇怪，起身，鞠躬，告辞。我点了头，让他走了。这时羞愧充满在我心里；世界上有什么东西在我身上，使人弃我如敝屣呢？

约莫两星期前，我从大马路搭电车到车站。半路上上来一个魁梧奇伟的华捕。他背着手直挺挺的靠在电车中间的转动机（？）上。穿着青布制服，戴着红缨凉帽，蓝的绑腿，黑的厚重的皮鞋：这都和他别的同伴一样。另有他的一张粗黑的盾形的脸，在那脸上表现出他自己的特色。在那脸，嘴上是抿了，两眼直看着前面，筋肉像浓霜后的大地一般冷重；一切有这样地严肃，我几乎疑惑那是黑的石像哩！从他上车，我端详了好久，总不见那脸上有一丝的颤动；我忽然感到一种压迫的感觉，仿佛有人用一条厚棉被连头夹脑紧紧地捆了我一般，呼吸便渐渐地低迫促了。那时电车停了；再开的时候，从车后匆匆跑来一个贫妇。伊有褴褛的古旧的浑沌色的竹布长袖和袴；跑时只是用两只小脚向前挣扎，蓬蓬的黄发纵横地飘拂着；瘦黑多皱襞的脸上，闪烁着两个热望的眼珠，嘴唇不住地开合——自然是喘息了。伊大概有紧要的事，想搭乘电车。来得慢了，捏捉着车上的铁柱。早又被他从伊手里滑去；于是伊只有踉踉跄跄退下了！这时那位华捕忽然出我意外，赫然地笑了；他看着拙笨的伊，叫道：“哦——呵！”他颊上，眼旁，霜浓的筋肉都开始显出匀称的皱纹；两眼细而润泽，不似先前的枯燥；嘴是裂开了，露出两个灿灿的金牙和一色洁白的大齿；他身体的姿势似乎也因此变动了些。他的笑虽然暂时地将我从冷漠里解放；但一刹那间，空虚之感又使我几乎要被身份的大气压扁！因为从那笑底貌和声里，我锋利地感着一切的骄傲，狡猾，侮辱，残忍；只要有“爱底心”，“和平底光芒”的，谁底全部神经能不被痉挛般掣动着呢？

这便是遍满现世间的“蔑视”了。我今年春间，不自量力，去任某校教务主任。同事们多是我的熟人，但我于他们，却几乎是个完全的生人；我遍尝漠视和漠视底滋味，感到莫名的孤寂！那时第一难事是拟订日课表。因了师生们关系底复杂，校长交来三十余条件；经验缺乏、脑筋简单的我，真是无所措手足！挣揣了五六天工夫，好容易勉强凑成了。却有一位在别校兼课的，资望深重的先生，因为有几天午后的第一课和别校午前的第四课衔接，两校相距太远，又要回家吃饭，有些赶不及，便大不满意。他这兼课情形，我本不知，校长先生底条件里，也未开入；课表中不能顾到，似乎也“情有可原”。但这位先生向来是面若冰霜，气如虹盛；他的字典里大约是没有“恕”字的，于是挑战底信来了，说什么“既难枵腹，又无汽车；如何设法，还希见告”！我当时受了这意外的，滥发的，冷酷的讽刺，极为难受；正是满肚皮冤枉，没申诉处，我并未曾有一些开罪于他，他却为何待我如仇敌呢？我便写一信复他，自己略略辩解；对于他的态度，表示十分的遗憾：我说若以他的失当的谴责，便该不理这事，可是因为向学校的责任，我终于给他设法了。他接信后，“上诉”于校长先生。校长先生请我去和他对质。狡黠的复仇的微笑在他脸上，正和有毒的菌类显着光怪陆离的彩色一般。他极力说得慢些，说低些：“为什么说‘便该不理’呢？课表岂是‘钦定’的么？——若说态度，该怎样啊！许要用‘请愿’罢？”这里每一个字便像一把利剑，缓缓地，但是深深地，刺入我心里！——他完全胜利，脸上换了愉快的微笑，侮蔑地看着默了的我，我不能再支持，立刻辞了职回去。

这便是遍满现世间的“敌视”了。

1921 年 11 月 4 日

歌声

昨晚中西音乐歌舞大会里“中西丝竹和唱”的三曲清歌，真令我神迷心醉了。

仿佛一个暮春的早晨，霏霏的毛雨默然洒在我脸上，引起润泽，轻松的感觉。新鲜的微风吹动我的衣袂，像爱人的鼻息吹着我的手一样。我立的一条白矾石的甬道上，经了那细雨，正如涂了一层薄薄的乳油；踏着只觉越发滑腻可爱了。

这是在花园里。群花都还做她们的清梦。那微雨偷偷洗去她们的尘垢，她们的甜软的光泽便自焕发了。在那被洗去的浮艳下，我能看到她们在有日光时所深藏着的恬静的红，冷落的紫，和苦笑的白与绿。以前锦绣般在我眼前的，现有都带了黯淡的颜色。——是愁着芳春的销歇么？是感着芳春的困倦么？

大约也因那濛濛的雨，园里没了浓郁的香气。涓涓的东风只吹来一缕缕饿了似的花香；夹带着些潮湿的草丛的气息和泥土的滋味。园外田亩和沼泽里，又时时送过些新插的秧，少壮的麦，和成荫的柳树的清新的蒸气。这些虽非甜美，却能强烈地刺激我的鼻观，使我有愉快的倦怠之感。

看啊，那都是歌中所有的：我用耳，也用眼，鼻，舌，身，听着；也用心唱着。我终于被一种健康的麻痹袭取了。于是为歌所有。此后只由歌独自唱着，听着；世界上便只有歌声了。

1921 年 11 月 3 日，上海。

旅行杂记

这次中华教育改进社在南京开第三届年会，我也想观观光；故“不远千里”的从浙江赶到上海，决于七月二日附赴会诸公的车尾而行。

一　殷勤的招待

七月二日正是浙江与上海的社员乘车赴会的日子。在上海这样大车站里，多了几十个改进社社员，原也不一定能够显出甚么异样；但我却觉得确乎是不同了，“一时之盛”的光景，在车站的一角上，是显然可见的。这是在茶点室的左边；那里丛着一群人，正在向两位特派的招待员接洽。壁上贴着一张黄色的磅纸，写着龙蛇飞舞的字："二等四元A，三等二元A。"两位招待员开始执行职务了；这时已是六点四十分，离开车还有二十分钟了。招待员所应做的第一大事，自然是买车票。买车票是大家都会的，买半票却非由他们二位来"优待"一下不可。"优待"可真不是容易的事！他们实行"优待"的时候，要向每个人取名片，票价，——还得找钱。他们往还于茶点室和售票处之间，少说些，足有二十次！他们手里是拿着一叠名片和钞票洋钱；眼睛总是张望着前面，仿佛遗失了什么，急急寻觅一样；面部筋肉平板地紧张着；手和足的运动都像不是他们自己的。好容易费了二虎之力，居然买了几张票，凭着名片分发了。每次分发时，各位候补人都一拥而上。等到得不着票子，便不免有了三三两两的怨声了。那两位招待员买票事大，却也顾不得这些。可是钟走得真快，不觉七点还欠五分了。这时票子还有许多人没买着，大家都着急；而招待员竟不出来！有的人急忙寻着他们，情愿取回了钱，自买全票；有的向他们顿足舞手的责备着。他们却只是忙着照名片退钱，一言不发。——真好性儿！于是大家三步并作两步，自己去买票子；这一挤非同小可！我除照付票价外，还出了一身大汗，才弄到一张三等车票。这时候对两位招待员的怨声真载道了："这样的饭桶！""真饭桶！""早做什么事的?""六点钟就来了，还是自己买票，冤不冤!"我猜想这时候两位招待员的耳朵该有些儿热了。其实我倒能原谅他们，无论招待的成绩如何，他们的眼睛和腿总算忙得可以了，这也总算是殷勤了；他们也可以对得起改进社了，改进社也可以对得起他们的社员了。——上车后，车就开了；有人问，"两个饭桶来了没有?""没有吧!"车是开了。

二　“躬逢其盛”

七月二日的晚上，花了约莫一点钟的时间，才在大会注册组买了一张旁听的标识。这个标识很不漂亮，但颇有实用。七月三日早晨的年会开幕大典，我得躬逢其盛，全靠着它呢。

七月三日的早晨，大雨倾盆而下。这次大典在中正街公共讲演厅举行。该厅离我所住的地方有六七里路远；但我终于冒了狂风暴雨，乘了黄包车赴会。在这一点上，我的热心决不下于社员诸君的。

到了会场门首，早已停着许多汽车，马车；我知道这确乎是大典了。走进会场，坐定细看，一切都很从容，似乎离开会的时间还远得很呢！——虽然规定的时间已经到了。楼上正中是女宾席，似乎很是寥寥；两旁都是军警席——正和楼下的两旁一样。一个黑色的警察，间着一个灰色的兵士，静默的立着。他们大概不是来听讲的，因为既没有赛瓷的社员徽章，又没有和我一样的旁听标识，而且也没有真正的“席”——座位。（我所谓“军警席”，是就实际而言，当时场中并无此项名义，合行声明。）听说督军省长都要“驾临”该场；他们原是保卫“两长”来的，他们原是监视我们来的，好一个武装的会场！

那时“两长”未到，盛会还未开场；我们忽然要做学生了！一位教员风的女士走上台来，像一道光闪在听众的眼前；她请大家练习《尽力中华》歌。大家茫然的立起，跟着她唱。但“出其不意，攻其不备”，有些人不敢高唱，有些人竟唱不出。所以唱完的时候，她温和地笑着向大家说：“这回太低了，等等再唱一回。”她轻轻的鞠了躬，走了。等了一等，她果然又来了。说完“一——二——三——四”之后，《尽力中华》的歌声果然很响地起来了。她将左手插在腰间，右手上下的挥着，表示节拍；挥手的时候，腰部以上也随着微微的向左右倾侧，显出极为柔软的曲线；她的头略略偏右仰着，嘴唇轻轻的动着，嘴唇以上，尽是微笑。唱完时，她仍笑着说，“好些了，等等再唱。”再唱的时候，她拍着两手，发出清脆的响声，其余和前回一样。唱完，她立刻又“一——二——三——四”的要大家唱。大家似乎很惊愕，似乎她真看得大家和学生一样了；但是半秒钟的惊愕与不耐以后，终于又唱起来了——自然有一部分人，因疲倦而休息。于是大家的临时的学生时代告终。不一会儿，场中忽然纷扰，大家的视线都集中在东北角上；这是齐督军，韩省长来了，开会的时间真到了！

空空的讲坛上，这时竟济济一台了。正中有三张椅子，两旁各有一排椅子。正中的三人是齐燮元，韩国钧，另有一个西装少年；后来他演说，才知是“高督办”——就是讳“恩洪”的了——的代表。这三人端坐在台的正中，使我联想到大雄宝殿上的三尊佛像；他们虽坦然的坐着，我却无端的为他们“惶恐”着。——于是开会了，照着秩序单进行。详细的情形，有各报记述可看，毋庸在下再来饶舌。现在单表齐燮元，韩国钧和东南大学校长郭秉文博士的高论。齐燮元究竟是督军兼巡阅使，他的声音是加倍的洪亮；那时场中也特别肃静——齐燮元究竟与众不同呀！他咬字眼儿真咬得清白；他的话是“字本位”，是一个字一个字吐出来的。字与字间的时距，我不能指明，只觉比普通人说话延长罢了；最令我惊异而且焦躁的，是有几句说完之后。那时我总以为第二句应该开始了，岂知一等不来，二等不至，三等不到；他是在唱歌呢，这儿碰着全休止符了！等到三等等完，四拍拍毕，第二句的第一个字才姗姗的来了。这其间至少有一分钟；要用主观的计时法，简直可说足有五分钟！说来说去，究竟他说的是什么呢？我恭恭敬敬的答道：半篇八股！他用拆字法将“中华教育改进社”一题拆为四段：先做“教育”二字，是为第一股；次做“教育改进”，是为第二股；“中华教育改进”是第三股；加上“社”字，是第四股。层层递进，如他由督军而升巡阅使一样。齐燮元本是廪贡生，这类文章本是他的拿手戏；只因时代维新，不免也要改良一番，才好应世；八股只剩了四股，大约便是为此了。最教我不忘记的，是他说完后的那一鞠躬。那一鞠躬真是与众不同，鞠下去时，上半身全与讲桌平行，我们只看见他一头的黑发；他然后慢慢的立起退下。这其间费了普通人三个一鞠躬的时间，是的的确确的。接着便是韩国钧了。他有一篇改进社开会词，是开会前已分发了的。里面曾有一节，论及现在学风的不良，颇有痛心疾首之概。我很想听听他的高见。但他却不曾照本宣扬，他这时另有一番说话。他也经过了许多时间；但不知是我的精神不济，还是另有原因，我毫没有领会他的意思。只有煞尾的时候，他提高了喉咙，我也竖起了耳朵，这才听见他的警句了。他说：“现在政治上南北是不统一的。今天到会诸君，却南北都有，同以研究教育为职志，毫无畛域之见。可见统一是要靠文化的，不能靠武力！”这最后一句话确是漂亮，赢得如雷的掌声和许多轻微的赞叹。他便在掌声里退下，这时我们所注意的，是在他肘腋之旁的齐燮元；可惜我眼睛不佳，不能看到他面部的变化，因而他的心情也不能详说：这是很遗憾的。于是——是我行文的“于是”，不是事实的“于是”，请注意——来了郭秉文博士。他说，我只记得他说，“青年的思想应稳健，正确。”旁边有一位告诉我说：“这是齐燮元的话。”但我却发见了，这也是韩国钧的话，便是开会辞里所说的。究竟是谁的话呢？或者是“英雄所见，大略相同”么？这却要请问郭博士自己了。但我不能明白：什么思想才算正确和稳健呢？郭博士的演说里不曾下注脚，我也只好终于莫测高深了。

还有一事，不可不记。在那些点缀会场的警察中，有一个瘦长的，始终笔直的站着，几乎不曾移过一步，真像石像一般，有着可怕的静默。我最佩服他那昂着的头和垂着的手；那天真苦了他们三位了！另有一个警官，也颇可观。他那肥硕的身体，凸出的肚皮，老是背着的双手，和那微微仰起的下巴，高高翘着的仁丹胡子，以及胸前累累挂着的徽章——那天场中，这后两件是他所独有的——都显出他的身份和骄傲。他在楼下左旁往来的徘徊着，似乎在督率着他的部下。我不能忘记他。

三　第三人称

七月A日，正式开会。社员全体大会外，便是许多分组会议。我们知道全体大会不过是那么回事，值得注意的是后者。我因为也忝然的做了国文教师，便决然无疑地投到国语教学组旁听。不幸听了一次，便生了病，不能再去。那一次所议的是“采用他，她，牠案”（大意如此，原文忘记了）；足足议了两个半钟头，才算不解决地解决了。这次讨论，总算详细已极，无微不至；在讨论时，很有几位英雄，舌本翻澜，妙绪环涌，使得我茅塞顿开，摇头佩服。这不可以不记。

其实我第一先应该佩服提案的人！在现在大家已经“采用”“他，她，牠”的时候，他才从容不迫地提出了这件议案，真可算得老成持重，“不敢为天下先”，确遵老子遗训的了。在我们礼义之邦，无论何处，时间先生总是要先请一步的；所以这件议案不因为他的从容而被忽视，反因为他的从容而被尊崇，这就是所谓“让德”。且看当日之情形，谁不兴高而采烈？便可见该议案的号召之力了。本来呢，“新文学”里的第三人称代名词也太分歧了！既“她”“伊”之互用，又“牠”“它”之不同，更有“佢”“彼”之流，窜跳其间；于是乎乌烟瘴气，一塌糊涂！提案人虽只为辨“性”起见，但指定的三字，皆属于也字系统，俨然有正名之意。将来“也”字系统若竟成为正统，那开创之功一定要归于提案人的。提案人有如彼的力量，如此的见解，怎不教人佩服？

讨论的中心点是在女人，就是在“她”字。“人”让他站着，“牛”也让它站着；所饶不过的是“女”人，就是“她”字旁边立着的那“女”人！于是辩论开始了。一位教师说，“据我的‘经验’，女学生总不喜欢‘她’字——男人的‘他’，只标一个‘人’字旁，女子的‘她’，却特别标一个‘女’字旁，表明是个女人；这是她们所不平的！我发出的讲义，上面的‘他’字，她们常常要将‘人’字旁改成‘男’字旁，可以见她们报复的意思了。”大家听了，都微微笑着，像很有味似的。另一位却起来驳道，“我也在女学堂教书，却没有这种情形！”海格尔的定律不错，调和派来了，他说，“这本来有两派；用文言的欢喜用‘伊’字，如周作人先生便是；用白话的欢喜用‘她’字，‘伊’字用的少些；其实两个字都是一样的。”“用文言的欢喜用‘伊’字，”这句话却有意思！文言里间或有“伊”字看见，这是真理；但若说那些“伊”都是女人，那却不免委屈了许多男人！周作人先生提倡用“伊”字也是实，但只是用在白话里；我可保证，他决不曾有什么“用文言”的话！而且若是主张“伊”字用于文言，那和主张人有两只手一样，何必周先生来提倡呢？于是又冤枉了周先生！——调和终于无效，一位女教师立起来了。大家都倾耳以待，因为这是她们的切身问题，必有一番精当之论！她说话快极了，我听到的警句只是，“历来加‘女’字旁的字都是不好的字；‘她’字是用不得的！”一位“他”立刻驳道，“‘好’

字岂不是‘女’字旁么?”大家都大笑了，在这大笑之中，忽有苍老的声音：“我看‘他’字譬如我们普通人坐三等车；‘她’字加了‘女’字旁，是请她们坐二等车，有什么不好呢?”这回真哄堂了，有几个人笑得眼睛亮晶晶的，眼泪几乎要出来；真是所谓“笑中有泪”了。后来的情形可有些模糊，大约便在谈笑中收了场；于是乎一幕喜剧告成。

“二等车”，“三等车”这一个比喻，真是新鲜，足为修辞学开一崭新的局面，使我有永远的趣味。从前贾宝玉说男人的骨头是泥做的，女人的骨头是水做的，至今传为佳话；现在我们的辩士又发明了这个“二三等车”的比喻，真是媲美前修，启迪来学了。但这个“二三等之别”究竟也有例外；我离开南京那一晚，明明在三等车上看见三个“她”！我想：“她”“她”“她”何以不坐二等车呢?难道客气不成?——那位辩士的话应该是不错的！

1924 年，温州。

航船中的文明

第一次乘夜航船，从绍兴府桥到西兴渡口。

绍兴到西兴本有汽油船。我因急于来杭，又因年来逐逐于火车轮船之中，也想“回到”航船里，领略先代生活的异样的趣味；所以不顾亲戚们的坚留和劝说（他们说航船里是很苦的），毅然决然的于下午六时左右下了船。有了“物质文明”的汽油船，却又有“精神文明”的航船，使我们徘徊其间，左右顾而乐之，真是二十世纪中国人的幸福了！

航船中的乘客大都是小商人；两个军弁是例外。满船没有一个士大夫；我区区或者可充个数儿，——因为我曾读过几年书，又忝为大夫之后——但也是例外之例外！真的，那班士大夫到哪里去了呢？这不消说得，都到了轮船里去了！士大夫虽也擎着大旗拥护精神文明，但千虑不免一失，竟为那物质文明的孙儿，满身洋油气的小玩意儿骗得定定的，忍心害理的撇了那老相好。于是航船虽然照常行驶，而光彩已减少许多！这确是一件可以慨叹的事；而“国粹将亡”的呼声，似也不是徒然的了。呜呼，是谁之咎欤？

既然来到这“精神文明”的航船里，正可将船里的精神文明考察一番，才不虚此一行。但从哪里下手呢？这可有些为难，踌躇之间，恰好来了一个女人。——我说“来了”，仿佛亲眼看见，而孰知不然；我知道她“来了”，是在听见她尖锐的语音的时候。至于她的面貌，我至今还没有看见呢。这第一要怪我的近视眼，第二要怪那袭人的暮色，第三要怪——哼——要怪那“男女分坐”的精神文明了。女人坐在前面，男人坐在后面；那女人离我至少有两丈远，所以便不可见其脸了。且慢，这样左怪右怪，“其词若有憾焉”，你们或者猜想那女人怎样美呢。而孰知又大大的不然！我也曾“约略的”看来，都是乡下的黄面婆而已。至于尖锐的语音，那是少年的妇女所常有的，倒也不足为奇。然而这一次，那来了的女人的尖锐的语音竟致劳动区区的执笔者，却又另有缘故。在那语音里，表示出对于航船里精神文明的抗议；她说，“男人女人都是人！”她要坐到后面来，（因前面太挤，实无他故，合并声明。）而航船里的“规矩”是不许的。船家拦住她，她仗着她不是姑娘了，便老了脸皮，大着胆子，慢慢的说了那句话。她随即坐在原处，而“批评家”的议论繁然了。一个船家在船沿上走着，随便的说，“男人女人都是人，是的，不错。做秤钩的也是铁，做秤锤的也是铁，做铁锚的也是铁，都是铁呀！”这一段批评大约十分巧妙，说出诸位“批评家”所要说的，于是众喙都息，这便成了定论。至于那女人，事实上早已坐下了；“孤掌难鸣”，或者她饱饫了诸位“批评家”的宏论，也不要鸣了罢。“是非之心”，虽然“人皆有之”，而撑船经商者流，对于名教之大防，竟能剖辨得这样“详明”，也着实亏他们了。中国毕竟是礼义之邦，文明之古国呀！——我悔不该乱怪那“男女分坐”的精神文明了！

“祸不单行”，凑巧又来了一个女人。她是带着男人来的。——呀，带着男人！正是；所以才“祸不单行”呀！——说得满口好绍兴的杭州话，在黑暗里隐隐露着一张白脸；带着五六分城市气。船家照他们的“规矩”，要将这一对儿生剌剌的分开；男人不好意思作声，女的却抢着说，“我们是‘一堆生’的！”太亲热的字眼，竟在“规规矩矩的”航船里说了！于是船家命令的嚷道：“我们有我们的规矩，不管你‘一堆生’不‘一堆生’的！”大家都微笑了。有的沉吟的说：“一堆生的？”有的惊奇的说：“一‘堆’生的！”有的嘲讽的说：“哼，一堆生的！”在这四面楚歌里，凭你怎样伶牙俐齿，也只得服从了！“妇者，服也”，这原是她的本行呀。只看她毫不置辩，毫不懊恼，还是若无其事的和人攀谈，便知她确乎是“服也”了。这不能不感谢船家和乘客诸公“卫道”之功；而论功行赏，船家尤当首屈一指。呜呼，可以风矣！

在黑暗里征服了两个女人，这正是我们的光荣；而航船中的精神文明，也粲然可见了——于是乎书。

1924年5月3日

正 义

人间的正义是在哪里呢？

正义是在我们的心里！从明哲的教训和见闻的意义中，我们不是得着大批的正义么？但白白的搁在心里，谁也不去取用，却至少是可惜的事。两石白米堆在屋里，总要吃它干净，两箱衣服堆在屋里，总要轮流穿换，一大堆正义却扔在一旁，满不理会，我们真大方，真舍得！看来正义这东西也真贱，竟抵不上白米的一个尖儿，衣服的一个扣儿。——爽性用它不着，倒也罢了，谁都又装出一副发急的样子，张张皇皇的寻觅着。这个葫芦里卖的什么药？我的聪明的同伴呀，我真想不通了！

我不曾见过正义的面，只见过它的弯曲的影儿——在“自我”的唇边，在“威权”的面前，在“他人”的背后。

正义可以做幌子，一个漂亮的幌子，所以谁都愿意念着它的名字。“我是正经人，我要做正经事”，谁都向他的同伴这样隐隐的自诩着。但是除了用以“自诩”之外，正义对于他还有什么作用呢？他独自一个时，在生人中间时，早忘了它的名字，而去创造“自己的正义”了！他所给予正义的，只是让它的影儿在他的唇边闪烁一番而已。但是，这毕竟不算十分辜负正义，比那凭着正义的名字以行罪恶的，还胜一筹。可怕的正是这种假名行恶的人。他嘴里唱着正义的名字，手里却满满的握着罪恶；他将这些罪恶送给社会，粘上金碧辉煌的正义的签条送了去。社会凭着他所唱的名字和所粘的签条，欣然受了这份礼；就是明知道是罪恶，也还是欣然受了这份礼！易卜生“社会栋梁”一出戏，就是这种情形。这种人的唇边，虽更频繁的闪烁着正义的弯曲的影儿，但是深藏在他们心底的正义，只怕早已霉了，烂了，且将毁灭了。在这些人里，我见不着正义！

在亲子之间，师傅学徒之间，军官兵士之间，上司属僚之间，似乎有正义可见了，但是也不然。卑幼大抵顺从他们长上的，长上要施行正义于他们，他们诚然是不“能”违抗的——甚至“父教子死，子不得不死”一类话也说出来了。他们发见有形的扑鞭和无形的赏罚在长上们的背后，怎敢去违抗呢？长上们凭着威权的名字施行正义，他们怎敢不遵呢？但是你私下问他们，“信么？服么？”他们必摇摇他们的头，甚至还奋起他们的双拳呢！这正是因为长上们不凭着正义的名字而施行正义的缘故了。这种正义只能由长上行于卑幼，卑幼是不能行于长上的，所以是偏颇的；这种正义只能施于卑幼，而不能施于他人，所以是破碎的；这种正义受着威权的鼓弄，有时不免要扩大到它的应有的轮廓之外，那时它又是肥大的。这些仍旧只是正义的弯曲的影儿。不凭着正义的名字而施行正义，我在这等人里，仍旧见不着它！

在没有威权的地方，正义的影儿更弯曲了。名位与金钱的面前，正义只剩淡如水的微痕了。你瞧现在一般大人先生见了所谓督军等人的劲儿！他们未必愿意如此的，但是一当了面，估量着对手的名位，就不免心里一软，自然要给他一些面子——于是不知不觉的就敷衍起来了。至于平常的人，偶然见了所谓名流，也不免要吃一惊，那时就是心里有一百二十个不以为然，也只好姑且放下，另做出一番“足恭”的样子，以表倾慕之诚。所以一班达官通人，差不多是正义的化外之民，他们所做的都是合于正义的，乃至他们所做的就是正义了！——在他们实在无所谓正义与否了。呀！这样，正义岂不已经沦亡了？却又不然。须知我只说“面前”是无正义的，“背后”的正义却幸而还保留着。社会的维持，大部分或者就靠着这背后的正义罢。但是背后的正义，力量究竟是有限的，因为隔开一层，不由的就单弱了。一个为富不仁的人，背后虽然免不了人们的指摘，面前却只有恭敬。一个华服翩翩的人，犯了违警律，就是警察也要让他五分。这就是我们的正义了！我们的正义百分之九十九是在背后的，而在极亲近的人间，有时连这个背后的正义也没有！因为太亲近了，什么也可以原谅了，什么也可以马虎了，正义就任怎么弯曲也可以了。背后的正义只有存生疏的人们间。生疏的人们间，没有什么密切的关系，自然可以用上正义这个幌子。至于一定要到背后才叫出正义来，那全是为了情面的缘故。情面的根柢大概也是一种同情，一种廉价的同情。现在的人们只喜欢廉价的东西，在正义与情面两者中，就尽先取了情面，而将正义放在背后。在极亲近的人间，情面的优先权到了最大限度，正义就几乎等于零，就是在背后也没有了。背后的正义虽也有相当的力量，但是比起面前的正义就大大的不同，启发与戒惧的功能都如掺了水的薄薄的牛乳似的——于是仍旧只算是一个弯曲的影儿。在这些人里，我更见不着正义！

人间的正义究竟是在哪里呢？满藏在我们心里！为什么不取出来呢？它没有优先权！在我们心里，第一个尖儿是自私，其余就是威权，势力，亲疏，情面等等；等到这些角色一一演毕，才轮得到我们可怜的正义。你想，时候已经晚了，它还有出台的机会么？没有！所以你要正义出台，你就得排除一切，让它做第一个尖儿。你得凭着它自己的名字叫它出台。你还得抖擞精神，准备一副好身手，因为它是初出台的角儿，捣乱的人必多，你得准备着打——不打不成相识呀！打得站住了脚携住了手，那时我们就能从容的瞻仰正义的面目了。

沉默

沉默是一种处世哲学，用得好时，又是一种艺术。

谁都知道口是用来吃饭的，有人却说是用来接吻的。我说满没有错儿；但是若统计起来，口的最多的（也许不是最大的）用处，还应该是说话，我相信。按照时下流行的议论，说话大约也算是一种“宣传”，自我的宣传。所以说话彻头彻尾是为自己的事。若有人一口咬定是为别人，凭了种种神圣的名字；我却也愿意让步，请许我这样说：说话有时的确只是间接地为自己，而直接的算是为别人！

自己以外有别人，所以要说话；别人也有别人的自己，所以又要少说话或不说话。于是乎我们要懂得沉默。你若念过鲁迅先生的《祝福》，一定会立刻明白我的意思。

一般人见生人时，大抵会沉默的，但也有不少例外。常在火车轮船里，看见有些人迫不及待似的到处向人问讯，攀谈，无论那是搭客或茶房，我只有羡慕这些人的健康；因为在中国这样旅行中，竟会不感觉一点儿疲倦！见生人的沉默，大约由于原始的恐惧，但是似乎也还有别的。假如这个生人的名字，你全然不熟悉，你所能做的工作，自然只是有意或无意的防御——像防御一个敌人。沉默便是最安全的防御战略。你不一定要他知道你，更不想让他发现你的可笑的地方——一个人总有些可笑的地方不是？——你只让他尽量说他所要说的，若他是个爱说的人。末了你恭恭敬敬和他分别。假如这个生人，你愿意和他做朋友，你也还是得沉默。但是得留心听他的话，选出几处，加以简短的，相当的赞词；至少也得表示相当的同意。这就是知己的开场，或说起码的知己也可。假如这个人是你所敬仰的或未必敬仰的“大人物”，你记住，更不可不沉默！大人物的言语，乃至脸色眼光，都有异样的地方；你最好远远地坐着，让那些勇敢的同伴上前线去。——自然，我说的只是你偶然地遇着或随众访问大人物的时候。若你愿意专诚拜谒，你得另想办法；在我，那却是一件可怕的事。——你看看大人物与非大人物或大人物与大人物间谈话的情形，准可以满足，而不用从牙缝里迸出一个字。说话是一件费神的事，能少说或不说以及应少说或不说的时候，沉默实在是长寿之一道。至于自我宣传，诚哉重要——谁能不承认这是重要呢？——但对于生人，这是白费的；他不会领略你宣传的旨趣，只暗笑你的宣传热；他会忘记得干干净净，在和你一鞠躬或一握手以后。

朋友和生人不同，就在他们能听也肯听你的说话——宣传。这不用说是交换的，但是就是交换的也好。他们在不同的程度下了解你，谅解你；他们对于你有了相当的趣味和礼貌。你的话满足他们的好奇心，他们就趣味地听着；你的话严重或悲哀，他们因为礼貌的缘故，也能暂时跟着你严重或悲哀。在后一种情形里，满足的是你；他们所真感到的怕倒是矜持的气氛。他们知道“应该”怎样做；这其实是一种牺牲，“应该”也“值得”感谢的。但是即使在知己的朋友面前，你的话也还不应该说得太多；同样的故事，情感，和警句，隽语，也不宜重复的说。《祝福》就是一个好榜样。你应该相当的节制自己，不可妄想你的话占领朋友们整个的心——你自己的心，也不会让别人完全占领呀。你更应该知道怎样藏匿你自己。只有不可知，不可得的，才有人去追求；你若将所有的尽给了别人，你对于别人，对于世界，将没有丝毫意义，正和医学生实习解剖时用过的尸体一样。那时是不可思议的孤独，你将不能支持自己，而倾仆到无底的黑暗里去。一个情人常喜欢说：“我愿意将所有的都献给你！”谁真知道他或她所有的是些什么呢？第一个说这句话的人，只是表示自己的慷慨，至多也只是表示一种理想；以后跟着说的，更只是“口头禅”而已。所以朋友间，甚至恋人间，沉默还是不可少的。你的话应该像黑夜的星星，不应该像除夕的爆竹——谁稀罕那彻宵的爆竹呢？而沉默有时更有诗意。譬如在下午，在黄昏，在深夜，在大而静的屋子里，短时的沉默，也许远胜于连续不断的倦怠了的谈话。有人称这种境界为“无言之美”，你瞧，多漂亮的名字！——至于所谓“拈花微笑”，那更了不起了！

可是沉默也有不行的时候。人多时你容易沉默下去，一主一客时，就不准行。你的过分沉默，也许把你的生客惹恼了，赶跑了！倘使你愿意赶他，当然很好；倘使你不愿意呢，你就得不时的让他喝茶，抽烟，看画片，读报，听话匣子，偶然也和他谈谈天气，时局——只是复述报纸的记载，加上几个不能解决的疑问——，总以引他说话为度。于是你点点头，哼哼鼻子，时而叹叹气，听着。他说完了，你再给起个头，照样的听着。但是我的朋友遇见过一个生客，他是一位准大人物，因某种礼貌关系去看我的朋友。他坐下时，将两手笼起，搁在桌上。说了几句话，就止住了，两眼炯炯地直看着我的朋友。我的朋友窘极，好容易陆陆续续地找出一句半句话来敷衍。这自然也是沉默的一种用法，是上司对属僚保持威严用的。用在一般交际里，未免太露骨了；而在上述的情形中，不为主人留一些余地，更属无礼。大人物以及准大人物之可怕，正在此等处。至于应付的方法，其实倒也有，那还是沉默；只消照样笼了手，和他对看起来，他大约也就无可奈何了罢？

新年底故事

昨天家里来了些人到厨房里煮出些肉包子，糖馒头，和三大块风糖糕来；他们倒是好人哩！娘和姊姊嫂嫂裹得好粽子；娘只许我吃一个，嫂嫂又给我一个，叫我别告诉娘；我又跟姊姊要，姊姊说我再吃不得了；——好笑，伊吃得，我吃不得！——后来郭妈妈偷给我一个，拿在手里给我看了，说替我收着，饿了好吃。

肉包子，糖馒头，风糖糕，我都吃了些，又趁娘他们不见，每样拿了几个，将袍子兜了，想藏在床里去；不想间壁一只狗跑来，尽向我身上闻，我又怕又急，只得紧紧抱着袍角儿跑；狗也跟着，我便叫起来。娘在厨房里骂我“又作死了”，又叫姊姊。一会大姊姊来了，将狗打走；夺开我的兜儿一看，说“你拿这些，还吃死了呢！”伊每样留下一个，别的都拿去了；伊收到自己床里去呢！晚间郭妈妈又和我要去一块风糖糕；我只吃了一个肉包子和糖馒头罢了。

今晚上家里桌子、椅子都披上红的、花的衫儿，好看呢！到处点着红的蜡烛；他们磕起头来，我跟着磕了一会；爸爸、娘又给他俩磕头，我也磕了。他们问我墙上挂着，画的两个人儿是谁？我说“一个男人一个女人”。娘笑说，“这是祖爷爷和祖奶奶哩！”我想他们只有这样大的！——呀！桌子摆好了！我先爬上凳子跪得高高地，筷子紧紧捏在手里；他们也都坐拢来。李二拿了好些盘菜放在桌上，又端一碗东西放在盘子中间，热气腾腾地直冒；我赶紧拿着筷子先向了几向，才伸出去；菜还没有夹着，早见娘两只眼正看着我呢，伊鼻子眼里哼了一声，我只得尴尴地将筷子缩回来，放在嘴里咂着。姊姊望着我笑，用指头刮着脸羞我；我别转脸来，咕嘟着嘴不睬伊。后来娘他们都动筷子了，他们一筷一筷地夹了许多菜给我；我不管好歹，眼里只顾看着面前的一只碗，嘴里不住地嚼着。嚼到后来，忽然不要嚼了；眼里看着，心里爱着，只是菜不知怎么，都不好吃了。——我只得让他们剩在碗里，独自一个攀着桌子爬下来了。

娘房里，哥哥嫂嫂房里，姊姊房里都点着一对通红的大蜡烛；郭妈妈也将我们房里的点了，叫我去看。我要爬到桌上去看，郭妈妈不许，我便跳起来嚷着。伊大声叫道，“太太，你看，宝宝要玩蜡烛哩！”娘在伊房里说，“好儿子，别闹，你娘给好东西你吃！”伊果然拿着一盘茶果进来；又有一个红纸包儿，说是一块钱，给我“压岁”的，娘交给郭妈妈收着，说不许我瞎用。我只顾抓茶果吃，又在小箱子里拿出些我的泥宝宝来：这一个是小娘娘八月节买给我的，这一个是施伟仁送我的，这些是爸爸在上海买来的。我教他们都站在桌上，每人面前，放些茶果，叫他们吃。——呀！他们怎么不吃！我看见娘放好几碗菜在画的人儿面前，给他们吃；我的宝宝们为什么不吃呢？呵！只怕我没有磕头罢，赶快磕头罢！

郭妈妈说话了；伊抱着我说，“明天过年了，多有趣呢！”粽子，包子，都听我吃。衣服，鞋子，帽子都穿新的——要“斯文”些。舅舅家的阿龙，阿虎，娘娘家的毛头，三宝都来和我玩耍。伊说有许多地方要把戏的，只要我们不闹，便带我们去。我忙答应说，“好妈妈，宝宝是不闹的，你带了他去罢！”伊点点头，我便放心了。伊又说要买些花炮给我家来放，伊说去年我也放过；好有趣哩！伊一头说，一头拍着我，我两个眼皮儿渐渐地合拢了。

我果然同着阿龙、阿虎他们在附近一个大操场上；我抱在郭妈妈怀里，看着耍猴把戏的。那猴儿一上一下爬着杆儿，我只笑着用手不住地指着叫“咦！咦！”忽然旁边有一个人说，“他看你呢！”我仔细一看，猴儿果然在看我，便吓得要哭；那人忽然笑了一个可怕的笑，说，“看着我罢！”我又安了心。忽然一声锣响，我回头一看，我已在一个不识的人的怀里了！我哭着，叫着，挣着；耳边忽然郭妈妈说，“宝宝怎么了，妈妈在这里。不怕的！”我才晓得还在郭妈妈怀里；只不知怎么便回来了？

太阳在地板上了，郭妈妈起来。我也揉着眼睛；开眼一看，桌上我的宝宝们都睡着了——他们也要睡觉呢。青梅呢？我的小青梅呢？宝宝顶顶喜欢的青梅呢？怎么没了？我哭了。郭妈妈忙跑来问什么事，我哭着全告诉了伊。伊在桌上找了一阵；在地板上太阳里找着一片核子，说被“绿尾巴”吃了。我忙说，“唔！宝宝怕！”将头躲在伊怀里；伊说，“不怕，日里他不来的，你只要不哭好了！”我要起来，伊叫我等着，拿衣服给我穿；伊拿了一件花棉袄，棉裤，一件红而亮的袍子，一件有毛的背心，是黑的，还有双花鞋，一个有许多金宝宝的风帽；伊帮我穿了衣和鞋，手里拿着风帽，说洗了脸才许戴呢。我真喜欢那个帽，赶忙地央着郭妈妈拿水来给我洗了脸，拍了粉，又用筷子给点胭脂在我眉毛里，和鼻子上，又给我戴了风帽；说今天会有人要我做小女婿呢。我欢天喜地跑到厨房里，赶着人叫“恭喜”——这是郭妈妈教我的。一会郭妈妈端了一碗白圆子和一个粽子给我吃了；叫我跟着伊到菩萨前，点起香烛磕头，又给爸爸娘他们磕头。郭妈妈说有事去，叫我好好玩，不要弄污了衣服，毛头、三宝就要来了。

好多时，毛头、三宝和小娘娘都来了。我和他们忙着办菜给我的泥宝宝吃；正拿着些点心果子，切呀剥的，郭妈妈走来，说带我们上街去。我们立刻丢下那些跟着他走。街上门都关着；我们常买落花生的小店也关了。一处处有“斯奉斯奉昌……镗镗镗镗鞈”底声音。我问郭妈妈，伊说是打锣鼓呢。又看见一家门口一个人一只手拿着一挂红红白白的东西，一搭一搭的，那只手拿着一根“煤头”要烧；郭妈妈忙说，“放爆竹了。”叫我们站住，用手闭了耳朵，伊说“不要怕，有我呢”。我见那爆竹一个个地跳了开去，仿佛有些响，右手这一松，只听见“劈！拍！”我一只耳朵几乎震聋了，赶紧地将他闭好，将身子紧紧挨着郭妈妈，一动也不敢动。爆竹只怕不放了，郭妈妈叫我们放下手，我只是指着不肯放；郭妈妈气着说，“你看这孩子！……”伊将我的手硬拖下来了。走了不远，有一个摊儿；我们近前一看，花花绿绿的，好东西多着呢！我央着郭妈妈买。伊给我买了一副黑眼镜，一个鬼脸，一个胡须，一把木刀，又给毛头买了一个胡须，给三宝买了一个胡须。我戴了眼镜，叫郭妈妈给我安了胡须；又趁三宝看着我，将伊手里的胡须夺了就跑，三宝哭了，毛头走来追我。我一个不留意，将右脚踏在水潭里，心里着急，想娘又要骂了。毛头已将胡须拿给三宝；他们和郭妈妈走来。伊说我一顿，我只有哭了；伊又抱起我说，“好宝宝，别哭，郭妈妈回来给你换一双，包不叫娘晓得；只下次再不许这样了。”我答应我们就回来了。

今晚是初五。郭妈妈和我说，明天新衣服要脱下来，椅子桌子红的，花的衫儿也不许穿了，粽子，肉包子，糖馒头，风糖糕，只有明天一早好吃了；阿龙，阿虎他们都不来了；叫我安稳些，好等后天上学堂念书罢！他们真动手将桌子，椅子底衫儿脱下，墙上画的人儿也卷起了。我一毫不想玩耍，只睡在床上哭着。郭妈妈拿了一支快点完的红蜡烛，到床边问道，“你又怎么了？谁给气宝宝受；妈妈是不依的！”我说“现在年不过了！”伊说，“痴孩子，为这个么！我是骗骗你的；明天我们正要到舅舅家过年去呢！起来罢，别哭了。”我听了伊的话，笑着坐起来，问道，“妈妈，是真的么？别哄你宝宝哩。”

父母的责任

在很古的时候，做父母的对于子女，是不知道有什么责任的。那时的父母以为生育这件事是一种魔术，由于精灵的作用；而不知却是他们自己的力量。所以那时实是连“父母”的观念也很模糊的；更不用说什么责任了！（哈蒲浩司曾说过这样的话）他们待遇子女的态度和方法，推想起来，不外根据于天然的爱和传统的迷信这两种基础；没有自觉的标准，是可以断言的。后来人知进步，精灵崇拜的思想，慢慢的消除了；一般做父母的便明白子女只是性交的结果，并无神怪可言。但子女对父母的关系如何呢？父母对子女的责任如何呢？那些当仁不让的父母便渐渐的有了种种主张了。且只就中国论，从孟子时候直到现在，所谓正统的思想，大概是这样说的：儿子是延续宗祀的，便是儿子为父母，父母的父母……而生存。父母要教养儿子成人，成为肖子——小之要能挣钱养家，大之要能光宗耀祖。但在现在，第二个条件似乎更加重要了。另有给儿子娶妻，也是父母重大的责任——不是对于儿子的责任，是对于他们的先人和他们自己的责任；因为娶媳妇的第一目的，便是延续宗祀！至于女儿，大家都不重视，甚至厌恶的也有。卖她为妓，为妾，为婢，寄养她于别人家，作为别人家的女儿；送她到育婴堂里，都是寻常而不要紧的事；至于看她作“赔钱货”，那是更普通了！在这样情势之下，父母对于女儿，几无责任可言！普通只是生了便养着；大了跟着母亲学些针黹，家事，等着嫁人。这些都没有一定的责任，都只由父母“随意为之”。只有嫁人，父母却要负些责任，但也颇轻微的。在这些时候，父母对儿子总算有了显明的责任，对女儿也算有了些责任。但都是从子女出生后起算的。至于出生前的责任，却是没有，大家似乎也不曾想到——向他们说起，只怕还要吃惊哩！在他们模糊的心里，大约只有“生儿子”“多生儿子”两件，是在子女出生前希望的——却不是责任。虽然那些已过三十岁而没有生儿子的人，便去纳妾，吃补药，千方百计的想生儿子，但究竟也不能算是责任。所以这些做父母的生育子女，只是糊里糊涂给了他们一条生命！因此，无论何人，都有任意生育子女的权利。

近代生物科学及人生科学的发展，使“人的研究”日益精进。“人的责任”的见解，因而起了多少的变化，对于“父母的责任”的见解，更有重大的改正。从生物科学里，我们知道子女非为父母而生存；反之，父母却大部分是为子女而生存！与其说“延续宗祀”，不如说“延续生命”和“延续生命”的天然的要求相关联的，又有“扩大或发展生命”的要求，这却从前被习俗或礼教埋没了的，于今又抬起头来了。所以，现在的父母不应再将子女硬安在自己的型里，叫他们做“肖子”，应该让他们有充足的力量，去自由发展，成功超越自己的人！至于子与女的应受平等待遇，由性的研究的人生科学所说明，以及现实生活所昭示，更其是显然了。这时的父母负了新科学所指定的责任，便不能像从前的随便。他们得知生育子女一面虽是个人的权利，一面更为重要的，却又是社会的服务，因而对于生育的事，以及相随的教养的事，便当负着社会的责任；不应该将子女只看作自己的后嗣而教养他们，应该将他们看作社会的后一代而教养他们！这样，女儿随意怎样待遇都可，和为家族与自己的利益而教养儿子的事，都该被抗议了。这种见解成为风气以后，将形成一种新道德：“做父母是‘人的’最高尚、最神圣的义务和权利，又是最重大的服务社会的机会！”因此，做父母便不是一件轻率的、容易的事；人们在做父母以前，便不得不将自己的能力忖量一番了。——那些没有做父母的能力而贸然做了父母，以致生出或养成身体上或心思上不健全的子女的，便将受社会与良心的制裁了。在这样社会里，子女们便都有福了。只是，惭愧说的，现在这种新道德还只是理想的境界！

依我们的标准看，在目下的社会里——特别注重中国的社会里，几乎没有负责任的父母！或者说，父母几乎没有责任！花柳病者，酒精中毒者，疯人，白痴都可公然结婚，生育子女！虽然也有人慨叹于他们的子女从他们接受的遗传的缺陷，但却从没有人抗议他们的生育的权利！因之，残疾的、变态的人便无减少的希望了！穷到衣食不能自用的人，却可生出许多子女；宁可让他们忍冻挨饿，甚至将他们送给人，卖给人，却从不怀疑自己的权利！也没有别人怀疑他们的权利！因之，流离失所的，和无教无养的儿童多了！这便决定了我们后一代的悲惨的命运！这正是一般作父母的不曾负着生育之社会的责任的结果。也便是社会对于生育这件事放任的结果。所以我们以为为了社会，生育是不应该自由的；至少这种自由是应该加以限制的！不独精神，身体上有缺陷的，和无养育子女的经济的能力的应该受限制；便是那些不能教育子女，乃至不能按着子女自己所需要和后一代社会所需要而教育他们的，也当受一种道德的制裁。——教他们自己制裁，自觉的不生育，或节制生育。现在有许多富家和小资产阶级的孩子，或因父母溺爱，或因父母事务忙碌，不能有充分的受良好教育的机会，致不能养成适应将来的健全的人格；有些还要受些祖传老店“子曰铺”里的印板教育，那就格外不会有新鲜活泼的进取精神了！在子女多的家庭里，父母照料更不能周全，便更易有这些倾向！这种生育的流弊，虽没有前面两种的厉害，但足以为“进步”的重大的阻力，则是同的！并且这种流弊很通行，——试看你的朋友，你的亲戚，你的家族里的孩子，乃至你自己的孩子之中，有那个真能“自遂其生”的！你将也为他们的——也可说我们的——运命担忧着吧。——所以更值得注意。

现在生活程度渐渐高了，在小资产阶级里，教养一个子女的费用，足以使家庭的安乐缩小，子女的数和安乐的量恰成反比例这件事，是很显然了。那些贫穷的人也觉得子女是一种重大的压迫了。其实这些情形从前也都存在，只没有现在这样叫人感着罢了。在小资产阶级里，新兴的知识阶级最能锐敏的感到这种痛苦。可是大家虽然感着，却又觉得生育的事是“自然”所支配，非人力所能及，便只有让命运去决定了。直到近两年，生物学的知识，尤其是优生学的知识，渐渐普及于一般知识阶级，于是他们知道不健全的生育是人力可以限制的了。去年山顺夫人来华，传播节育的理论与方法，影响特别的大；从此便知道不独不健全的生育可以限制，便是健全的生育，只要当事人不愿意，也可自由限制的了。于是对于子女的事，比较出生后，更其注重出生前了；于是父母在子女的出生前，也有显明的责任了。父母对于生育的事，既有自由权利，则生出不健全的子女，或生出子女而不能教养，便都是他们的过失。他们应该受良心的责备，受社会的非难！而且看“做父母”为重大的社会服务，从社会的立场估计时，父母在子女出生前的责任，似乎比子女出生后的责任反要大哩！以上这些见解，目下虽还不能成为风气，但确已有了肥嫩的萌芽至少在知识阶级里。我希望知识阶级的努力，一面实行示范，一面尽量将这些理论和方法宣传，到最僻远的地方里，到最下层的社会里；等到父母们不但“知道”自己背上“有”这些责任，并且“愿意”自己背上“负”这些责任，那时基于优生学和节育论的新道德便成立了。这是我们子孙的福音！

在最近的将来里，我希望社会对于生育的事有两种自觉的制裁：一，道德的制裁；二，法律的制裁。身心有缺陷者，如前举花柳病者等，该用法律去禁止他们生育的权利，便是法律的制裁。这在美国已有八州实行了。但施行这种制裁，必须具备几个条件，才能有效。一要医术发达，并且能得社会的信赖；二要户籍登记的详确（如遗传性等，都该载入）；三要举行公众卫生的检查；四要有公正有力的政府；五要社会的宽容。这五种在现在的中国，一时都还不能做到，所以法律的制裁便暂难实现；我们只好从各方面努力罢了。但禁止“做父母”的事，虽然还不可能，劝止“做父母”的事，却是随时随地可以作的。教人知道父母的责任，教人知道现在的做父母应该是自由选择的结果，——就是人们于生育的事，可以自由去取——教人知道不负责及不能负责的父母是怎样不合理，怎样损害社会，怎样可耻！这都是爱作就可以作的。这样给人一种新道德的标准去自己制裁，便是社会的道德的制裁的出发点了。

所以道德的制裁，在现在便可直接去着手建设的。并且在这方面努力的效果，也容易见些。况不适当的生育当中，除那不健全的生育一项，将来可以用法律制裁外，其余几种似也非法律之力所能及，便非全靠道德去制裁不可。因为，道德的制裁的事，不但容易着手，见效，而且是更为重要；我们的努力自然便该特别注重这一方向了！

不健全的生育，在将来虽可用法律制裁，但法律之力，有时而穷，仍非靠道德辅助不可；况法律的施行，有赖于社会的宽容，而社会宽容的基础，仍必筑于道德之上。所以不健全的生育，也需着道德的制裁；在现在法律的制裁未实现的时候，尤其是这样！花柳病者，酒精中毒者……我们希望他们自己觉得身体的缺陷，自己忏悔自己的罪孽；便借着忏悔的力量，决定不将罪孽传及子孙，以加重自己的过恶！这便自己剥夺或停止了自己做父母的权利。但这种自觉是很难的。所以我们更希望他们的家族，亲友，时时提醒他们，监视他们，使他们警觉！关于疯人、白痴，则简直全无自觉可言；那是只有靠着他们保护人，家族，亲友的处置了。在这种情形里，我们希望这些保护人等能明白生育之社会的责任及他们对于后一代应有的责任，而知所戒惧，断然剥夺或停止那有缺陷的被保护者的做父母的权利！这几类人最好是不结婚或和异性隔离；至少也当用节育的方法使他们不育！至于说到那些穷到连“养育”子女也不能的，我们教他们不滥育，是很容易得他们的同情的。只需教给他们最简便省钱的节育的方法，并常常向他们恳切的说明和劝导，他们便会渐渐的相信，奉行的。但在这种情形里，教他们相信我们的方法这过程，要比较难些；因为这与他们信自然与命运的思想冲突，又与传统的多子孙的思想冲突——他们将觉得这是一种罪恶，如旧日的打胎一样；并将疑惑这或者是洋人的诡计，要从他们的身体里取出什么的！但是传统的思想，在他们究竟还不是固执的，魔术的怀疑因了宣传方法的巧妙和时日的长久，也可望减缩的；而经济的压迫究竟是眼前不可避免的实际的压迫，他们难以抵抗的！所以只要宣传的得法，他们是容易渐渐的相信，奉行的。只有那些富家——官僚或商人——和有些小资产阶级，这道德的制裁的思想是极难侵入的！他们有相当的经济的能力，有固执的传统的思想，他们是不会也不愿知道生育是该受限制的；他们不知道什么是不适当的生育！他们只在自然的生育子女，以传统的态度与方法待遇他们，结果是将他们装在自己的型里，作自己的牺牲！这样尽量摧残了儿童的个性与精神生命的发展，却反以为尽了父母的责任！这种误解责任较不明责任实在还要坏；因为不明的还容易纳入忠告，而误解的则往往自以为是，拘执不肯更变。这种人实在也不配做父母！因为他们并不能负真正的责任。我们对于这些人，虽觉得很不容易使他们相信我们，但总得尽我们的力量使他们能知道些生物进化和社会进化的道理，使他们能以儿童为本位，能“理解他们，指导他们，解放他们”；这样改良从前一切不适当的教养方法。并且要使他们能有这样决心：在他们觉得不能负这种适当的教养的责任，或者不愿负这种责任时，更应该断然采取节育的办法，不再因循，致误人误己。这种宣传的事业，自然当由新兴的知识阶级担负；新兴的知识阶级虽可说也属于小资产阶级里，但关于生育这件事，他们特别感到重大的压迫，因有了彻底的了解，觉醒的态度，便与同阶级的其余部分不同了。

但是还有一个问题留着：现存的由各种不适当的生育而来的子女们，他们的父母将怎样为他们负责呢？我以为花柳病者等一类人的子女，只好任凭自然先生去下辣手，只不许谬种再得流传便了。贫家子女父母无力教养的，由社会设法尽量收容他们，如多设贫儿院等。但社会收容之力究竟有限的，大部分只怕还是要任凭自然先生去处置的！这是很悲惨的事，但经济组织一时既还不能改变，又有什么法儿呢？我们只好“尽其在人”罢了。至于那些以长者为本位而教养儿童的，我们希望他们能够改良，前节已说过了。还有新兴的知识阶级里现在有一种不愿生育子女们的倾向；他们对于从前不留意而生育的子女，常觉得冷淡，甚至厌恶，因而不愿为他们尽力。在这里，我要明白指出，生物进化，生命发展的最重要的原则，是前一代牺牲于后一代，牺牲是进步的一个阶梯！愿他们——其实我也在内——为了后一代的发展，而牺牲相当的精力于子女的教养；愿他们以极大的忍耐，为子女们将来的生命构筑坚实的基础，愿他们牢记自己的幸福，同时也不要忘了子女们的幸福！这是很要些涵养工夫的。总之，父母的责任在使子女们得着好的生活，并且比自己的生活好的生活；一面也使社会上得着些健全的、优良的、适于生存的分子；是不能随意的。

为使社会上适于生存的日多，不适于生存的日少，我们便重估了父母的责任：

> 父母不是无责任的。
>
> 父母的责任不应以长者为本位，以家族为本位；应以幼者为本位，社会为本位。
>
> 我们希望社会上父母都负责任；没有不负责任的父母！
>
> “做父母是人的最高尚、最神圣的义务和权利，又是最重大的服务社会的机会”，这是生物学、社会学所指给的新道德。

既然父母的责任由不明了到明了是可能的，则由不正确到正确也未必是不可能的；新道德的成立，总在我们的努力，比较父母对子女的责任尤其重大的，这是我们对一切幼者的责任！努力努力！

1923 年 2 月 3 日

潭柘寺　戒坛寺

早就知道潭柘寺，戒坛寺。在商务印书馆的《北平指南》上，见过潭柘的铜图，小小的一块，模模糊糊的，看了一点没有想去的意思。后来不断地听人说起这两座庙；有时候说路上不平静，有时候说路上红叶好。说红叶好的劝我秋天去；但也有人劝我夏天去。有一回骑驴上八大处，赶驴的问逛过潭柘没有，我说没有。他说潭柘风景好，那儿满是老道：他去过，离八大处七八十里地，坐轿骑驴都成。我不大喜欢老道的装束，尤其是那满蓄着的长头发，看上去啰里啰唆，龌里龌龊的。更不想骑驴走七八十里地，因为我知道驴子与我都受不了。真打动我的倒是"潭柘寺"这个名字。不懂不是？就是不懂的妙。躲懒的人念成"潭拓寺"，那更莫名其妙了。这怕是中国文法的花样；要是来个欧化，说是“潭和柘的寺”，那就用不着咬嚼或吟味了。还有在一部诗话里看见近人咏戒台松的七古，诗腾挪夭矫，想来松也如此。所以去。但是在夏秋之前的春天，而且是早春；北平的早春是没有花的。

这才认真打听去过的人。有的说住潭柘好，有的说住戒坛好。有的人说路太难走，走到了筋疲力尽，再没兴致玩儿；有人说走路有意思。又有人说，去时坐了轿子，半路上前后两个轿夫吵起来，把轿子搁下，直说不抬了。于是心中暗自决定，不坐轿，也不走路；取中道，骑驴子。又按普通说法，总是潭柘寺在前，戒坛寺在后，想着戒坛寺一定远些；于是决定住潭柘，因为一天回不来，必得住。门头沟下车时，想着人多，怕雇不着许多驴，但是并不然——雇驴的时候，才知道戒坛去便宜一半，那就是说近一半。这时候自己忽然逞起能来，要走路。走吧。

这一段路可够瞧的。像是河床，怎么也挑不出没有石子的地方，脚底下老是绊来绊去的，教人心烦。又没有树木，甚至于没有一根草。这一带原是煤窑，拉煤的大车往来不绝，尘土里饱和着煤屑，变成黯淡的深灰色，教人看了透不出气来。走一点钟光景。自已觉得已经有点办不了，怕没有走到便筋疲力尽；幸而山上下来一条驴，如获至宝似的雇下，骑上去。这一天东风特别大。平常骑驴就不稳，风一大真是祸不单行。山上东西都有路，很窄，下面是斜坡；本来从西边走，驴夫看风势太猛，将驴拉上东路。就这么着，有一回还几乎让风将驴吹倒；若走西边，没有准儿会驴我同归哪。想起从前人画风雪骑驴图，极是雅事；大概那不是上潭柘寺去的。驴背上照例该有些诗意，但是我，下有驴子，上有帽子眼镜，都要照管；又有迎风下泪的毛病，常要掏手巾擦干。当其时真恨不得生出第三只手来才好。

东边山峰渐起，风是过不来了；可是驴也骑不得了，说是坎儿多。坎儿可真多。这时候精神倒好起来了：崎岖的路正可以练腰脚，处处要眼到心到脚到，不像平地上。人多更有点竞赛的心理，总想走上最前头去，再则这儿的山势虽然说不上险，可是突兀，丑怪，峻刻的地方有的是。我们说这才有点儿山的意思；老像八大处那样，真教人气闷闷的。于是一直走到潭柘寺后门；这段坎儿路比风里走过的长一半，小驴毫无用处，驴夫说："咳，这不过给您做个伴儿!"

墙外先看见竹子，且不想进去。又密，又粗，虽然不够绿。北平看竹子，真不易。又想到八大处了，大悲庵殿前那一溜儿，薄得可怜，细得也可怜，比起这儿，真是小巫见大巫了。进去过一道角门，门旁突然亭亭地矗立着两竿粗竹子，在墙上紧紧地挨着；要用批文章的成语，这两竿竹子足称得起"天外飞来之笔"。

正殿屋角上两座琉璃瓦的鸱吻，在台阶下看，值得徘徊一下。神话说殿基本是青龙潭，一夕风雨，顿成平地，涌出两鸱吻。只可惜现在的两座太新鲜，与神话的朦胧幽秘的境界不相称。但是还值得看，为的是大得好，在太阳里嫩黄得好，闪亮得好；那拴着的四条黄铜链子也映衬得好。寺里殿很多，层层折折高上去，走起来已经不平凡，每殿大小又不一样，塑像摆设也各出心裁。看完了，还觉得无穷无尽似的。正殿下延清阁是待客的地方，远处群山像屏障似的。屋子结构甚巧，穿来穿去，不知有多少间，好像一所大宅子。可惜尘封不扫，我们住不着。话说回来，这种屋子原也不是预备给我们这么多人挤着住的。寺门前一道深沟，上有石桥；那时没有水，或是现在去，倚在桥上听潺潺的水声，倒也可以忘我忘世。过桥四株马尾松，枝枝覆盖，叶叶交通，另成一个境界。西边小山上有个古观音洞。洞无可看，但上去时在山坡上看潭柘的侧面，宛如仇十洲的《仙山楼阁图》；往下看是陡峭的沟岸，越显得深深无极，潭柘简直有海上蓬莱的意味了。寺以泉水著名，到处有石槽引水长流，倒也涓涓可爱。只是流觞亭雅得那样俗，在石地上楞刻着蚯蚓般的槽；那样流觞，怕只有孩子们愿意干。现在兰亭的“流觞曲水”也和这儿的一鼻孔出气，不过规模大些。晚上因为带的铺盖薄，冻得睁着眼，却听了一夜的泉声；心里想要不冻着，这泉声够多清雅啊！寺里并无一个老道，但那几个和尚，满身铜臭，满眼势利，教人老不能忘记，倒也麻烦的。

第二天清早，二十多人满雇了牲口，向戒坛而去，颇有浩浩荡荡之势。我的是一匹骡子，据说稳得多。这是第一回，高高兴兴骑上去。这一路要翻罗喉岭。只是土山，可是道儿窄，又曲折；虽不高，老那么凸凸凹凹的。许多处只容得一匹牲口过去。平心说，是险点儿。想起古来用兵，从间道袭敌人，许也是这种光景吧。

戒坛在半山上，山门是向东的。一进去就觉得平旷；南面只有一道低低的砖栏，下边是一片平原，平原尽处才是山，与众山屏蔽的潭柘气象便不同。进二门，更觉得空阔疏朗，仰看正殿前的平台，仿佛汪洋千顷。这平台东西很长，是戒坛最胜处，眼界最宽，教人想起“振衣千仞冈”的诗句。三株名松都在这里。“卧龙松”与“抱塔松”同是偃仆的姿势，身躯奇伟，鳞甲苍然，有飞动之意。“九龙松”老干槎枒，如张牙舞爪一般。若在月光底下，森森然的松影当更有可看。此地最宜低徊流连，不是匆匆一览所可领略。潭柘以层折胜，戒坛以开朗胜；但潭柘似乎更幽静些。戒坛的和尚，春风满面，却远胜于潭柘的；我们之中颇有悔不该在潭柘的。戒坛后山上也有个观音洞。洞宽大而深，大家点了火把嚷嚷闹闹地下去；半里光景的洞满是油烟，满是声音。洞里有石虎，石龟，上天梯，海眼等等，无非是凑凑人的热闹而已。

还是骑骡子。回到长辛店的时候，两条腿几乎不是我的了。

论说话的多少

圣经贤传都教我们少说话，怕的是惹祸，你记得金人铭开头就是“古之慎言人也。戒之哉！戒之哉！无多言！多言多败”。岂不森森然有点可怕的样子。再说，多言即使不惹祸，也不过颠倒是非，决非好事。所以孔子称“仁者其言也讱”，又说“恶夫佞者”。苏秦张仪之流以及后世小说里所谓“掉三寸不烂之舌”的辩士，在正统派看来，也许比佞者更下一等。所以“沉默寡言”“寡言笑”，简直就成了我们的美德。

圣贤的话自然有道理，但也不可一概而论。假如你身居高位，一个字一句话都可影响大局，那自然以少说话，多点头为是。可是反过来，你如去见身居高位的人，那可就没有准儿。前几年南京有一位著名会说话的和一位著名不说话的都做了不小的官。许多人踌躇起来，还是说话好呢？还是不说话好呢？这是要看情形的：有些人喜欢说话的人，有些人不。有些事必得会说话的人去干，譬如宣传员；有些事必得少说话的人去干，譬如机要秘书。

至于我们这些平人，在访问，见客，聚会的时候，若只是死心眼儿，一个劲儿少说话，虽合于圣贤之道，却未见得就顺非圣贤人的眼。要是熟人，处得久了，彼此心照，倒也可以原谅的；要是生人或半生半熟的人，那就有种种看法。他也许觉得你神秘，仿佛天上眨眼的星星；也许觉得你老实，所谓“仁者其言也?”；也许觉得你懒，不愿意卖力气；也许觉得你利害，专等着别人的话（我们家乡称这种人为“等口”）；也许觉得你冷淡，不容易亲近；也许觉得你骄傲，看不起他，甚至讨厌他。这自然也看你和他的关系，以及你的相貌神气而定，不全在少说话；不过少说话是个大原因。这么着，他对你当然敬而远之，或不敬而远之。若是你真如他所想，那倒是“求仁得仁”；若是不然，就未免有点冤哉枉也。民国十六年的时候，北平有人到汉口去回来，一个同事问他汉口怎么样。他说，“很好哇，没有什么。”话是完了，那位同事只好点点头走开。他满想知道一点汉口的实在情形，但是什么也没有得着；失望之馀，很觉得人家是瞧不起他哪。但是女人少说话，却当别论；因为一般女人总比男人害臊，一害臊自然说不出什么了。再说，传统的压迫也太利害；你想男人好说话，还不算好男人，女人好说话还了得！（王熙凤算是会说话的，可是在《红楼梦》里，她并不算是个好女人）可是——现在若有会说话的女人，特别是压倒男人的会说话的女人，恭维的人就一定多；因为西方动的文明已经取东方静的文明而代之，“沉默寡言”虽有时还用得着，但是究竟不如“议论风生”的难能可贵了。

说起“议论风生”，在传统里原来也是褒辞。不过只是美才，而不是美德；若是以德论，这个怕也不足重轻罢。现在人也还是看作美才，只不过看得重些罢了。

“议论风生”并不只是口才好；得有材料，有见识，有机智才成——口才不过机智，那是不够的。这个并不容易办到；我们平人所能做的只是在普通情形之下，多说几句话，不要太冷落场面就是。——许多人喝下酒时生气时爱说话，但那是往往多谬误的。说话也有两路，一是游击式，一是包围式。有一回去看新从欧洲归国的两位先生，他们都说了许多话。甲先生从客人的话里选择题目，每个题目说不上几句话就牵引到别的上去。当时觉得也还有趣，过后却什么也想不出。乙先生也从客人的话里选题目，可是他却粘在一个题目上，只叙说在欧洲的情形。他并不用什么机智，可是说得很切实，让客人觉着有所得而去。他的殷勤，客人在口头在心上，都表示着谢意。

普通说话大概都用游击式；包围式组织最难，多人不能够，也不愿意去尝试。再说游击式可发可收，爱听就多说些，不爱听就少说些；我们这些人许犯贫嘴到底还不至于的。要说像“哑妻”那样，不过是法朗士的牢骚，事实上大致不会有。倒是有像老太太的，一句话重三倒四地说，也不管人家耳朵里长茧不长。这一层最难，你得记住那些话在那些人面前说过，才不至于说重了。有时候最难为情的是，你刚开头儿，人家就客客气气地问，“啊，后来是不是怎样怎样的?”包围式可麻烦得多。最麻烦的是人多的时候，说得半半拉拉的，大家或者交头接耳说他们自己的私话，或者打盹儿，或者东看看西看看，轻轻敲着指头想别的，或者勉强打起精神对付着你。这时候你一个人霸占着全场，说下去太无聊，不说呢，又收不住，真是骑虎之势。大概这种说话，人越多，时候越不宜长；各人的趣味不同，决不能老听你的——

换题目另说倒成。说得也不宜太慢，太慢了怎么也显得长。曾经听过两位著名会说话的人说故事，大约因为唤起注意的缘故罢，加了好些个助词，慢慢地叙过去，足有十多分钟，算是完了；大家虽不至疲倦，却已暗中着急。声音也不宜太平，太平了就单调；但又丝毫不能做作。这种说话只宜叙说或申说，不能掺一些教导气或劝导气。长于演说的人往往免不了这两种气味。有个朋友说某先生口才太好，教人有戒心，就是这个意思。所以包围式说话要靠天才，我们平人只能学学游击式，至多规模较大而已。——我们在普通情形之下，只不要像林之孝家两口子“一锥子扎不出话来”，也就行了。

房东太太

歇卜士太太（Mrs. Hibbs）没有来过中国，也并不怎样喜欢中国，可是我们看，她有中国那老味儿。她说人家笑她母女是维多利亚时代的人，那是老古板的意思；但她承认她们是的，她不在乎这个。

真的，圣诞节下午到了她那间黯淡的饭厅里，那家具，那人物，那谈话，都是古气盎然，不像在现代。这时候她还住在伦敦北郊芬乞来路（Finchley Road）。那是一条阔人家的路；可是她的房子已经抵押满期，经理人已经在她门口路边上立了一座木牌，标价招买，不过半年多还没人过问罢了。那座木牌，和篮球架子差不多大，只是低些；一走到门前，准看见。晚餐桌上，听见厨房里尖叫了一声，她忙去看了，回来说，火鸡烤枯了一点，可惜，二十二磅重，还是卖了几件家具买的呢。她可惜的是火鸡，倒不是家具；但我们一点没吃着那烤枯了的地方。

她爱说话，也会说话，一开口滔滔不绝；押房子，卖家具等等，都会告诉你。但是只高高兴兴地告诉你，至少也平平淡淡地告诉你，决不垂头丧气，决不唉声叹气。她说话是个趣味，我们听话也是个趣味（在她的话里，她死了的丈夫和儿子都是活的，她的一些住客也是活的）；所以后来虽然听了四个多月，倒并不觉得厌倦。有一回早餐时候，她说有一首诗，忘记是谁的，可以作她的墓铭，诗云：

这儿一个可怜的女人，
她在世永没有住过嘴。
上帝说她会复活，
我们希望她永不会。

其实我们倒是希望她会的。

道地的贤妻良母，她是；这里可以看见中国那老味儿。她原是个阔小姐，从小送到比利时受教育，学法文，学钢琴。钢琴大约还熟，法文可生疏了。她说街上如有法国人向她问话，她想起答话的时候，那人怕已经拐了弯儿了。结婚时得着她姑母一大笔遗产；靠着这笔遗产，她支持了这个家庭二十多年。歇卜士先生在剑桥大学毕业，一心想作诗人，成天住在云里雾里。他二十年只在家里待着，偶然教几个学生。他的诗送到剑桥的刊物上去，原稿却寄回了，附着一封客气的信。他又自己花钱印了一小本诗集，封面上注明，希望出版家采纳印行，但是并没有什么回响。太太常劝先生删诗行，譬如说，四行中可以删去三行罢；但是他不肯割爱，于是乎只好敝帚自珍了。

歇卜士先生却会说好几国话。大战后太太带了先生小姐，还有一个朋友去逛意大利；住旅馆雇船等等，全交给诗人的先生办，因为他会说意大利话。幸而没出错儿。临上火车，到了站台上，他却不见了。眼见车就要开了，太太这一急非同小可，又不会说给别人，只好教小姐去张看，却不许她远走。好容易先生钻出来了，从从容容的，原来他上“更衣室”来着。

太太最伤心她的儿子。他也是大学生，长的一表人才。大战时去从军；训练的时候偶然回家，非常爱惜那庄严的制服，从不教它有一个褶儿。大战快完的时候，却来了恶消息，他尽了他的职务了。太太最伤心的是这个时候的这种消息，她在举世庆祝休战声中，迷迷糊糊过了好些日子。后来逛意大利，便是解闷儿去的。她那时甚至于该领的恤金，无心也不忍去领——等到限期已过，即使要领，可也不成了。

小姐现在是她唯一的亲人；她就为这个女孩子活着。早晨一块儿拾掇拾掇屋子，吃完了早饭，一块儿上街散步，回来便坐在饭厅里，说说话，看看通俗小说，就过了一天。晚上睡在一屋里。一星期也同出去看一两回电影。小姐大约有二十四五了，高个儿，总在五英尺十寸左右；蟹壳脸，露牙齿，脸上倒是和和气气的。爱笑，说话也天真得像个十二三岁小姑娘。先生死后，他的学生爱利斯（Ellis）很爱歇卜士太太，几次想和她结婚，她不肯。爱利斯是个传记家，有点小名气。那回诗人德拉梅在伦敦大学院讲文学的创造，曾经提到他的书。他很高兴，在歇卜士太太晚餐桌上特意说起这个。但是太太说他的书干燥无味，他送来，她们只翻了三五页就搁在一边儿了。她说最恨猫怕狗，连书上印的狗都怕，爱利斯却养着一大堆。她女儿最爱电影，爱利斯却瞧不起电影。她的不嫁，怎么穷也不嫁，一半为了女儿。

这房子招徕住客，远在歇卜士先生在世时候。那时只收一个人，每日供早晚两餐，连宿费每星期五镑钱，合八九十元，够贵的。广告登出了，第一个来的是日本人，他们答应下了。第二天又来了个西班牙人，却只好谢绝了。从此住这所房的总是日本人多；先生死了，住客多了，后来竟有“日本房”的名字。这些日本人有一两个在外边有女人，有一个还让女人骗了，他们都回来在饭桌上报告，太太也同情的听着。有一回，一个人忽然在饭桌上谈论自由恋爱，而且似乎是冲着小姐说的。这一来太太可动了气。饭后就告诉那个人，请他另外找房住。这个人走了，可是日本人有个俱乐部，他大约在俱乐部里报告了些什么，以后日本人来住的便越过越少了。房间老是空着，太太的积蓄早完了；还只能在房子上打主意，这才抵押了出去。那时自然盼望赎回来，可是日子一天一天过去，情形并不见好。房子终于标卖，而且圣诞节后不久，便卖给一个犹太人了。她想着年头不景气，房子且没人要呢，哪知犹太人到底有钱，竟要了去，经理人限期让房。快到期了，她直说来不及。经理人又向法院告诉，法院出传票教她去。她去了，女儿搀扶着；她从来没上过堂，法官说欠钱不让房，是要坐牢的。她又气又怕，几乎昏倒在堂上；结果只得答应了加紧找房。这种种也都是为了女儿，她可一点儿不悔。

她家里先后也住过一个意大利人，一个西班牙人，都和小姐做过爱；那西班牙人并且和小姐定过婚，后来不知怎样解了约。小姐倒还惦着他，说是“身架真好看！”太太却说，“那是个坏家伙！”后来似乎还有个“坏家伙”，那是太太搬到金树台的房子里才来住的。他是英国人，叫凯德，四十多了。先是作公司兜售员，沿门兜售电气扫除器为生。有一天撞到太太旧宅里去了，他要表演扫除器给太太看，太太拦住他，说不必，她没有钱；她正要卖一批家具，老卖不出去，烦着呢。凯德说可以介绍一家公司来买；那一晚太太很高兴，想着他定是个大学毕业生。没两天，果然介绍了一家公司，将家具买去了。他本来住在他姊姊家，却搬到太太家来了。他没有薪水，全靠兜售的佣金；而电气扫除器那东西价钱很大，不容易脱手。所以便干搁起来了。这个人只是个买卖人，不是大学毕业生。大约穷了不止一天，他有个太太，在法国给人家看孩子，没钱，接不回来；住在姊姊家，也因为穷，让人家给请出来了。搬到金树台来，起初整付了一回房饭钱，后来便零碎的半欠半付，后来索性付不出了。不但不付钱，有时连午饭也要叨光。如是者两个多月，太太只得将他赶了出去。回国后接着太太的信，才知道小姐却有点喜欢凯德这个“坏蛋”，大约还跟他来往着。太太最提心这件事，小姐是她的命，她的命决不能交在一个“坏蛋”手里。

小姐在芬乞来路时，教着一个日本太太英文。那时这位日本太太似乎非常关心歇卜士家住着的日本先生们，老是问这个问那个的；见了他们，也很亲热似的。歇卜士太太瞧着不大顺眼，她想着这女人有点儿轻狂。凯德的外甥女有一回来了，一个摩登少女。她照例将手绢掖在袜带子上，拿出来用时，让太太看在眼里。后来背地里议论道，“这多不雅相！”太太在小事情上是很敏锐的。有一晚那爱尔兰女仆端菜到饭厅，没有戴白帽檐儿。太太很不高兴，告诉我们，这个侮辱了主人，也侮辱了客人。但那女仆是个“社会主义”的贪婪的人，也许匆忙中没想起戴帽檐儿；压根儿她怕就觉得戴不戴都是无所谓的。记得那回这女仆带了男朋友到金树台来，是个失业的工人。当时刚搬了家，好些零碎事正得一个人。太太便让这工人帮帮忙，每天给点钱。这原是一举两得，各厢情愿的。不料女仆却当面说太太揩了穷小子的油。太太听说，简直有点莫名其妙。

太太不上教堂去，可是迷信。她虽是新教徒，可是有一回丢了东西，却照人家传给的法子，在家点上一支蜡，一条腿跪着，口诵安东尼圣名，说是这么着东西就出来了。拜圣者是旧教的花样，她却不管。每回作梦，早餐时总翻翻占梦书。她有三本占梦书；有时她笑自己；三本书说的都不一样，甚至还相反呢。喝碗茶，碗里的茶叶，她也爱看；看像什么字头，便知是姓什么的来了。她并不盼望访客，她是在盼望住客啊。到金树台时，前任房东太太介绍一位英国住客继续住下。但这位半老的住客却嫌客人太少，女客更少，又嫌饭桌上没有笑，没有笑话，只看歇卜士太太的独角戏，老母亲似的唠唠叨叨，总是那一套。他终于托故走了，搬到别处去了。我们不久也离开英国，房子于是乎空空的。去年接到歇卜士太太来信，她和女儿已经作了人家管家老妈了；“维多利亚时代”的上流妇人，这世界已经不是她的了。

中年人与青年人

近来在大学一年级作文班上出了一个题目，叫“青年人与中年人”。从学生的卷子看，他们中间意识到这个问题的重要的，似乎并不多。他们只说，青年人是进取的，中年人是保守的，所以不免有冲突的地方；但青年人与中年人是社会的中坚，双方必须合作，社会才能进步。在这抗战的时候，青年人与中年人的合作，尤其重要；他们若常在冲突着，抗战的力量是要减少的。这些卷子里的结论大概是青年人该从中年人学习经验，中年人该保存着青年时代的进取精神，这样双方就合作起来了。

这些话都不错，不过肤泛些。关于这个问题，我见过两篇好文字。一是丁在君先生给《大公报》写的星期论文，题目可惜忘记了。一是王赣愚先生的《青年与政治》，登在《时衡》里。他们的见解都是很透彻；但丁先生从中年人和青年人两方面说，王先生却只从青年人一方面说。我出那个题目，原希望知道青年人站在自己的立场上是怎样看这个问题，所以题目里将“青年人”放在先头。但是所得的只是上节所述的普泛的意见，没有可以特别注意之点，也许是他们没工夫细想的缘故。我自己对于这问题的看法，是偏重青年人一方面的。因《青年公论》编者索稿，也写出来供关心这问题的人参考。

现在有些中年人谈起青年人，总是疾首蹙额，指出他们自私、撒谎、任性、恃众要挟，种种缺点。青年人确有这些毛病，但是向来的青年人怕都免不了这些毛病，不独现在为然。青年期是塑造自己的时期，有些不健全的地方，也是自然的事；矫正与诱导是应当的，因此疾首蹙额，甚至灰心失望，都似乎太悲观一些。况且中年人也不见得就能全免去这些缺点；不过他们在社会上是掌权的人，是有地位的人，维持制度、遵守规则是他们的义务，也是他们的利益，所以任性妄为的比较少些。照这样说，那一些中年人为什么那样特别不痛快青年人呢？难道他们的脾气特别坏么？不是；这是另有缘故的。

这缘故，据我看，就在那“恃众要挟”一点上。从前青年人虽然也有种种毛病，虽然有时也反抗家长、反抗学校，但没有强固的集团组织，不能发挥很大的力量。中年人若要去矫正和诱导他们，似乎还不太难。自从五四运动以来，青年人的集团组织渐渐发达，他们这种集团组织在社会上也有了相当的地位。经过五卅运动，这种集团组织更进步了，更强固了。这些时候，居于直接指导地位的中年人和青年人之间，似乎还相当融洽，看不出什么冲突的现象。因为这一班中年人在政治上毋宁是同情于青年人的。九一八以来，情形却不同了。政府的政策能见谅于这一班居于直接指导地位的中年人，却又不能见谅于他们所指导的青年人。青年人开始不信任政府，不信任学校，不信任他们的直接指导人。中年人和青年人间开始有了冲突，这冲突逐渐尖锐化，到一二·九时期，达到了最高峰。主要的原因是双方政见的歧异。

中年人和青年人的对立便是从这些日子起的。在这种局面之下，青年人一面利用他们的强固的集团组织从事救亡运动，一面也利用这种组织的力量，向学校作请求免除考试等无理的要求。青年人集团组织的发展，原是个好现象。但滥用集团的力量，恃众要挟，却是该矫正的。困难便在这里。青年集团的领袖人物，为强固他们的集团起见，一面努力救亡工作，一面也得谋他们集团的利益；这样才能使大多数青年都拥护起集团来。集团的性质似乎本来如此，不独青年集团为然，这需要矫正和诱导；但若因为矫正和诱导的麻烦而认为集团力量不该发展，那却是错的。

这种矫正和诱导确是很困难的，那时青年人既不信任学校，却不能或不愿离开学校。在他们，至少他们的领袖的心目中，学校大约只是一个发展集团组织的地方，只是一个发展救亡运动的地方。他们对于学校的看法，若果如此，那就无怪乎他们要常常蔑视学校的纪律了。在学校里发展集团组织，作救亡运动，原都可以；但学校还有传授知识、训练技能、培养品性等等主要的使命，若只有集团组织和救亡运动两种作用，学校便失去它们存在的理由，至少是变了质了。这是居于直接指导地位的中年人所不能同意的。他们去矫正和诱导都感觉不大容易；即使有效果，也是很小很慢的。因此有些人便不免愤慨起来了。

抗战以来，青年人对于政府，至少对于最高的领袖，有了信任心，对于学校和指导他们的人，也比较信任些。中年人和青年人的对立，似乎不像从前那样尖锐化了，可是政见的歧异显然还存在着。这个得看将来的变化。政府固然也可以施行一种政治训练，但效果不知如何。现在居于指导地位的中年人所能作的，似乎还只是努力学术研究，不屈不挠地执行学校纪律，尽力矫正和诱导青年人，给予他们良好的知识、技能和品性的训练。将来的社会、将来的中国是青年人的；他们是现在的中年人的继承者。他们或好或不好，现在的中年人总不能免除责任。所以无论如何困难，总要本着孔子“知其不可而为之”，“不知老之将至”的精神作去。那怕只有一点一滴的成效呢，中年人总算是为国家社会尽了力了。

论气节

气节是我国固有的道德标准，现代还用着这个标准来衡量人们的行为，主要的是所谓读书人或士人的立身处世之道。但这似乎只在中年一代如此，青年一代倒像不大理会这种传统的标准，他们在用着正在建立的新的标准，也可以叫作新的尺度。中年一代一般的接受这传统，青年代却不理会它，这种脱节的现象是这种变的时代或动乱时代常有的。因此就引不起什么讨论。直到近年，冯雪峰先生才将这标准这传统作为问题提出，加以分析和批判：这是在他的《乡风与市风》那本杂文集里。

冯先生指出“士节”的两种典型：一是忠臣，一是清高之士。他说后者往往因为脱离了现实，成为“为节而节”的虚无主义者，结果往往会变了节。他却又说“士节”是对人生的一种坚定的态度，是个人意志独立的表现。因此也可以成就接近人民的叛逆者或革命家，但是这种人物的造就或完成，只有在后来的时代，例如我们的时代。冯先生的分析，笔者大体同意；对这个问题笔者近来也常常加以思索，现在写出自己的一些意见，也许可以补充冯先生所没有说到的。

气和节似乎原是两个各自独立的意念。《左传》上有“一鼓作气”的话，是说战斗的。后来所谓“士气”就是这个气，也就是“斗志”；这个“士”指的是武士。孟子提倡的“浩然之气”，似乎就是这个气的转变与扩充。他说“至大至刚”，说“养勇”，都是带有战斗性的。“浩然之气”是“集义所生”，“义”就是“有理”或“公道”。后来所谓“义气”，意思要狭隘些，可也算是“浩然之气”的分支。现在我们常说的“正义感”，虽然特别强调现实，似乎也还可以算是跟“浩然之气”联系着的。至于文天祥所歌咏的“正气”，更显然跟“浩然之气”一脉相承。不过在笔者看来两者却并不完全相同，文氏似乎在强调那消极的节。

节的意念也在先秦时代就有了，《左传》里有“圣达节，次守节，下失节”的话。古代注重礼乐，乐的精神是“和”，礼的精神是“节”。礼乐是贵族生活的手段，也可以说是目的。他们要定等级，明分际，要有稳固的社会秩序，所以要“节”，但是他们要统治，要上统下，所以也要“和”。礼以“节”为主，可也得跟“和”配合着；乐以“和”为主，可也得跟“节”配合着。节跟和是相反相成的。明白了这个道理，我们可以说所谓“圣达节”等等的“节”，是从礼乐里引申出来成了行为的标准或做人的标准；而这个节其实也就是传统的“中道”。按说“和”也是中道，不同的是“和”重在合，“节”重在分；重在分所以重在不犯不乱，这就带上消极性了。

向来论气节的，大概总从东汉末年的党祸起头。那是所谓处士横议的时代。在野的士人纷纷的批评和攻击宦官们的贪污政治，中心似乎在太学。这些在野的士人虽然没有严密的组织，却已经在联合起来，并且博得了人民的同情。宦官们害怕了，于是乎逮捕拘禁那些领导人。这就是所谓“党锢”或“钩党”，“钩”是“钩连”的意思。从这两个名称上可以见出这是一种群众的力量。那时逃亡的党人，家家愿意收容着，所谓“望门投止”，也可以见出人民的态度，这种党人，大家尊为气节之士。气是敢作敢为，节是有所不为——有所不为也就是不合作。这敢作敢为是以集体的力量为基础的，跟孟子的“浩然之气”与世俗所谓“义气”只注重领导者的个人不一样。后来宋朝几千太学生请愿罢免奸臣，以及明朝东林党的攻击宦官，都是集体运动，也都是气节的表现。但是这种表现里似乎积极的“气”更重于消极的“节”。

在专制时代的种种社会条件之下，集体的行动是不容易表现的，于是士人的立身处世就偏向了“节”这个标准。在朝的要做忠臣。这种忠节或是表现在冒犯君主尊严的直谏上，有时因此牺牲性命；或是表现在不做新朝的官甚至以身殉国上。忠而至于死，那是忠而又烈了。在野的要做清高之士，这种人表示不愿和在朝的人合作，因而游离于现实之外；或者更逃避到山林之中，那就是隐逸之士了。这两种节，忠节与高节，都是个人的消极的表现。忠节至多造就一些失败的英雄，高节更只能造就一些明哲保身的自了汉，甚至于一些虚无主义者。原来气是动的，可以变化。我们常说志气，志是心之所向，可以在四方，可以在千里，志和气是配合着的。节却是静的，不变的；所以要“守节”，要不“失节”。有时候节甚至于是死的，死的节跟活的现实脱了榫，于是乎自命清高的人结果变了节，冯雪峰先生论到周作人，就是眼前的例子。从统治阶级的立场看，“忠言逆耳利于行”，忠臣到底是卫护着这个阶级的，而清高之士消纳了叛逆者，也是有利于这个阶级的。所以宋朝人说“饿死事小，失节事大”，原先说的是女人，后来也用来说士人，这正是统治阶级代言人的口气，但是也表示着到了那时代士的个人地位的增高和责任的加重。

“士”或称为“读书人”，是统治阶级最下层的单位，并非“帮闲”。他们的利害跟君相是共同的，在朝固然如此，在野也未尝不如此。固然在野的处士可以不受君臣名分的束缚，可以“不事王侯，高尚其事”，但是他们得吃饭，这饭恐怕还得靠农民耕给他们吃，而这些农民大概是属于他们做官的祖宗的遗产的。“躬耕”往往是一句门面话，就是偶然有个把真正躬耕的如陶渊明，精神上或意识形态上也还是在负着天下兴亡之责的士，陶的《述酒》等诗就是证据。可见处士虽然有时横议，那只是自家人吵嘴闹架，他们生活的基础一般的主要的还是在农民的劳动上，跟君主与在朝的大夫并无两样，而一般的主要的意识形态，彼此也是一致的。

然而士终于变质了，这可以说是到了民国时代才显著。从清朝末年开设学校，教员和学生渐渐加多，他们渐渐各自形成一个集团；其中有不少的人参加革新运动或革命运动，而大多数也倾向着这两种运动。这已是气重于节了。等到民国成立，理论上人民是主人，事实上是军阀争权。这时代的教员和学生意识着自己的主人身份，游离了统治的军阀；他们是在野，可是由于军阀政治的腐败，却渐渐获得了一种领导的地位。他们虽然还不能和民众打成一片，但是已经在渐渐的接近民众。五四运动划出了一个新时代。自由主义建筑在自由职业和社会分工的基础上。教员是自由职业者，不是官，也不是候补的官。学生也可以选择多元的职业，不是只有做官一路。他们于是从统治阶级独立，不再是“士”或所谓“读书人”，而变成了“知识分子”，集体的就是“知识阶级”。残余的“士”或“读书人”自然也还有，不过只是些残余罢了。这种变质是中国现代化的过程的一段，而中国的知识阶级在这过程中也曾尽了并且还在想尽他们的任务，跟这时代世界上别处的知识阶级一样，也分享着他们一般的运命。若用气节的标准来衡量，这些知识分子或这个知识阶级开头是气重于节，到了现在却又似乎是节重于气了。

知识阶级开头凭着集团的力量勇猛直前，打倒种种传统，那时候是敢作敢为一股气。可是这个集团并不大，在中国尤其如此，力量到底有限，而与民众打成一片又不容易，于是碰到集中的武力，甚至加上外来的压力，就抵挡不住。而一方面广大的民众抬头要饭吃，他们也没法满足这些饥饿的民众。他们于是失去了领导的地位，逗留在这夹缝中间，渐渐感觉着不自由，闹了个“四大金刚悬空八只脚”。他们于是只能保守着自己，这也算是节罢；也想缓缓的落下地去，可是气不足，得等着瞧。可是这里的是偏于中年一代。青年一代的知识分子却不如此，他们无视传统的“气节”，特别是那种消极的“节”，替代的是“正义感”，接着“正义感”的是“行动”，其实“正义感”是合并了“气”和“节”，“行动”还是“气”。这是他们的新的做人的尺度。等到这个尺度成为标准，知识阶级大概是还要变质的罢？

论吃饭

我们有自古流传的两句话：一是“衣食足则知荣辱”，见于《管子·牧民》篇，一是“民以食为天”，是汉朝郦食其说的。这些都是从实际政治上认出了民食的基本性，也就是说从人民方面看，吃饭第一。另一方面，告子说，“食色，性也”，是从人生哲学上肯定了食是生活的两大基本要求之一。《礼记·礼运》篇也说到“饮食男女，人之大欲存焉”，这更明白。照后面这两句话，吃饭和性欲是同等重要的，可是照这两句话里的次序，“食”或“饮食”都在前头，所以还是吃饭第一。

这吃饭第一的道理，一般社会似乎也都默认。虽然历史上没有明白的记载，但是近代的情形，据我们的耳闻目见，似乎足以教我们相信从古如此。例如苏北的饥民群到江南就食，差不多年年有。最近天津《大公报》登载的费孝通先生的《不是崩溃是瘫痪》一文中就提到这个。这些难民虽然让人们讨厌，可是得给他们饭吃。给他们饭吃固然也有一二成出于慈善心，就是恻隐心，但是八九成是怕他们，怕他们铤而走险，“小人穷斯滥矣”，什么事做不出来！给他们吃饭，江南人算是认了。

可是法律管不着他们吗？官儿管不着他们吗？干吗要怕要认呢？可是法律不外乎人情，没饭吃要吃饭是人情，人情不是法律和官儿压得下的。没饭吃会饿死，严刑峻罚大不了也只是个死，这是一群人，群就是力量：谁怕谁！在怕的倒是那些有饭吃的人们，他们没奈何只得认点儿。所谓人情，就是自然的需求，就是基本的欲望，其实也就是基本的权利。但是饥民群还不自觉有这种权利，一般社会也还不会认清他们有这种权利；饥民群只是冲动的要吃饭，而一般社会给他们饭吃，也只是默认了他们的道理，这道理就是吃饭第一。

三十年夏天笔者在成都住家，知道了所谓“吃大户”的情形。那正是青黄不接的时候，天又干，米粮大涨价，并且不容易买到手。于是乎一群一群的贫民一面抢米仓，一面“吃大户”。他们开进大户人家，让他们煮出饭来吃了就走。这叫做“吃大户”。“吃大户”是和平的手段，照惯例是不能拒绝的，虽然被吃的人家不乐意。当然真正有势力的尤其是有枪杆的大户，穷人们也识相，是不敢去吃的。敢去吃的那些大户，被吃了也只好认了。那回一直这样吃了两三天，地面上一面赶办平粜，一面严令禁止，才打住了。据说这“吃大户”是古风；那么上文说的饥民就食，该更是古风吧。

但是儒家对于吃饭却另有标准。孔子认为政治的信用比民食更重，孟子倒是以民食为仁政的根本；这因为春秋时代不必争取人民，战国时代就非争取人民不可。然而他们论到士人，却都将吃饭看做一个不足重轻的项目。孔子说，“君子固穷”，说吃粗饭，喝冷水，“乐在其中”，又称赞颜回吃喝不够，“不改其乐”。道学家称这种乐处为“孔颜乐处”，他们教人“寻孔颜乐处”，学习这种为理想而忍饥挨饿的精神。这理想就是孟子说的“穷则独善其身，达则兼济天下”，也就是所谓“节”和“道”。孟子一方面不赞成告子说的“食色，性也”，一方面在论“大丈夫”的时候列入了“贫贱不能移”一个条件。战国时代的“大丈夫”，相当于春秋时的“君子”，都是治人的劳心的人。这些人虽然也有饿饭的时候，但是一朝得了时，吃饭是不成问题的，不像小民往往一辈子为了吃饭而挣扎着。因此士人就不难将道和节放在第一，而认为吃饭好像是一个不足重轻的项目了。

伯夷、叔齐据说反对周武王伐纣，认为以臣伐君，因此不食周粟，饿死在首阳山。这也是只顾理想的节而不顾吃饭的。配合着儒家的理论，伯夷、叔齐成为士人立身的一种特殊的标准。所谓特殊的标准就是理想的最高的标准；士人虽然不一定人人都要做到这地步，但是能够做到这地步最好。

经过宋朝道学家的提倡，这标准更成了一般的标准，士人连妇女都要做到这地步。这就是所谓“饿死事小，失节事大”。这句话原来是论妇女的，后来却扩而充之普遍应用起来，造成了无数的残酷的愚蠢的殉节事件。这正是“吃人的礼教”。人不吃饭，礼教吃人，到了这地步总是不合理的。

士人对于吃饭却还有另一种实际的看法。北宋的宋郊、宋祁兄弟俩都做了大官，住宅挨着。宋祁那边常常宴会歌舞，宋郊听不下去，教人和他弟弟说，问他还记得当年在和尚庙里咬菜根否？宋祁却答得妙：请问当年咬菜根是为什么来着！这正是所谓“吃得苦中苦，方为人上人”。做了“人上人”，吃得好，穿得好，玩儿得好；“兼善天下”于是成了个幌子。照这个看法，忍饥挨饿或者吃粗饭、喝冷水，只是为了有朝一日可以大吃大喝，痛快的玩儿。吃饭第一原是人情，大多数士人恐怕正是这么在想。不过宋郊、宋祁的时代，道学刚起头，所以宋祁还敢公然表示他的享乐主义；后来士人的地位增进，责任加重，道学的严格的标准掩护着也约束着在治者地位的士人，他们大多数心里尽管那么在想，嘴里却就不敢说出。嘴里虽然不敢说出，可是实际上往往还是在享乐着。于是他们多吃多喝，就有了少吃少喝的人；这少吃少喝的自然是被治的广大的民众。

民众，尤其农民，大多数是听天由命安分守己的，他们惯于忍饥挨饿，几千年来都如此。除非到了最后关头，他们是不会行动的。他们到别处就食，抢米，吃大户，甚至于造反，都是被逼得无路可走才如此。这里可以注意的是他们不说话；“不得了”就行动，忍得住就沉默。他们要饭吃，却不知道自己应该有饭吃；他们行动，却觉得这种行动是不合法的，所以就索性不说什么话。说话的还是士人。他们由于印刷的发明和教育的发展等等，人数加多了，吃饭的机会可并不加多，于是许多人也感到吃饭难了。这就有了“世上无如吃饭难”的慨叹。虽然难，比起小民来还是容易。因为他们究竟属于治者，“百足之虫，死而不僵”，有的是做官的本家和亲戚朋友，总得给口饭吃；这饭并且总比小民吃的好。孟子说做官可以让“所识穷乏者得我”，自古以来做了官就有引用穷本家穷亲戚穷朋友的义务。到了民国，黎元洪总统更提出了“有饭大家吃”的话。这真是“菩萨”心肠，可是当时只当作笑话。原来这句话说在一位总统嘴里，就是贤愚不分，赏罚不明，就是糊涂。然而到了那时候，这句话却已经藏在差不多每一个士人的心里。难得的倒是这糊涂！

第一次世界大战加上五四运动，带来了一连串的变化，中华民国在一颠一拐的走着之字路，走向现代化了。我们有了知识阶级，也有了劳动阶级，有了索薪，也有了罢工，这些都在要求“有饭大家吃”。知识阶级改变了士人的面目，劳动阶级改变了小民的面目，他们开始了集体的行动；他们不能再安贫乐道了，也不能再安分守己了，他们认出了吃饭是天赋人权，公开的要饭吃，不是大吃大喝，是够吃够喝，甚至于只要有吃有喝。然而这还只是刚起头。到了这次世界大战当中，罗斯福总统提出了四大自由，第四项是“免于匮乏的自由”。“匮乏”自然以没饭吃为首，人们至少该有免于没饭吃的自由。这就加强了人民的吃饭权，也肯定了人民的吃饭的要求；这也是“有饭大家吃”，但是着眼在平民，在全民，意义大不同了。

抗战胜利后的中国，想不到吃饭更难，没饭吃的也更多了。到了今天一般人民真是不得了，再也忍不住了，吃不饱甚至没饭吃，什么礼义什么文化都说不上。这日子就是不知道吃饭权也会起来行动了，知道了吃饭权的，更怎么能够不起来行动，要求这种“免于匮乏的自由”呢？于是学生写出“饥饿事大，读书事小”的标语，工人喊出“我们要吃饭”的口号。这是我们历史上第一回一般人民公开的承认了吃饭第一。这其实比闷在心里糊涂的骚动好得多；这是集体的要求，集体是有组织的，有组织就不容易大乱了。可是有组织也不容易散；人情加上人权，这集体的行动是压不下也打不散的，直到大家有饭吃的那一天。

论雅俗共赏

陶渊明有“奇文共欣赏，疑义相与析”的诗句，那是一些“素心人”的乐事，“素心人”当然是雅人，也就是士大夫。这两句诗后来凝结成“赏奇析疑”一个成语，“赏奇析疑”是一种雅事，俗人的小市民和农家子弟是没有份儿的。然而又出现了“雅俗共赏”这一个成语，“共赏”显然是“共欣赏”的简化，可是这是雅人和俗人或俗人跟雅人一同在欣赏，那欣赏的大概不会还是“奇文”罢。这句成语不知道起于什么时代，从语气看来，似乎雅人多少得理会到甚至迁就着俗人的样子，这大概是在宋朝或者更后罢。

原来唐朝的安史之乱可以说是我们社会变迁的一条分水岭。在这之后，门第迅速的垮了台，社会的等级不像先前那样固定了，“士”和“民”这两个等级的分界不像先前的严格和清楚了，彼此的分子在流通着，上下着。而上去的比下来的多，士人流落民间的究竟少，老百姓加入士流的却渐渐多起来。王侯将相早就没有种了，读书人到了这时候也没有种了；只要家里能够勉强供给一些，自己有些天分，又肯用功，就是个“读书种子”；去参加那些公开的考试，考中了就有官做，至少也落个绅士。这种进展经过唐末跟五代的长期的变乱加了速度，到宋朝又加上印刷术的发达，学校多起来了，士人也多起来了，士人的地位加强，责任也加重了。这些士人多数是来自民间的新的分子，他们多少保留着民间的生活方式和生活态度。他们一面学习和享受那些雅的，一面却还不能摆脱或蜕变那些俗的。人既然很多，大家是这样，也就不觉其寒尘；不但不觉其寒尘，还要重新估定价值，至少也得调整那旧来的标准与尺度。“雅俗共赏”似乎就是新提出的尺度或标准，这里并非打倒旧标准，只是要求那些雅士理会到或迁就些俗士的趣味，好让大家打成一片。当然，所谓“提出”和“要求”，都只是不自觉的看来是自然而然的趋势。

中唐的时期，比安史之乱还早些，禅宗的和尚就开始用口语记录大师的说教。用口语为的是求真与化俗，化俗就是争取群众。安史之乱后，和尚的口语记录更其流行，于是乎有了“语录”这个名称，“语录”就成为一种著述体了。到了宋朝，道学家讲学，更广泛的留下了许多语录；他们用语录，也还是为了求真与化俗，还是为了争取群众。所谓求真的“真”，一面是如实和直接的意思。禅家认为第一义是不可说的。语言文字都不能表达那无限的可能，所以是虚妄的。然而实际上语言文学究竟是不免要用的一种“方便”，记录文字自然越近实际的、直接的说话越好。在另一面这“真”又是自然的意思，自然才亲切，才让人容易懂，也就是更能收到化俗的功效，更能获得广大的群众。道学主要的是中国的正统的思想，道学家用了语录做工具，大大的增强了这种新的文体的地位，语录就成为一种传统了。比语录体稍稍晚些，还出现了一种宋朝叫做“笔记”的东西。这种作品记述有趣味的杂事，范围很宽，一方面发表作者自己的意见，所谓议论，也就是批评，这些批评往往也很有趣味。作者写这种书，只当做对客闲谈，并非一本正经，虽然以文言为主，可是很接近说话。这也是给大家看的，看了可以当做“谈助”，增加趣味。宋朝的笔记最发达，当时盛行，流传下来的也很多。目录家将这种笔记归在“小说”项下，近代书店汇印这些笔记，更直题为“笔记小说”；中国古代所谓“小说”，原是指记述杂事的趣味作品而言的。

那里我们得特别提到唐朝的“传奇”。“传奇”据说可以见出作者的“史才、诗笔、议论”，是唐朝士子在投考进士以前用来送给一些大人先生看，介绍自己，求他们给自己宣传的。其中不外乎灵怪、艳情、剑侠三类故事，显然是以供给“谈助”，引起趣味为主。无论照传统的意念，或现代的意念，这些“传奇”无疑的是小说，一方面也和笔记的写作态度有相类之处。照陈寅恪先生的意见，这种“传奇”大概起于民间，文士是仿作，文字里多口语化的地方。陈先生并且说唐朝的古文运动就是从这儿开始。他指出古文运动的领导者韩愈的《毛颖传》，正是仿“传奇”而作。我们看韩愈的“气盛言宜”的理论和他的参差错落的文句，也正是多多少少在口语化。他的门下的“好难”“好易”两派，似乎原来也都是在试验如何口语化。可是“好难”的一派过分强调了自己，过分想出奇制胜，不管一般人能够了解欣赏与否，终于被人看做“诡”和“怪”而失败，于是宋朝的欧阳修继承了“好易”的一派的努力而奠定了古文的基础。——以上说的种种，都是安史乱后几百年间自然的趋势，就是那雅俗共赏的趋势。

宋朝不但古文走上了“雅俗共赏”的路，诗也走向这条路。胡适之先生说宋诗的好处就在“作诗如说话”，一语破的指出了这条路。自然，这条路上还有许多曲折，但是就像不好懂的黄山谷，他也提出了“以俗为雅”的主张，并且点化了许多俗语成为诗句。实践上“以俗为雅”，并不从他开始，梅圣俞、苏东坡都是好手，而苏东坡更胜。据记载梅和苏都说过“以俗为雅”这句话，可是不大靠得住；黄山谷却在《再次杨明叔韵》一诗的“引”里郑重的提出“以俗为雅，以故为新”，说是“举一纲而张万目”。他将“以俗为雅”放在第一，因为这实在可以说是宋诗的一般作风，也正是“雅俗共赏”的路。但是加上“以故为新”，路就曲折起来，那是雅人自赏，黄山谷所以终于不好懂了。不过黄山谷虽然不好懂，宋诗却终于回到了“作诗如说话”的路，这“如说话”，的确是条大路。

雅化的诗还不得不回向俗化，刚刚来自民间的词，在当时不用说自然是“雅俗共赏”的。别瞧黄山谷的有些诗不好懂，他的一些小词可够俗的。柳耆卿更是个通俗的词人。词后来虽然渐渐雅化或文人化，可是始终不能雅到诗的地位，它怎么着也只是“诗馀”。词变为曲，不是在文人手里变，是在民间变的；曲又变得比词俗，虽然也经过雅化或文人化，可是还雅不到词的地位，它只是“词馀”。一方面从晚唐和尚的俗讲演变出来的宋朝的“说话”就是说书，乃至后来的平话以及章回小说，还有宋朝的杂剧和诸宫调等等转变成功的元朝的杂剧和戏文，乃至后来的传奇，以及皮簧戏，更多半是些“不登大雅”的“俗文学”。这些除元杂剧和后来的传奇也算是“词馀”以外，在过去的文学传统里简直没有地位；也就是说这些小说和戏剧在过去的文学传统里多半没有地位，有些有点地位，也不是正经地位。可是虽然俗，大体上却“俗不伤雅”，虽然没有什么地位，却总是“雅俗共赏”的玩艺儿。

“雅俗共赏”是以雅为主的，从宋人的“以俗为雅”以及常语的“俗不伤雅”，更可见出这种宾主之分。起初成群俗士蜂拥而上，固然逼得原来的雅士不得不理会到甚至迁就着他们的趣味，可是这些俗士需要摆脱的更多。他们在学习，在享受，也在蜕变，这样渐渐适应那雅化的传统，于是乎新旧打成一片，传统多多少少变了质继续下去。前面说过的文体和诗风的种种改变，就是新旧双方调整的过程，结果迁就的渐渐不觉其为迁就，学习的也渐渐习惯成了自然，传统的确稍稍变了质，但是还是文言或雅言为主，就算跟民众近了一些，近得也不太多。

至于词曲，算是新起于俗间，实在以音乐为重，文辞原是无关轻重的；“雅俗共赏”，正是那音乐的作用。后来雅士们也曾分别将那些文辞雅化，但是因为音乐性太重，使他们不能完成那种雅化，所以词曲终于不能达到诗的地位。而曲一直配合着音乐，雅化更难，地位也就更低，还低于词一等。可是词曲到了雅化的时期，那“共赏”的人却就雅多而俗少了。真正“雅俗共赏”的是唐、五代、北宋的词，元朝的散曲和杂剧，还有平话和章回小说以及皮簧戏等。皮簧戏也是音乐为主，大家直到现在都还在哼着那些粗俗的戏词，所以雅化难以下手，虽然一二十年来这雅化也已经试着在开始。平话和章回小说，传统里本来没有，雅化没有合式的榜样，进行就不易。《三国演义》虽然用了文言，却是俗化的文言，接近口语的文言，后来的《水浒》《西游记》《红楼梦》等就都用白话了。不能完全雅化的作品在雅化的传统里不能有地位，至少不能有正经的地位。雅化程度的深浅，决定这种地位的高低或有没有，一方面也决定“雅俗共赏”的范围的小和大——雅化越深，“共赏”的人越少，越浅也就越多。所谓多少，主要的是俗人，是小市民和受教育的农家子弟。在传统里没有地位或只有低地位的作品，只算是玩艺儿；然而这些才接近民众，接近民众却还能教“雅俗共赏”，雅和俗究竟有共通的地方，不是不相理会的两橛了。

单就玩艺儿而论，“雅俗共赏”虽然是以雅化的标准为主，“共赏”者却以俗人为主。固然，这在雅方得降低一些，在俗方也得提高一些，要“俗不伤雅”才成；雅方看来太俗，以至于“俗不可耐”的，是不能“共赏”的。但是在什么条件之下才会让俗人所“赏”的，雅人也能来“共赏”呢？我们想起了“有目共赏”这句话。孟子说过“不知子都之姣者，无目者也”，“有目”是反过来说，“共赏”还是陶诗“共欣赏”的意思。子都的美貌，有眼睛的都容易辨别，自然也就能“共赏”了。孟子接着说：“口之于味也，有同嗜焉；耳之于声也，有同听焉；目之于色也，有同美焉。”这说的是人之常情，也就是所谓人情不相远。但是这不相远似乎只限于一些具体的、常识的、现实的事物和趣味。譬如北平罢，故宫和颐和园，包括建筑，风景和陈列的工艺品，似乎是“雅俗共赏”的，天桥在雅人的眼中似乎就有些太俗了。说到文章，俗人所能“赏”的也只是常识的，现实的。后汉的王充出身是俗人，他多多少少代表俗人说话，反对难懂而不切实用的辞赋，却赞美公文能手。公文这东西关系雅俗的现实利益，始终是不曾完全雅化了的。再说后来的小说和戏剧，有的雅人说《西厢记》诲淫，《水浒传》诲盗，这是“高论”。实际上这一部戏剧和这一部小说都是“雅俗共赏”的作品。《西厢记》无视了传统的礼教，《水浒传》无视了传统的忠德，然而“男女”是“人之大欲”之一，“官逼民反”，也是人之常情，梁山泊的英雄正是被压迫的人民所想望的。俗人固然同情这些，一部分的雅人，跟俗人相距还不太远的，也未尝不高兴这两部书说出了他们想说而不敢说的。这可以说是一种快感，一种趣味，可并不是低级趣味；这是有关系的，也未尝不是有节制的。“诲淫”“诲盗”只是代表统治者的利益的说话。

十九世纪二十世纪之交是个新时代，新时代给我们带来了新文化，产生了我们的知识阶级。这知识阶级跟从前的读书人不大一样，包括了更多的从民间来的分子，他们渐渐跟统治者拆伙而走向民间。于是乎有了白话正宗的新文学，词曲和小说戏剧都有了正经的地位。还有种种欧化的新艺术。这种文学和艺术却并不能让小市民来“共赏”，不用说农工大众。于是乎有人指出这是新绅士也就是新雅人的欧化，不管一般人能够了解欣赏与否。他们提倡“大众语”运动。但是时机还没有成熟，结果不显著。抗战以来又有“通俗化”运动，这个运动并已经在开始转向大众化。“通俗化”还分别雅俗，还是“雅俗共赏”的路，大众化却更进一步要达到那没有雅俗之分，只有“共赏”的局面。这大概也会是所谓由量变到质变罢。

论书生的酸气

读书人又称书生。这固然是个可以骄傲的名字，如说“一介书生”，“书生本色”，都含有清高的意味。但是正因为清高，和现实脱了节，所以书生也是嘲讽的对象。人们常说“书呆子”“迂夫子”“腐儒”“学究”等，都是嘲讽书生的。“呆”是不明利害，“迂”是绕大弯儿，“腐”是顽固守旧，“学究”是指一孔之见。总之，都是知古不知今，知书不知人，食而不化的读死书或死读书，所以在现实生活里老是吃亏、误事、闹笑话。总之，书生的被嘲笑是在他们对于书的过分的执着上；过分的执着书，书就成了话柄了。

但是还有“寒酸”一个话语，也是形容书生的。“寒”是“寒素”，对“膏粱”而言。是魏晋南北朝分别门第的用语。“寒门”或“寒人”并不限于书生，武人也在里头；“寒士”才指书生。这“寒”指生活情形，指家世出身，并不关涉到书；单这个字也不含嘲讽的意味。加上“酸”字成为连语，就不同了，好像一副可怜相活现在眼前似的。“寒酸”似乎原作“酸寒”。韩愈《荐士》诗，“酸寒溧阳尉”，指的是孟郊。后来说“郊寒岛瘦”，孟郊和贾岛都是失意的人，作的也是失意诗。“寒”和“瘦”映衬起来，够可怜相的，但是韩愈说“酸寒”，似乎“酸”比“寒”重。可怜别人说“酸寒”，可怜自己也说“酸寒”，所以苏轼有“故人留饮慰酸寒”的诗句。陆游有“书生老瘦转酸寒”的诗句。“老瘦”固然可怜相，感激“故人留饮”也不免有点儿。范成大说“酸”是“书生气味”，但是他要“洗尽书生气味酸”，那大概是所谓“大丈夫不受人怜”罢？

为什么“酸”是“书生气味”呢？怎么样才是“酸”呢？话柄似乎还是在书上。我想这个“酸”原是指读书的声调说的。晋以来的清谈很注重说话的声调和读书的声调。说话注重音调和辞气，以朗畅为好。读书注重声调，从《世说新语·文学》篇所记殷仲堪的话可见；他说，“三日不读《道德经》，便觉舌本闲强”，说到舌头，可见注重发音，注重发音也就是注重声调。《任诞》篇又记王孝伯说：“名士不必须奇才，但使常得无事，痛饮酒，熟读《离骚》，便可称名士。”这“熟读《离骚》”该也是高声朗诵，更可见当时风气。《豪爽》篇记“王司州（胡之）在谢公（安）坐，咏《离骚》《九歌》‘入不言兮出不辞，乘回风兮载云旗’，语人云，‘当尔时，觉一坐无人’。”正是这种名士气的好例。读古人的书注重声调，读自己的诗自然更注重声调。《文学》篇记着袁宏的故事：

> 袁虎（宏小名虎）少贫，尝为人佣载运租。谢镇西

> 经船行，其夜清风朗月，闻江渚间估客船上有咏诗声，甚有情致，所诵五言，又其所未尝闻，叹美不能已。即遣委曲讯问，乃是袁自咏其所作咏史诗。因此相要，大相赏得。

从此袁宏名誉大盛，可见朗诵关系之大。此外《世说新语》里记着“吟啸”“啸咏”“讽咏”“讽诵”的还很多，大概也都是在朗诵古人的或自己的作品罢。

这里最可注意的是所谓“洛下书生咏”或简称“洛生咏”。《晋书·谢安传》说：

> 安本能为洛下书生咏。有鼻疾，故其音浊。名流爱其咏而弗能及，或手掩鼻以效之。

《世说新语·轻诋》篇却记着：

> 人问顾长康“何以不作洛生咏?”答曰，“何至作老婢声!”

刘孝标注，“洛下书生咏音重浊，故云‘老婢声’。”所谓“重浊”，似乎就是过分悲凉的意思。当时诵读的声调似乎以悲凉为主。王孝伯说“熟读《离骚》，便可称名士”，王胡之在谢安坐上咏的也是《离骚》《九歌》，都是《楚辞》。当时诵读《楚辞》，大概还知道用楚声楚调，乐府曲调里也正有楚调。而楚声楚调向来是以悲凉为主的。当时的诵读大概受到和尚的梵诵或梵唱的影响很大，梵诵或梵唱主要的是长吟，就是所谓“咏”。《楚辞》本多长句，楚声楚调配合那长吟的梵调，相得益彰，更可以“咏”

出悲凉的“情致”来。袁宏的咏史诗现存两首，第一首开始就是“周昌梗概臣”一句，“梗概”就是“慷慨”“感慨”；“慷慨悲歌”也是一种“书生本色”。沈约《宋书·谢灵运传》论所举的五言诗名句，钟嵘《诗品·序》里所举的五言诗名句和名篇，差不多都是些“慷慨悲歌”。《晋书》里还有一个故事。晋朝曹摅的《感旧》诗有“富贵他人合，贫贱亲戚离”两句。后来殷浩被废为老百姓，送他的心爱的外甥回朝，朗诵这两句，引起了身世之感，不觉泪下。这是悲凉的朗诵的确例。但是自己若是并无真实的悲哀，只去学时髦，捏着鼻子学那悲哀的“老婢声”的“洛生咏”，那就过了分，那也就是赵宋以来所谓“酸”了。

唐朝韩愈有《八月十五夜赠张功曹》诗，开头是：

纤云四卷天无河，
清风吹空月舒波，
沙平水息声影绝，
一杯相属君当歌。

接着说：

君歌声酸辞且苦，
不能听终泪如雨。

接着就是那“酸”而“苦”的歌辞：

洞庭连天九疑高，
蛟龙出没猩鼯号。
十生九死到官所，

幽居默默如藏逃。
下床畏蛇食畏药，
海气湿蛰熏腥臊。
昨者州前槌大鼓，
嗣皇继圣登夔皋。
赦书一日行万里，
罪从大辟皆除死。
迁者追回流者还，
涤瑕荡垢朝清班。
州家申名使家抑，
坎坷只得移荆蛮。
判司卑官不堪说，
未名捶楚尘埃间。
同时辈流多上道，
天路幽险难追攀！

张功曹是张署，和韩愈同被贬到边远的南方，顺宗即位。只奉命调到近一些的江陵做个小官儿，还不得回到长安去，因此有了这一番冤苦的话。这是张署的话，也是韩愈的话。但是诗里却接着说：

君歌且休听我歌，
我歌今与君殊科。

韩愈自己的歌只有三句：

一年明月今宵多，

人生由命非由他，

有酒不饮奈明何！

他说认命算了，还是喝酒赏月罢。这种达观其实只是苦情的伪装而已。前一段“歌”虽然辞苦声酸，倒是货真价实，并无过分之处，由那“声酸”知道吟诗的确有一种悲凉的声调，而所谓“歌”其实只是讽咏。大概汉朝以来不像春秋时代一样，士大夫已经不会唱歌，他们大多数是书生出身，就用讽咏或吟诵来代替唱歌。他们——尤其是失意的书生——的苦情就发泄在这种吟诵或朗诵里。

战国以来，唱歌似乎就以悲哀为主，这反映着动乱的时代。《列子·汤问》篇记秦青“抚节悲歌，声振林木，响遏行云”，又引秦青的话，说韩娥在齐国雍门地方“曼声哀哭，一里老幼悲愁垂涕相对，三日不食”，后来又“曼声长歌，一里老幼，善跃抃舞，弗能自禁”。这里说韩娥虽然能唱悲哀的歌，也能唱快乐的歌，但是和秦青自己独擅悲歌的故事合看，就知道还是悲歌为主。再加上齐国杞梁的妻子哭倒了城的故事，就是现在还在流行的孟姜女哭倒长城的故事，悲歌更为动人，是显然的。书生吟诵，声酸辞苦，正和悲歌一脉相传。但是声酸必须辞苦，辞苦又必须情苦；若是并无苦情，只有苦辞，甚至连苦辞也没有，只有那供人酸鼻的声调，那就过了分，不但不能动人，反要遭人嘲弄了。书生往往自命不凡，得意的自然有，却只是少数，失意的可太多了。所以总是叹老嗟卑，长歌当哭，哭丧着脸一副可怜相。朱子在《楚辞辨证》里说汉人那些模仿的作品“诗意平缓，意不深切，如无所疾痛而强为呻吟者”。“无所疾痛而强为呻吟”就是所谓“无病呻吟”。后来的叹老嗟卑也正是无病呻吟。有病呻吟是紧张的，可以得人同情，甚至叫人酸鼻，无病呻吟，病是装的，假的，呻吟也是装的，假的，假装可以酸鼻的呻吟，酸而不苦像是丑角扮戏，自然只能逗人笑了。

苏东坡有《赠诗僧道通》的诗：

雄豪而妙苦而腴，
只有琴聪与蜜殊。
语带烟霞从古少，
气含蔬笋到公无。……

查慎行注引叶梦得《石林诗话》说：

近世僧学诗者极多，皆无超然自得之趣，往往掇拾摹仿士大夫所残弃，又自作一种体，格律尤俗，谓之“酸馅气”。子瞻……尝语人云，“颇解‘蔬笋’语否？为无‘酸馅气’也。”闻者无不失笑。

东坡说道通的诗没有“蔬笋”气，也就没有“酸馅气”，和尚修苦行，吃素，没有油水，可能比书生更“寒”更“瘦”；一味反映这种生活的诗，好像酸了的菜馒头的馅儿，干酸，吃不得，闻也闻不得，东坡好像是说，苦不妨苦，只要“苦而腴”，有点儿油水，就不至于那么扑鼻酸了。这酸气的“酸”还是从“声酸”来的。而所谓“书生气味酸”该就是指的这种“酸馅气”。和尚虽苦，出家人原可“超然自得”，却要学吟诗，就染上书生的酸气了。书生失意的固然多，可是叹老嗟卑的未必真的穷苦到他们嗟叹的那地步；倒是“常得无事”，就是“有闲”，有闲就无聊，无聊就作成他们的“无病呻吟”了。宋初西昆体的领袖杨亿讥笑杜甫是“村夫子”，大概就是嫌他叹老嗟卑的太多。但是杜甫

“窃比稷与契”，嗟叹的其实是天下之大，决不止于自己的鸡虫得失。杨亿是个得意的人，未免忘其所以，才说出这样不公道的话。可是像陈师道的诗，叹老嗟卑，吟来吟去，只关一己，的确叫人腻味。这就落了套子，落了套子就不免有些“无病呻吟”，也就是有些“酸”了。

道学的兴起表示书生的地位加高，责任加重，他们更其自命不凡了，自嗟自叹也更多了。就是眼光如豆的真正的“村夫子”或“三家村学究”，也要哼哼唧唧的在人面前卖弄那背得的几句死书，来嗟叹一切，好搭起自己的读书人的空架子。鲁迅先生笔下的“孔乙己”，似乎是个更破落的读书人，然而“他对人说话，总是满口之乎者也，教人半懂不懂的”。人家说他偷书，他却争辩着，“窃书不能算偷……窃书！……读书人的事，能算偷么?”“接连便是难懂的话，什么‘君子固穷’，什么‘者乎’之类，引得众人都哄笑起来”。孩子们看着他的茴香豆的碟子。

> 孔乙己着了慌，伸开五指将碟子罩住，弯腰下去说道，“不多了，我已经不多了。”直起身又看一看豆，自己摇头说，“不多不多！多乎哉？不多也。”于是这一群孩子都在笑声里走散了。

破落到这个地步，却还只能“满口之乎者也”，和现实的人民隔得老远的，“酸”到这地步真是可笑又可怜了。“书生本色”虽然有时是可敬的，然而他的酸气总是可笑又可怜的。最足以表现这种酸气的典型，似乎是戏台上的文小生，尤其是昆曲里的文小生，那哼哼唧唧、扭扭捏捏、摇摇摆摆的调调儿，真够“酸”的！这种典型自然不免夸张些，可是许差不离儿罢。

向来说“寒酸”“穷酸”，似乎酸气老聚在失意的书生身上。

得意之后，见多识广，加上“一行作吏，此事便废”，那时就会不再执着在书上，至少不至于过分的执着在书上，那“酸气味”是可以多多少少“洗”掉的。而失意的书生也并非都有酸气。他们可以看得开些，所谓达观，但是达观也不易，往往只是伪装。他们可以看远大些，“梗概而多气”是雄风豪气，不是酸气。至于近代的知识分子，让时代逼得不能读死书或死读书，因此也就不再执着那些古书。文言渐渐改了白话，吟诵用不上了；代替吟诵的是又分又合的朗诵和唱歌。最重要的是他们看清楚了自己，自己是在人民之中，不能再自命不凡了。他们虽然还有些闲，可是要“常得无事”却也不易。他们渐渐丢了那空架子，脚踏实地向前走去。早些时还不免带着感伤的气氛，自爱自怜，一把眼泪一把鼻涕的；这也算是酸气，虽然念诵的不是古书而是洋书。可是这几年时代逼得更紧了，大家只得抹干了鼻涕眼泪走上前去。这才真是“洗尽书生气味酸”了。

莱茵河

莱茵河（The Rhine）发源于瑞士阿尔卑斯山中，穿过德国东部，流入北海，长约二千五百里。分上中下三部分。从马恩斯（Mayence，Mains）到哥龙（Cologne）算是“中莱茵”；游莱茵河的都走这一段儿。天然风景并不异乎寻常地好；古迹可异乎寻常地多。尤其是马恩斯与考勃伦兹（Koblenz）之间，两岸山上布满了旧时的堡垒，高高下下的，错错落落的，斑斑驳驳的：有些已经残破，有些还完好无恙。这中间住过英雄，住过盗贼，或据险自豪，或纵横驰骤，也曾热闹过一番。现在却无精打采，任凭日晒风吹，一声儿不响。坐在轮船上两边看，那些古色古香各种各样的堡垒历历的从眼前过去；仿佛自己已经跳出了这个时代而在那些堡垒里过着无拘无束的日子。游这一段儿，火车却不如轮船：朝日不如残阳，晴天不如阴天，阴天不如月夜——月夜，再加上几点儿萤火，一闪一闪的在寻觅荒草里的幽灵似的。最好还得爬上山去，在堡垒内外徘徊徘徊。

这一带不但史迹多，传说也多。最凄艳的自然是脍炙人口的声闻岩头的仙女子。声闻岩在河东岸，高四百三十英尺，一大片暗淡的悬岩，嶙嶙峋峋的；河到岩南，向东拐个小弯，这里有顶大的回声，岩因此得名。相传往日岩头有个仙女美极，终日歌唱不绝。一个船夫傍晚行船，走过岩下。听见她的歌声，仰头一看，不觉忘其所以，连船带人都撞碎在岩上。后来又死了一位伯爵的儿子。这可闯下大祸来了。伯爵派兵遣将，给儿子报仇。他们打算捉住她，锁起来，从岩顶直摔下河里去。但是她不愿死在他们手里，她呼唤莱茵母亲来接她；河里果然白浪翻腾，她便跳到浪里。从此声闻岩下听不见歌声，看不见倩影，只剩晚霞在岩头明灭。德国大诗人海涅有诗咏此事；此事传播之广，这篇诗也有关系的。友人淦克超先生曾译第一章云：

> 传闻旧低徊，我心何悒悒。
> 两峰隐夕阳，莱茵流不息。
> 峰际一美人，粲然金发明，
> 清歌时一曲，余音响入云。
> 凝听复凝望，舟子忘所向，
> 怪石耿中流，人与舟俱丧。

这座岩现在是已穿了隧道通火车了。

哥龙在莱茵河西岸，是莱茵区最大的城，在全德国数第三。从甲板上看教堂的钟楼与尖塔这儿那儿都是的。虽然多么繁华一座商业城，却不大有俗尘扑到脸上。英国诗人柯勒列治说：

人知莱茵河，洗净哥龙市；
水仙你告我，今有何神力，
洗净莱茵水？

那些楼与塔镇压着尘土，不让飞扬起来，与莱茵河的洗刷是异曲同工的。哥龙的大教堂是哥龙的荣耀；单凭这个，哥龙便不死了。这是戈昔式，是世界上最宏大的戈昔式教堂之一。建筑在一二四八年，到一八八〇年才全部落成。欧洲教堂往往如此，大约总是钱不够之故。教堂门墙伟丽，尖拱和直棱，特意繁密，又雕了些小花，小动物，和《圣经》人物，零星点缀着；近前细看，其精工真令人惊叹。门墙上两尖塔，高五百十五英尺，直入云霄。戈昔式要的是高而灵巧，让灵魂容易上通于天。这也是月光里看好。淡蓝的天干干净净的，只有两条尖尖的影子映在上面；像是人天仅有的通路，又像是人类祈祷的一双胳膊。森严肃穆，不说一字，抵得千言万语。教堂里非常宽大，顶高一百六十英尺。大石柱一行行的，高的一百四十八英尺，低的也六十英尺，都可合抱；在里面走，就像在大森林里，和世界隔绝。尖塔可以上去，玲珑剔透，有凌云之势。塔下通回廊。廊中向下看教堂里，觉得别人小得可怜，自己高得可怪，真是颠倒梦想。

说梦

伪《列子》里有一段梦话，说得甚好：

“周之尹氏大治产，其下趣役者，侵晨昏而不息。有老役夫筋力竭矣，而使之弥勤。昼则呻呼而即事，夜则昏惫而熟寐。精神荒散，昔昔梦为国君：居人民之上，总一国之事；游燕宫观，恣意所欲，其乐无比。觉则复役人。……尹氏心营世事，虑钟家业，心形俱疲，夜亦昏惫而寐。昔昔梦为人仆：趋走作役，无不为也；数骂杖挞，无不至也。眠中啽呓呻呼，彻旦息焉。……”

此文原意是要说出“苦逸之复，数之常也；若欲觉梦兼之，岂可得邪?”这其间大有玄味，我是领略不着的；我只是断章取义地赏识这件故事的自身，所以才老远地引了来。我只觉得梦不是一件坏东西。即真如这件故事所说，也还是很有意思的。因为人生有限，我们若能夜夜有这样清楚的梦，则过了一日，足抵两日，过了五十岁，足抵一百岁；如此便宜的事，真是落得的。至于梦中的“苦乐”，则照我素人的见解，毕竟是“梦中的”苦乐，不必斤斤计较的。若必欲斤斤计较，我要大胆地说一句：他和那些在墙上贴红纸条儿，写着“夜梦不祥，书破大吉”的，同样地不懂得梦!

但庄子说道，“至人无梦”。伪《列子》里也说道，古之真的辩士又发明了这个“二三等车”的比喻，真是媲美前修，启迪来学了。但这个“二三等之别”究竟也有例外；我离开南京那一晚，明明在三等车上看见三个“她”！我想：“她”“她”“她”何以不坐二等车呢？难道客气不成？——那位辩士的话应该是不错的!

1925 年 10 月

阿河

我这一回寒假，因为养病，住到一家亲戚的别墅里去。那别墅是在乡下。前面偏左的地方，是一片淡蓝的湖水，对岸环拥着不尽的青山。山的影子倒映在水里，越显得清清朗朗的。水面常如镜子一般。风起时，微有皱痕；像少女们皱她们的眉头，过一会子就好了。湖的余势束成一条小港，缓缓地不声不响地流过别墅的门前。门前有一条小石桥，桥那边尽是田亩。这边沿岸一带，相间地栽着桃树和柳树，春来当有一番热闹的梦。别墅外面缭绕着短短的竹篱，篱外是小小的路。里边一座向南的楼，背后便倚着山。西边是三间平屋，我便住在这里。院子里有两块草地，上面随便放着两三块石头。另外的隙地上，或罗列着盆栽，或种莳着花草。篱边还有几株枝干蟠曲的大树，有一株几乎要伸到水里去了。

我的亲戚韦君只有夫妇二人和一个女儿。她在外边念书，这时也刚回到家里。她邀来三位同学，同到她家过这个寒假；两位是亲戚，一位是朋友。她们住着楼上的两间屋子。韦君夫妇也住在楼上。楼下正中是客厅，常是闲着，西间是吃饭的地方；东间便是韦君的书房，我们谈天，喝茶，看报，都在这里。我吃了饭，便是一个人，也要到这里来闲坐一回。我来的第二天，韦小姐告诉我，她母亲要给她们找一个好好的女用人；长工阿齐说有一个表妹，母亲叫他明天就带来做做看呢。她似乎很高兴的样子，我只是不经意地答应。

平屋与楼屋之间，是一个小小的厨房。我住的是东面的屋子，从窗子里可以看见厨房里人的来往。这一天午饭前，我偶然向外看看，见一个面生的女用人，两手提着两把白铁壶，正往厨房里走；韦家的李妈在她前面领着，不知在和她说甚么话。她的头发乱蓬蓬的，像冬天的枯草一样。身上穿着镶边的黑布棉袄和夹裤，黑里已泛出黄色；棉袄长与膝齐，夹裤也直拖到脚背上。脚倒是双天足，穿着尖头的黑布鞋，后跟还带着两片同色的“叶拔儿”。想这就是阿齐带来的女用人了；想完了就坐下看书。晚饭后，韦小姐告诉我，女用人来了，她的名字叫“阿河”。我说，“名字很好，只是人土些；还能做么?”她说，“别看她土，很聪明呢。”我说，“哦。”便接着看手中的报了。

以后每天早上，中上，晚上，我常常看见阿河挈着水壶来往；她的眼似乎总是望前看的。两个礼拜匆匆地过去了。韦小姐忽然和我说，你别看阿河土，她的志气很好，她是个可怜的人。我和娘说，把我前年在家穿的那身棉袄裤给了她吧。我嫌那两件衣服太花，给了她正好。娘先不肯，说她来了没有几天；后来也肯了。今天拿出来让她穿，正合式呢。我们教给她打绒绳鞋，她真聪明，一学就会了。她说拿到工钱，也要打一双穿呢。我等几天再和娘说去。

“她这样爱好！怪不得头发光得多了，原来都是你们教她的。好！你们尽教她讲究，她将来怕不愿回家去呢。”大家都笑了。

旧新年是过去了。因为江浙的兵事，我们的学校一时还不能开学。我们大家都乐得在别墅里多住些日子。这时阿河如换了一个人。她穿着宝蓝色挑着小花儿的布棉袄裤；脚下是嫩蓝色毛绳鞋，鞋口还缀着两个半蓝半白的小绒球儿。我想这一定是她的小姐们给帮忙的。古语说得好，“人要衣裳马要鞍”，阿河这一打扮，真有些楚楚可怜了。她的头发早已是刷得光光的，覆额的刘海儿也梳得十分伏贴。一张小小的圆脸，如正开的桃李花；脸上并没有笑，却隐隐地含着春日的光辉，像花房里充了蜜一般。这在我几乎是一个奇迹；我现在是常站在窗前看她了。我觉得在深山里发见了一粒猫儿眼；这样精纯的猫儿眼，是我生平所仅见！我觉得我们相识已太长久，极愿和她说一句话——极平淡的话，一句也好。但我怎好平白地和她攀谈呢？这样郁郁了一礼拜。

这是元宵节的前一晚上。我吃了饭，在屋里坐了一会，觉得有些无聊，便信步走到那书房里。拿起报来，想再细看一回。忽然门钮一响，阿河进来了。她手里拿着三四支颜色铅笔；出乎意料地走近了我。她站在我面前了，静静地微笑着说：“白先生，你知道铅笔刨在那里？”一面将拿着的铅笔给我看。我不自主地立起来，匆忙地应道，“在这里”，我用手指着南边柱子。但我立刻觉得这是不够的。我领她走近了柱子。这时我像闪电似地踌躇了一下，便说，“我……我……”她一声不响地已将一支铅笔交给我。我放进刨子里刨给她看。刨了两下，便想交给她；但终于刨完了一支。交还了她。她接了笔略看一看，仍仰着脸向我。我窘极了。刹那间念头转了好几个圈子；到底硬着头皮搭讪着说，

“就这样刨好了”。我赶紧向门外一瞥，就走回原处看报去。但我的头刚低下，我的眼已抬起来了。于是远远地从容地问道，“你会么？”她不曾掉过头来，只“嘤”了一声，也不说话。我看了她背影一会。觉得应该低下头了。等我再抬起头来时，她已默默地向外走了。她似乎总是望前看的；我想再问她一句话，但终于不曾出口。我撇下了报，站起来走了一会，便回到自己屋里。我一直想着些什么，但什么也没有想出。

第二天早上看见她往厨房里走时，我发愿我的眼睛老跟着她的影子！她的影子真好。她那几步路走得又敏捷，又匀称，又苗条，正如一只可爱的小猫。她两手各提着一只水壶，又令我想到在一条细细的索儿上抖擞精神走着的女子。这全由于她的腰；她的腰真太软了，用白水的话说，真是软到使我如吃苏州的牛皮糖一样。不止她的腰，我的日记里说得好：“她有一套和云霞比美，水月争灵的曲线，织成大大的一张迷惑的网！”而那两颊的曲线，尤其甜蜜可人。她两颊是白中透着微红，润泽如玉。她的皮肤，嫩得可以掐出水来；我的日记里说，“我很想去掐她一下呀！”她的眼像一双小燕子，老是在潋滟的春水上打着圈儿。她的笑最使我记住，像一朵花漂浮在我的脑海里。我不是说过，她的小圆脸像正开的桃花么？那么，她微笑的时候，便是盛开的时候了：花房里充满了蜜，真如要流出来的样子。她的发不甚厚，但黑而有光，柔软而滑，如纯丝一般。只可惜我不曾闻着一些儿香。唉！从前我在窗前看她好多次，所得的真太少了；若不是昨晚一见，——虽只几分钟——我真太对不起这样一个人儿了。

午饭后，韦君照例地睡午觉去了，只有我，韦小姐和其他三位小姐在书房里。我有意无意地谈起阿河的事。我说，

“你们怎知道她的志气好呢？”

“那天我们教给她打绒绳鞋，”一位蔡小姐便答道，“看她很

聪明，就问她为甚么不念书？她被我们一问，就伤心起来了。……”

“是的，”韦小姐笑着抢了说，“后来还哭了呢；还有一位傻子陪她淌眼泪呢。”

那边黄小姐可急了，走过来推了她一下。蔡小姐忙拦住道，“人家说正经话，你们尽闹着玩儿！让我说完了呀——”

“我代你说啵，”韦小姐仍抢着说，“——她说她只有一个爹，没有娘。嫁了一个男人，倒有三十多岁，土头土脑的，脸上满是疤！他是李妈的邻舍，我还看见过呢。……”

“好了，底下我说吧。”蔡小姐接着道，“她男人又不要好，尽爱赌钱；她一气，就住到娘家来，有一年多不回去了。”

“她今年几岁？”我问。

“十七不知十八？前年出嫁的，几个月就回家了，”蔡小姐说。

“不，十八，我知道，”韦小姐改正道。

“哦。你们可曾劝她离婚？”

“怎么不劝；”韦小姐应道，“她说十八回去吃她表哥的喜酒，要和她的爹去说呢。”

“你们教她的好事，该当何罪！”我笑了。

她们也都笑了。

十九的早上，我正在屋里看书，听见外面有嚷嚷的声音；这是从来没有的。我立刻走出来看；只见门外有两个乡下人要走进来，却给阿齐拦住。他们只是央告，阿齐只是不肯。这时韦君已走出院中，向他们道：

“你们回去吧。人在我这里，不要紧的。快回去，不要瞎吵！”

两个人面面相觑，说不出一句话；俄延了一会，只好走了。我问韦君什么事？他说：

“阿河罗！还不是瞎吵一回子。”

我想他于男女的事向来是懒得说的，还是回头问他小姐的好；我们便谈到别的事情上去。

吃了饭，我赶紧问韦小姐，她说：

“她是告诉娘的，你问娘去。”

我想这件事有些尴尬，便到西间里问韦太太；她正看着李妈收拾碗碟呢。她见我问，便笑着说：

“你要问这些事做什么？她昨天回去，原是借了阿桂的衣裳穿了去的，打扮得娇滴滴的，也难怪，被她男人看见了，便约了些不相干的人，将她抢回去过了一夜。今天早上，她骗她男人，说要到此地来拿行李。她男人就会信她，派了两个人跟着。哪知她到了这里，便叫阿齐拦着那跟来的人；她自己便跪在我面前哭诉，说死也不愿回她男人家去。你说我有什么法子。只好让那跟来的人先回去再说。好在没有几天，她们要上学了，我将来交给她的爹吧。唉，现在的人，心眼儿真是越过越大了；一个乡下女人，也会闹出这样惊天动地的事了！”

“可不是，”李妈在旁插嘴道，“太太你不知道；我家三叔前儿来，我还听他说呢。我本不该说的，阿弥陀佛！太太，你想她不愿意回婆家，老愿意住在娘家，是什么道理？家里只有一个单身的老子；你想那该死的老畜生！他舍不得放她回去呀！”

“低些，真的么？”韦太太惊诧地问。

“他们说得千真万确的。我早就想告诉太太了，总有些疑心；今天看她的样子，真有几分对呢。太太，你想现在还成什么世界！”

“这该不至于吧。”我淡淡地插了一句。

“少爷，你哪里知道！”韦太太叹了一口气，“——好在没有几天了，让她快些走吧；别将我们的运气带坏了。她的事，我们以后也别谈吧。”

开学的通告来了，我定在二十八走。二十六的晚上，阿河忽然不到厨房里挈水了。韦小姐跑来低低地告诉我，“娘叫阿齐将阿河送回去了；我在楼上，都不知道呢。”我应了一声，一句话也没有说。正如每日有三顿饱饭吃的人，忽然绝了粮；却又不能告诉一个人！而且我觉得她的前面是黑洞洞的，此去不定有什么好歹！那一夜我是没有好好地睡，只翻来覆去地做梦，醒来却又一例茫然。这样昏昏沉沉地到了二十八早上，懒懒地向韦君夫妇和韦小姐告别而行，韦君夫妇坚约春假再来住，我只得含糊答应着。出门时，我很想回望厨房几眼；但许多人都站在门口送我，我怎好回头呢？

到校一打听，老友陆已来了。我不及料理行李，便找着他，将阿河的事一五一十告诉他。他本是个好事的人；听我说时，时而皱眉，时而叹气，时而擦掌。听到她只十八岁时，他突然将舌头一伸，跳起来道：

“可惜我早有了我那太太！要不然，我准得想法子娶她！”

“你娶她就好了；现在不知鹿死谁手呢？”

我俩默默相对了一会，陆忽然拍着桌子道：

“有了，老汪不是去年失了恋么？他现在还没有主儿，何不给他俩撮合一下。”

我正要答说，他已出去了。过了一会子，他和汪来了；进门就嚷着说：

“我和他说，他不信；要问你呢！”

“事是有的，人呢，也真不错。只是人家的事，我们凭什么去管！”我说。

“想法子呀！”陆嚷着。

“什么法子？你说！”

“好，你们尽和我开玩笑，我才不理会你们呢!”汪笑了。

我们几乎每天都要谈到阿河，但谁也不曾认真去“想法子”。

一转眼已到了春假。我再到韦君别墅的时候，水是绿绿的，桃腮柳眼，着意引人。我却只惦着阿河，不知她怎么样了。那时韦小姐已回来两天。我背地里问她，她说：

“奇得很！阿齐告诉我，说她二月间来求娘来了。她说她男人已死了心，不想她回去；只不肯白白地放掉她。他教她的爹拿出八十块钱来，人就是她的爹的了；他自己也好另娶一房人。可是阿河说她的爹哪有这些钱？她求娘可怜可怜她！娘的脾气你知道。她是个古板的人；她数说了阿河一顿，一个钱也不给！我现在和阿齐说，让他上镇去时，带个信儿给她，我可以给她五块钱。我想你也可以帮她些，我教阿齐一块儿告诉她吧。只可惜她未必肯再上我们这儿来罗!”

“我拿十块钱吧，你告诉阿齐就是。”

我看阿齐空闲了，便又去问阿河的事。他说：

“她的爹正给她东找西找地找主儿呢。只怕难吧，八十块大洋呢!”

我忽然觉得不自在起来，不愿再问下去。

过了两天，阿齐从镇上回来，说：

“今天见着阿河了。娘的，齐整起来了。穿起了裙子，做老板娘娘了！据说是自己拣中的；这种年头!”

我立刻觉得，这一来全完了！只怔怔地看着阿齐，似乎想在他脸上找出阿河的影子。咳，我说什么好呢？愿命运之神长远庇护着她吧!

第二天我便托故离开了那别墅；我不愿再见那湖光山色，更不愿再见那间小小的厨房!

1926 年 1 月

白采

盛暑中写《白采的诗》一文，刚满一页，便因病搁下。这时候薰宇来了一封信，说白采死了，死在香港到上海的船中。他只有一个人；他的遗物暂存在立达学园里。有文稿，旧体诗词稿，笔记稿，有朋友和女人的通信，还有四包女人的头发！我将薰宇的信念了好几遍，茫然若失了一会；觉得白采虽于生死无所容心，但这样的死在将到吴淞口了的船中，也未免太残酷了些——这是我们后死者所难堪的。

白采是一个不可捉摸的人。他的历史，他的性格，现在虽从遗物中略知梗概，但在他生前，是绝少人知道的；他也绝口不向人说，你问他他只支吾而已。他赋性既这样遗世绝俗，自然是落落寡合了；但我们却能够看出他是一个好朋友，他是一个有真心的人。

“不打不成相识，”我是这样的知道了白采的。这是为学生李芳诗集的事。李芳将他的诗集交我删改，并嘱我作序。那时我在温州，他在上海。我因事忙，一搁就是半年；而李芳已因不知名的急病死在上海。我很懊悔我的徐缓，赶紧抽了空给他工作。正在这时，平伯转来白采的信，短短的两行，催我设法将李芳的诗出版；又附了登在《觉悟》上的小说《作诗的儿子》，让我看看——里面颇有讥讽我的话。我当时觉得不应得这种讥讽，便写了一封近两千字的长信，详述事件首尾，向他辩解。信去了便等回信；但是杳无消息。等到我已不希望了，他才来了一张明信片；在我看来，只是几句半冷半热的话而已。我只能以“岂能尽如人意？但求无愧我心！”自解，听之而已。

但平伯因转信的关系，却和他常通函札。平伯来信，屡屡说起他，说是一个有趣的人。有一回平伯到白马湖看我。我和他同往宁波的时候，他在火车中将白采的诗稿《羸疾者的爱》给我看。我在车身不住的动摇中，读了一遍。觉得大有意思。我于是承认平伯的话，他是一个有趣的人。我又和平伯说，他这篇诗似乎是受了尼采的影响。后来平伯来信，说已将此语函告白采，他颇以为然。我当时还和平伯说，关于这篇诗，我想写一篇评论；平伯大约也告诉了他。有一回他突然来信说起此事；他盼望早些见着我的文字，让他知道在我眼中的他的诗究竟是怎样的。我回信答应他，就要做的。以后我们常常通信，他常常提及此事。但现在是三年以后了，我才算将此文完篇；他却已经死了，看不见了！他暑假前最后给我的信还说起他的盼望。天啊！我怎样对得起这样一个朋友，我怎样挽回我的过错呢？

平伯和我都不曾见过白采，大家觉得是一件缺憾。有一回我到上海，和平伯到西门林荫路新正兴里五号去访他：这是按着他给我们的通信地址去的。但不幸得很，他已经搬到附近什么地方去了；我们只好嗒然而归。新正兴里五号是朋友延陵君住过的：有一次谈起白采，他说他姓童，在美术专门学校念书；他的夫人和延陵夫人是朋友，延陵夫妇曾借住他们所赁的一间亭子间。那是我看延陵时去过的，床和桌椅都是白漆的；是一间虽小而极洁净的房子，几乎使我忘记了是在上海的西门地方。现在他存着的摄影里，据我看，有好几张是在那间房里照的。又从他的遗札里，推想他那时还未离婚；他离开新正兴里五号，或是正为离婚的缘故，也未可知。这却使我们事后追想，多少感着些悲剧味了。但平伯终于未见着白采，我竟得和他见了一面。那是在立达学园我预备上火车去上海前的五分钟。这一天，学园的朋友说白采要搬来了；我从早上等了好久，还没有音信。正预备上车站，白采从门口进来了。他说着江西话，似乎很老成了，是饱经世变的样子。我因上海还有约会，只匆匆一谈，便握手作别。他后来有信给平伯说我“短小精悍”，却是一句有趣的话。这是我们最初的一面，但谁知也就是最后的一面呢！

去年年底，我在北京时，他要去集美作教；他听说我有南归之意，因不能等我一面，便寄了一张小影给我。这是他立在露台上远望的背影，他说是聊寄伫盼之意。我得此小影，反复把玩而不忍释，觉得他真是一个好朋友。这回来到立达学园，偶然翻阅《白采的小说》，《作诗的儿子》一篇中讥讽我的话，已经删改；而薰宇告我，我最初给他的那封长信，他还留在箱子里。这使我惭愧从前的猜想，我真是小器的人哪！但是他现在死了，我又能怎样呢？我只相信，如爱墨生的话，他在许多朋友的心里是不死的！

上海，江湾，立达学园。

儿女

我现在已是五个儿女的父亲了。想起圣陶喜欢用的“蜗牛背了壳”的比喻，便觉得不自在。新近一位亲戚嘲笑我说，“要剥层皮呢!”更有些悚然了。十年前刚结婚的时候，在胡适之先生的《藏晖室札记》里，见过一条，说世界上有许多伟大的人物是不结婚的；文中并引培根的话，“有妻子者，其命定矣”。当时确吃了一惊，仿佛梦醒一般；但是家里已是不由分说给娶了媳妇，又有甚么可说？现在是一个媳妇，跟着来了五个孩子；两个肩头上，加上这么重一副担子，真不知怎样走才好。“命定”是不用说了；从孩子们那一面说，他们该怎样长大，也正是可以忧虑的事。我是个彻头彻尾自私的人，做丈夫已是勉强，做父亲更是不成。自然，“子孙崇拜”，“儿童本位”的哲理或伦理，我也有些知道；既做着父亲，闭了眼抹杀孩子们的权利，知道是不行的。可惜这只是理论，实际上我是仍旧按照古老的传统，在野蛮地对付着，和普通的父亲一样。近来差不多是中年的人了，才渐渐觉得自己的残酷；想着孩子们受过的体罚和叱责，始终不能辩解——像抚摩着旧创痕那样，我的心酸溜溜的。有一回，读了有岛武郎《与幼小者》的译文，对了那种伟大的，沉挚的态度，我竟流下泪来了。去年父亲来信，问起阿九，那时阿九还在白马湖呢；信上说，“我没有耽误你，你也不要耽误他才好。”我为这句话哭了一场；我为什么不像父亲的仁慈？我不该忘记，父亲怎样待我们来着！人性许真是二元的，我是这样地矛盾；我的心像钟摆似的来去。

你读过鲁迅先生的《幸福的家庭》么？我的便是那一类的“幸福的家庭”！每天午饭和晚饭，就如两次潮水一般。先是孩子们你来他去地在厨房与饭间里查看，一面催我或妻发“开饭”的命令。急促繁碎的脚步，夹着笑和嚷，一阵阵袭来，直到命令发出为止。他们一递一个地跑着喊着，将命令传给厨房里的佣人；便立刻抢着回来搬凳子。于是这个说，“我坐这儿！”那个说，“大哥不让我！”大哥却说，“小妹打我！”我给他们调解，说好话。但是他们有时候很固执，我有时候也不耐烦，这便用着叱责了；叱责还不行，不由自主地，我的沉重的手掌便到他们身上了。于是哭的哭，坐的坐，局面才算定了。接着可又你要大碗，他要小碗，你说红筷子好，他说黑筷子好；这个要干饭，那个要稀饭，要茶要汤，要鱼要肉，要豆腐，要萝卜；你说他菜多，他说你菜好。妻是照例安慰着他们，但这显然是太迂缓了。我是个暴躁的人，怎么等得及？不用说，用老法子将他们立刻征服了；虽然有哭的，不久也就抹着泪捧起碗了。吃完了，纷纷爬下凳子，桌上是饭粒呀，汤汁呀，骨头呀，渣滓呀，加上纵横的筷子，欹斜的匙子，就如一块花花绿绿的地图模型。吃饭而外，他们的大事便是游戏，游戏时，大的有大主意，小的有小主意，各自坚持不下，于是争执起来；或者大的欺负了小的，或者小的竟欺负了大的，被欺负的哭着嚷着，到我或妻的面前诉苦；我大抵仍旧要用老法子来判断的，但不理的时候也有。最为难的，是争夺玩具的时候：这一个的与那一个的是同样的东西，却偏要那一个的；而那一个便偏不答应。在这种情形之下，不论如何，终于是非哭了不可的。这些事件自然不至于天天全有，但大致总有好些起。我若坐在家里看书或写什么东西，管保一点钟里要分几回心，或站起来一两次的。若是雨天或礼拜日，孩子们在家的多，那么，摊开书竟看不下一行，提起笔也写不出一个字的事，也有过的。我常和妻说，“我们家真是成日的千军万马呀！”有时是不但“成日”，连夜里也有兵马在进行着，在有吃乳或生病的孩子的时候！

我结婚那一年，才十九岁。二十一岁，有了阿九；二十三岁，又有了阿菜。那时我正像一匹野马，那能容忍这些累赘的鞍鞯，辔头，和缰绳？摆脱也知是不行的，但不自觉地时时在摆脱着。现在回想起来，那些日子，真苦了这两个孩子；真是难以宽宥的种种暴行呢！阿九才两岁半的样子，我们住在杭州的学校里。不知怎地，这孩子特别爱哭，又特别怕生人。一不见了母亲，或来了客，就哇哇地哭起来了。学校里住着许多人，我不能让他扰着他们，而客人也总是常有的；我懊恼极了，有一回，特地骗出了妻，关了门，将他按在地下打了一顿。这件事，妻到现在说起来，还觉得有些不忍；她说我的手太辣了，到底还是两岁半的孩子！我近年常想着那时的光景，也觉黯然。阿菜在台州，那是更小了；才过了周岁，还不大会走路。也是为了缠着母亲的缘故吧，我将她紧紧地按在墙角里，直哭喊了三四分钟；因此生了好几天病。妻说，那时真寒心呢！但我的苦痛也是真的。我曾给圣陶写信，说孩子们的折磨，实在无法奈何；有时竟觉着还是自杀的好。这虽是气愤的话，但这样的心情，确也有过的。后来孩子是多起来了，磨折也磨折得久了，少年的锋棱渐渐地钝起来了；加以增长的年岁增长了理性的裁制力，我能够忍耐了——觉得从前真是一个“不成材的父亲”，如我给另一个朋友信里所说。但我的孩子们在幼小时，确比别人的特别不安静，我至今还觉如此。我想这大约还是由于我们抚育不得法；从前只一味地责备孩子，让他们代我们负起责任，却未免是可耻的残酷了！

正面意义的“幸福”，其实也未尝没有。正如谁所说，小的总是可爱，孩子们的小模样，小心眼儿，确有些教人舍不得的。阿毛现在五个月了，你用手指去拨弄她的下巴，或向她做趣脸，她便会张开没牙的嘴格格地笑，笑得像一朵正开的花。她不愿在屋里待着；待久了，便大声儿嚷。妻常说，“姑娘又要出去溜达了。”她说她像鸟儿般，每天总得到外面溜一些时候。闰儿上个月刚过了三岁，笨得很，话还没有学好呢。他只能说三四个字的短语或句子，文法错误，发音模糊，又得费气力说出；我们老是要笑他的。他说“好”字，总变成“小”字；问他“好不好?”他便说“小”，或“不小”。我们常常逗着他说这个字玩儿；他似乎有些觉得，近来偶然也能说出正确的“好”字了——特别在我们故意说成“小”字的时候。他有一只搪瓷碗，是一毛来钱买的；买来时，老妈子教给他，“这是一毛钱。”他便记住“一毛”两个字，管那只碗叫“一毛”，有时竟省称为“毛”。这在新来的老妈子，是必需翻译了才懂的。他不好意思，或见着生客时，便咧着嘴痴笑；我们常用了土话，叫他做“呆瓜”。他是个小胖子，短短的腿，走起路来，蹒跚可笑；若快走或跑，便更“好看”了。他有时学我，将两手叠在背后，一摇一摆的；那是他自己和我们都要乐的。他的大姊便是阿菜，已是七岁多了，在小学校里念着书。在饭桌上，一定得啰啰唆唆地报告些同学或他们父母的事情；气喘喘地说着，不管你爱听不爱听。说完了总问我："爸爸认识么?""爸爸知道么?"妻常禁止她吃饭时说话，所以她总是问我。她的问题真多：看电影便问电影里的是不是人？是不是真人？怎么不说话？看照相也是一样。不知谁告诉她，兵是要打人的。她回来便问，兵是人么？为什么打人？近来大约听了先生的话，回来又问张作霖的兵是帮谁的？蒋介石的兵是不是帮我们的？诸如此类的问题，每天短不了，常常闹得我不知怎样答才行。她和闰儿在一处玩儿，一大一小，不很合式，老是吵着哭着。但合式的时候也有：譬如这个往床底下躲，那个便钻进去追着；这个钻出来，那个也跟着——从这个床到那个床，只听见笑着，嚷着，喘着，真如妻所说，像小狗似的。现在在京的，便只有这三个孩子；阿九和转儿是去年北来时，让母亲暂时带回扬州去了。

阿九是欢喜书的孩子。他爱看《水浒》《西游记》《三侠五义》《小朋友》等；没有事便捧着书坐着或躺着看。只不欢喜《红楼梦》，说是没有味儿。是的，《红楼梦》的味儿，一个十岁的孩子，哪里能领略呢？去年我们事实上只能带两个孩子来；因为他大些，而转儿是一直跟着祖母的，便在上海将他俩丢下。我清清楚楚记得那分别的一个早上。我领着阿九从二洋泾桥的旅馆出来，送他到母亲和转儿住着的亲戚家去。妻嘱咐说，"买点吃的给他们吧。"我们走过四马路，到一家茶食铺里。阿九说要熏鱼，我给买了；又买了饼干，是给转儿的。便乘电车到海宁路。下车时，看着他的害怕与累赘，很觉恻然。到亲戚家，因为就要回旅馆收拾上船，只说了一两句话便出来；转儿望望我，没说什么，阿九是和祖母说什么去了。我回头看了他们一眼，硬着头皮走了。后来妻告诉我，阿九背地里向她说："我知道爸爸欢喜小妹，不带我上北京去。"其实这是冤枉的。他又曾和我们说，"暑假时一定来接我啊！"我们当时答应着；但现在已是第二个暑假了，他们还在迢迢的扬州待着。他们是恨着我们呢？还是惦着我们呢？妻是一年来老放不下这两个，常常独自暗中流泪；但我有什么法子呢！想到"只为家贫成聚散"一句无名的诗，不禁有些凄然。转儿与我较生疏些。但去年离开白马湖时，她也曾用了生硬的扬州话（那时她还没有到过扬州呢），和那特别尖的小嗓子向着我："我要到北京去。"她晓得什么北京，只跟着大孩子们说罢了；但当时听着，现在想着的我，却真是抱歉呢。这兄妹俩离开我，原是常事，离开母亲，虽也有过一回，这回可是太长了；小小的心儿，知道是怎样忍耐那寂寞来着！

我的朋友大概都是爱孩子的。少谷有一回写信责备我，说儿女的吵闹，也是很有趣的，何至可厌到如我所说；他说他真不解。子恺为他家华瞻写的文章，真是"蔼然仁者之言"。圣陶也常常为孩子操心：小学毕业了，到什么中学好呢？——这样的话，他和我说过两三回了。我对他们只有惭愧！可是近来我也渐渐觉着自己的责任。我想，第一该将孩子们团聚起来，其次便该给他们些力量。我亲眼见过一个爱儿女的人，因为不曾好好地教育他们，便将他们荒废了。他并不是溺爱，只是没有耐心去料理他们，他们便不能成材了。我想我若照现在这样下去，孩子们也便危险了。我得计划着，让他们渐渐知道怎样去做人才行。但是要不要他们像我自己呢？这一层，我在白马湖教初中学生时，也曾从师生的立场上问过丏尊，他毫不踌躇地说，"自然啰。"近来与平伯谈起教子，他却答得妙，"总不希望比自己坏啰。"是的，只要不"比自己坏"就行，"像"不"像"倒是不在乎的。职业，人生观等，还是由他们自己去定的好；自己顶可贵，只要指导，帮助他们去发展自己，便是极贤明的办法。

予同说，“我们得让子女在大学毕了业，才算尽了责任。”SK说，“不然，要看我们的经济，他们的材质与志愿；若是中学毕了业，不能或不愿升学，便去做别的事，譬如做工人吧，那也并非不行的。”自然，人的好坏与成败，也不尽靠学校教育；说是非大学毕业不可，也许只是我们的偏见。在这件事上，我现在毫不能有一定的主意；特别是这个变动不居的时代，知道将来怎样？好在孩子们还小，将来的事且等将来吧。目前所能做的，只是培养他们基本的力量——胸襟与眼光；孩子们还是孩子们，自然说不上高的远的，慢慢从近处小处下手便了。这自然也只能先按照我自己的样子：“神而明之，存乎其人，”光辉也罢，倒楣也罢，平凡也罢，让他们各尽各的力去。我只希望如我所想的，从此好好地做一回父亲，便自称心满意。——想到那“狂人”“救救孩子”的呼声，我怎敢不悚然自勉呢？

1928 年 6 月 24 日晚写毕，北京清华园。

文人宅

杜甫《最能行》云，“若道士无英俊才，何得山有屈原宅?”《水经注》，秭归“县北一百六十里有屈原故宅，累石为屋基。”看来只是一堆烂石头，杜甫不过说得嘴响罢了。但代远年湮，渺茫也是当然。往近里说，《孽海花》上的“李纯客”就是李慈铭，书里记着他自撰的楹联，上句云，“保安寺街藏书一万卷”；但现在走过北平保安寺街的人，谁知道那一所屋子是他住过的？更不用提屋子里怎么个情形，他住着时怎么个情形了。要凭吊，要留连，只好在街上站一会儿出出神而已。

西方人崇拜英雄可真当回事儿，名人故宅往往保存得好。譬如莎士比亚吧，老宅子，新宅子，太太老太太宅子，都好好的，连家具什物都存着。莎士比亚也许特别些，就是别人，若有故宅可认的话，至少也在墙上用木牌标明，让访古者有低徊之处；无论宅里住着人或已经改了铺子。这回在伦敦所见的四文人宅，时代近，宅内情形比莎士比亚的还好；四所宅子大概都由私人捐款收买，布置起来，再交给公家的。

约翰生博士（Samuel Johnsom，1709—1784）宅，在旧城，是三层楼房，在一个小方场的一角上，静静的。他一七四八年进宅，直住了十一年；他太太死在这里。他的助手就在三层楼上小屋里编成了他那部大字典。那部寓言小说（*allegorical novel*）《刺塞拉斯》（*Rasslas*）大概也在这屋子里写成；是晚上写的，只写了一礼拜，为的要付母亲下葬的费用。屋里各处，如门堂，复壁板，楼梯，碗橱，厨房等，无不古气盎然。那著名的大字典陈列在楼下客室里；是第三版，厚厚的两大册。他编著这部字典，意在保全英语的纯粹，并确定字义；因为当时作家采用法国字的实在太多了。字典中所定字义有些很幽默：如“女诗人，母诗人也”（she - poet，盖准 *she - goat*——母山羊——字例），又如“燕麦，谷之一种，英格兰以饲马，而苏格兰则以为民食也”，都够损的。——伦敦约翰生社便用这宅子作会所。

济兹（John Keats，1795—1821）宅，在市北汉姆司台德区（Hampstead）。他生卒虽然都不在这屋子里，可是在这儿住，在这儿恋爱，在这儿受人攻击，在这儿写下不朽的诗歌。那时汉姆司台德区还是乡下，以风景著名，不像现时人烟稠密。济兹和他的朋友布朗（Charles Armitage Brown）同住。屋后是个大花园，绿草繁花，静如隔世；中间一棵老梅树，一九二一年干死了，干子还在。据布朗的追记，济兹《夜莺歌》似乎就在这棵树下写成。布朗说，“一八一九年春天，有只夜莺做窠在这屋子近处。济兹常静听它歌唱以自怡悦；一天早晨吃完早饭，他端起一张椅子坐到草地上梅树下，直坐了两三点钟。进屋子的时候，见他拿着几张纸片儿，塞向书后面去。问他，才知道是歌咏我们的夜莺之作。”这里说的梅树，也许就是花园里那一棵。但是屋前还有草地，地上也是一棵三百岁老桑树，枝叶扶疏，至今结桑椹；有人想《夜莺歌》也许在这棵树下写的。济兹的好诗在这宅子里写的最多。

他们隔壁住过一家姓布龙（Brawne）的。有位小姐叫凡耐（Fanny），让济兹爱上了，他俩订了婚，他的朋友颇有人不以为然，为的女的配不上；可是女家也大不乐意，为的济兹身体弱，又像疯疯癫癫的。济兹自己写小姐道：“她个儿和我差不多——长长的脸蛋儿——多愁善感——头梳得好——鼻子不坏，就是有点小毛病——嘴有坏处有好处——脸侧面看好，正面看，又瘦又少血色，像没有骨头。身架苗条，姿态如之——胳膊好，手差点儿——脚还可以——她不止十七岁，可是天真烂漫——举动奇奇怪怪的，到处跳跳蹦蹦，给人编诨名，近来愣叫我‘自美自的女孩子’——我想这并非生性坏，不过爱闹一点漂亮劲儿罢了。”

一八二〇年二月，济兹从外面回来，吐了一口血。他母亲和三弟都死在痨病上，他也是个痨病底子；从此便一天坏似一天。这一年九月，他的朋友赛梵（Joseph Severn）伴他上罗马去养病；次年二月就死在那里，葬新教坟场，才二十六岁。现在这屋子里陈列着一圈头发，大约是赛梵在他死后从他头上剪下来的。又次年，赛梵向人谈起，说他保存着可怜的济兹一点头发，等个朋友捎回英国去；他说他有个怪想头，想照他的希腊琴的样子作根别针，就用济兹头发当弦子，送给可怜的布龙小姐，只恨找不到这样的手艺人。济兹头发的颜色在各人眼里不大一样：有的说赤褐色，有的说棕色，有的说暖棕色，他二弟两口子说是金红色，赛梵追画他的像，却又画作深厚的棕黄色。布龙小姐的头发，这儿也有一并存着。

他俩订婚戒指也在这儿，镶着一块红宝石。还有一册仿四折本《莎士比亚》，是济兹常用的。他对于莎士比亚，下过一番苦功夫；书中页边行里都画着道儿，也有些精湛的评语。空白处亲笔写着他见密尔顿发和独坐重读《黎琊王》剧作两首诗；书名页上记着“给布龙凡耐，一八二〇”，照年份看，准是上意大利去时送了作纪念的。珂罗版印的《夜莺歌》墨迹，有一份在这儿，另有哈代《汉姆司台德宅作》一诗手稿，是哈代夫人捐赠的，宅中出售影印本。济兹书法以秀丽胜，哈代的以苍老胜。

这屋子保存下来却并不易。一九二一年，业主想出售，由人翻盖招租，地段好，脱手一定快的；本区市长知道了，赶紧组织委员会募款一万镑。款还募得不多，投机的建筑公司已经争先向业主讲价钱。在这千钧一发的当儿，亏得市长和本区四委员迅速行动，用私人名义担保付款，才得挽回危局。后来共收到捐款四千六百五十镑（约合七八万元），多一半是美国人捐的；那时正当大战之后，为这件事在英国募款是不容易的。

加莱尔（Thomas Carlyle，1795—1881）宅，在泰晤士河旁乞而西区（Chelsea）；这一区至今是文人艺士荟萃之处。加莱尔是维多利亚时代初期的散文家，当时号为“乞而西圣人”。一八三四年住到这宅子里，一直到死。书房在三层楼上，他最后一本书《弗来德力大帝传》就在这儿写的。这间房前面临街，后面是小园子；他让前后都砌上夹墙，为的怕那街上的嚣声，园中的鸡叫。他著书时坐的椅子还在；还有一件呢浴衣。据说他最爱穿浴衣，有不少件；苏格兰国家画院所藏他的画像，便穿着灰呢浴衣，坐在沙发上读书，自有一番宽舒的气象。画中读书用的架子还可看见。宅里存着他几封信，女司事愿意念给访问的人听，朗朗有味。二楼加莱尔夫人屋里放着架小屏，上面横的竖的斜的正的贴满了世界各处风景和人物的画片。

迭更斯（Charles Dickens，1812—1870）宅，在“西头”，现在是热闹地方。迭更斯出身贫贱，熟悉下流社会情形；他小说里写这种情形，最是酣畅淋漓之至。这使他成为“本世纪最通俗的小说家，又英国大幽默家之一”，如他的老友浮斯大（John Forster）给他作的传开端所说。他一八三六年动手写《比克维克秘记》（*Pickwick Papers*），在月刊上发表。起初是绅士比克维克等行猎故事，不甚为世所重；后来仆人山姆（Sam weller）出现，诙谐嘲讽，百变不穷，那月刊顿时风行起来。迭更斯手头渐宽，这才迁入这宅子里，时在一八三七年。

他在这里写完了《比克维克秘记》，就是这一年印成单行本。他算是一举成名，从此直到他死时，三十四年间，总是蒸蒸日上。来这屋子不多日子，他借了一个饭店举行《秘记》发表周年纪念，又举行他夫妇结婚周年纪念。住了约莫两年，又写成《块肉余生述》《滑稽外史》等。这其间生了两个女儿，房子挤不下了；一八三九年终，他便搬到别处去了。

屋子里最热闹的是画，画着他小说中的人物，墙上大大小小，突梯滑稽，满是的。所以一屋子春气。他的人物虽只是类型，不免奇幻荒唐之处，可是有真味，有人味；因此这么让人欢喜赞叹。屋子下层一间厨房，所谓“丁来谷厨房”，道地老式英国厨房，是特地布置起来的——“丁来谷”是比克维克一行下乡时寄住的地方。厨房架子上摆着带釉陶器，也都画着迭更斯的人物。这宅里还存着他的手杖，头发；一朵玫瑰花，是从他尸身上取下来的；一块小窗户，是他十一岁时住的楼顶小屋里的；一张书桌，他带到美洲去过，临死时给了二女儿，现时罩着紫色天鹅绒，蛮伶俐的。此外有他从这屋子寄出的两封信，算回了老家。

这四所宅子里的东西，多半是人家捐赠；有些是特地买了送来的。也有借得来陈列的。管事的人总是在留意搜寻着，颇为苦心热肠。经常用费大部靠基金和门票、指南等余利；但门票卖的并不多，指南照顾的更少，大约维持也不大容易。

格雷（Thomas Gray，1716—1771）以《挽歌辞》（*ElegyWritten in a Country Churchyard*）著名。原题中所云“作于乡村教堂墓地中”，指司妥克波忌士（Stoke Poges）的教堂而言。诗作于一七四二格雷二十五岁时，成于一七五〇，当时诗人怀古之情，死生之感，亲近自然之意，诗中都委婉达出，而句律精妙，音节谐美，批评家以为最足代表英国诗，称为诗中之诗。诗出后，风靡一时，诵读模拟，遍于欧洲各国；历来引用极多，至今已成为英美文学教育的一部分。司妥克波忌士在伦敦西南，从那著名的温泽堡（Windsor Castle）去是很近的。四月一个下午，微雨之后，我们到了那里。一路幽静，似乎鸟声也不大听见。拐了一个小弯儿，眼前一片平铺的碧草，点缀着稀疏的墓碑；教堂木然孤立，像戏台上布景似的。小路旁一所小屋子，门口有小木牌写着格雷陈列室之类。出来一位白发老人，殷勤地引我们去看格雷墓，长方形，特别大，是和他母亲、姨母合葬的，紧挨着教堂墙下。又看水松树（yew－tree），老人说格雷在那树下写《挽歌辞》来着；《挽歌辞》里提到水松树，倒是确实的。我们又兜了个大圈子，才回到小屋里，看《挽歌辞》真迹的影印本。还有几件和格雷关系很疏的旧东西。屋后有井，老人自己汲水灌园，让我们想起“灌园叟”来；临别他送我们每人一张教堂影片。

松堂游记

去年夏天，我们和S君夫妇在松堂住了三日。难得这三日的闲，我们约好了什么事不管，只玩儿，也带了两本书，却只是预备闲得真没办法时消消遣的。

出发的前夜，忽然雷雨大作。枕上颇为怅怅，难道天公这么不作美吗！第二天清早，一看却是个大晴天。上了车，一路树木带着宿雨，绿得发亮，地下只有一些水塘，没有一点尘土，行人也不多。又静，又干净。

想着到还早呢，过了红山头不远，车却停下了。两扇大红门紧闭着，门额是国立清华大学西山牧场。拍了一会门，没人出来，我们正在没奈何，一个过路的孩子说这门上了锁，得走旁门。旁门上挂着牌子，“内有恶犬”。小时候最怕狗，有点趑趄。

门里有人出来，保护着进去，一面吆喝着汪汪的群犬，一面只是说，“不碍不碍”。

过了两道小门，真是豁然开朗，别有天地。一眼先是亭亭直上，又刚健又婀娜的白皮松。白皮松不算奇，多得好，你挤着我我挤着你也不算奇，疏得好，要像住宅的院子里，四角上各来上一棵，疏不是？谁爱看？这儿就是院子大得好，就是四方八面都来得好。中间便是松堂，原是一座石亭子改造的，这座亭子高大轩敞，对得起那四围的松树，大理石柱，大理石栏干，都还好好的，白，滑，冷。白皮松没有多少影子，堂中明窗净儿，坐下来清清楚楚觉得自己真太小，在这样高的屋顶下。树影子少，可不热，廊下端详那些松树灵秀的姿态，洁白的皮肤，隐隐的一丝儿凉意便袭上心头。

堂后一座假山，石头并不好，堆叠得还不算傻瓜。里头藏着个小洞，有神龛，石桌，石凳之类。可是外边看，不仔细看不出。得费点心去发现。假山上满可以爬过去，不顶容易，也不顶难。后山有座无梁殿，红墙，各色琉璃砖瓦，屋脊上三个瓶子，太阳里古艳照人。殿在半山，岿然独立，有俯视八极气象。天坛的无梁殿太小，南京灵谷寺的太黯淡，又都在平地上。山上还残留着些旧碉堡，是乾隆打金川时在西山练健锐云梯营用的，在阴雨天或斜阳中看最有味。又有座白玉石牌坊，和碧云寺塔院前那一座一般，不知怎样，前年春天倒下了，看着怪不好过的。

可惜我们来的还不是时候，晚饭后在廊下黑暗里等月亮，月亮老不上，我们什么都谈，又赌背诗词，有时也沉默一会儿。黑暗也有黑暗的好处，松树的长影子阴森森的有点像鬼物拿土。但是这么看的话，松堂的院子还差得远，白皮松也太秀气，我想起郭沫若君《夜步十里松原》那首诗，那才够阴森森的味儿——而且得独自一个人。好了，月亮上来了，却又让云遮去了一半，老远的躲在树缝里，像个乡下姑娘，羞答答的。从前人说："千呼万唤始出来，犹抱琵琶半遮面。"真有点儿！云越来越厚，由他罢，懒得去管了。可是想，若是一个秋夜，刮点西风也好。虽不是真松树，但那奔腾澎湃的"涛"声也该得听吧。

西风自然是不会来的。临睡时，我们在堂中点上了两三支洋蜡。怯怯的焰子让大屋顶压着，喘不出气来。我们隔着烛光彼此相看，也像蒙着一层烟雾。外面是连天漫地一片黑，海似的。只有远近几声犬吠，教我们知道还在人间世里。

1935 年 5 月 15 日

吃的

提到欧洲的吃喝，谁总会想到巴黎，伦敦是算不上的。不用说别的，就说煎山药蛋吧。法国的切成小骨牌块儿，黄争争的，油汪汪的，香喷喷的；英国的“条儿”（chips）却半黄半黑，不冷不热，干干儿的什么味也没有，只可以当饱罢了。再说英国饭吃来吃去，主菜无非是煎炸牛肉排羊排骨，配上两样素菜；记得在一个人家住过四个月，只吃过一回煎小牛肝儿，算是新花样。可是菜做得简单，也有好处；材料坏容易见出，像大陆上厨子将坏东西做成好样子，在英国是不会的。大约他们自己也觉着腻味，所以一九二六那一年有一位华衣脱女士（E. White）组织了一个英国民间烹调社，搜求各市各乡的食谱，想给英国菜换点儿花样，让它好吃些。一九三一年十二月烹调社开了一回晚餐会，从十八世纪以来的食谱中选了五样菜（汤和点心在内），据说是又好吃，又不费事。这时候正是英国的国货年，所以报纸上颇为揄扬一番。可是，现在欧洲的风气，吃饭要少要快，那些陈年的老古董，怕总有些不合时宜吧。

吃饭要快，为的忙，欧洲人不能像咱们那样慢条斯理儿的，大家知道。干吗要少呢？为的卫生，固然不错，还有别的：女的男的都怕胖。女的怕胖，胖了难看；男的也爱那股标劲儿，要像个运动家。这个自然说的是中年人少年人；老头子挺着个大肚子的却有的是。欧洲人一日三餐，分量颇不一样。像德国，早晨只有咖啡面包，晚间常冷食，只有午饭重些。法国早晨是咖啡，月芽饼，午饭晚饭似乎一般分量。英国却早晚饭并重，午饭轻些。英国讲究早饭，和我国成都等处一样。有麦粥，火腿蛋，面包，茶，有时还有薰咸鱼，果子。午饭顶简单的，可以只吃一块烤面包，一杯咖啡；有些小饭店里出卖午饭盒子，是些冷鱼冷肉之类，却没有卖晚饭盒子的。

伦敦头等饭店总是法国菜，二等的有意大利菜，法国菜，瑞士菜之分；旧城馆子和茶饭店等才是本国味道。茶饭店与煎炸店其实都是小饭店的别称。茶饭店的“饭”原指的午饭，可是卖的东西并不简单，吃晚饭满成；煎炸店除了煎炸牛肉排羊排骨之外，也卖别的。头等饭店没去过，意大利的馆子却去过两家。一家在牛津街，规模很不小，晚饭时有女杂耍和跳舞。只记得那回第一道菜是生蚝之类；一种特制的盘子，边上围着七八个圆格子，每格放半个生蚝，吃起来很雅相。另一家在由斯敦路，也是个热闹地方。这家却小小的，通心细粉做得最好；将粉切成半分来长的小圈儿，用黄油煎熟了，平铺在盘儿里，洒上干酪（计司）粉，轻松鲜美，妙不可言。还有炸“搦气蚝”，鲜嫩清香，蝤蛑，瑶柱，都不能及；只有宁波的蛎黄仿佛近之。

茶饭店便宜的有三家：拉衣恩司（Lyons），快车奶房，ABC面包房。每家都开了许多店子，遍布市内外；ABC比较少些，也贵些，拉衣恩司最多。快车奶房炸小牛肉小牛肝和红烧鸭块都还可口；他们烧鸭块用木炭火，所以颇有中国风味。ABC炸牛肝也可吃，但火急肝老，总差点儿事；点心烤得却好，有几件比得上北平法国面包房。拉衣恩司似乎没甚么出色的东西；但他家有两处“角店”，都在闹市转角处，那里却有好吃的。角店一是上下两大间，一是三层三大间，都可容一千五百人左右；晚上有乐队奏乐。一进去只见黑压压的坐满了人，过道处窄得可以，但是气象颇为阔大（有个英国学生讥为“穷人的宫殿”，也许不错）；在那里往往找了半天站了半天才等着空位子。这三家所有的店子都用女侍者，只有两处角店里却用了些男侍者——男侍者工钱贵些。男女侍者都穿了黑制服，女的更戴上白帽子，分层招待客人。也只有在角店里才要给点小费（虽然门上标明“无小费”字样），别处这三家开的铺子里都不用给的。曾去过一处角店，烤鸡做得还入味；但是一只鸡腿就合中国一元五角，若吃鸡翅还要贵点儿。茶饭店有时备着骨牌等等，供客人消遣，可是向侍者要了玩的极少；客人多的地方，老是有人等位子，干脆就用不着备了。此外还有一种生蚝店，专吃生蚝，不便宜；一位房东太太告诉我说“不卫生”，但是吃的人也不见少。吃生蚝却不宜在夏天，所以英国人说月名中没有“R”（五六七八月），生蚝就不当令了。伦敦中国饭店也有七八家，贵贱差得很大，看地方而定。菜虽也有些高低，可都是变相的广东味儿，远不如上海新雅好。在一家广东楼要过一碗鸡肉馄饨，合中国一元六角，也够贵了。

茶饭店里可以吃到一种甜烧饼（muffin）和窝儿饼（crumpet）。甜烧饼仿佛我们的火烧，但是没馅儿，软软的，略有甜味，好像掺了米粉做的。窝儿饼面上有好些小窝窝儿，像蜂房，比较地薄，也像掺了米粉。这两样大约都是法国来的；但甜烧饼来的早，至少二百年前就有了。厨师多住在祝来巷（Drury Lane），就是那著名的戏园子的地方；从前用盘子顶在头上卖，手里摇着铃子。那时节人家都爱吃，买了来，多多抹上黄油，在客厅或饭厅壁炉上烤得热辣辣的，让油都浸进去，一口咬下来，要不沾到两边口角上。这种偷闲的生活是很有意思的。但是后来的窝儿饼浸油更容易，更香，又不太厚，太软，有咬嚼些，样式也波俏；人们渐渐地喜欢它，就少买那甜烧饼了。一位女士看了这种光景，心下难过；便写信给《泰晤士报》，为甜烧饼抱不平。《泰晤士报》特地做了一篇小社论，劝人吃甜烧饼以存古风；但对于那位女士所说的窝儿饼的坏话，却宁愿存而不论，大约那论者也是爱吃窝儿饼的。

复活节（三月）时候，人家吃煎饼（pancake），茶饭店里也卖；这原是忏悔节（二月底）忏悔人晚饭后去教堂之前吃了好熬饿的，现在却在早晨吃了。饼薄而脆，微甜。北平中原公司卖的“胖开克”（煎饼的音译）却未免太“胖”，而且软了。——说到煎饼，想起一件事来：美国麻省勃克夏地方（Betkshire Country）有“吃煎饼竞争”的风俗，据《泰晤士报》说，一九三二的优胜者一气吃下四十二张饼，还有腊肠热咖啡。这可算“真正大肚皮”了。

英国人每日下午四时半左右要喝一回茶，就着烤面包黄油。请茶会时，自然还有别的，如火腿夹面包，生豌豆苗夹面包，茶馒头（tea scone）等等。他们很看重下午茶，几乎必不可少。又可乘此请客，比请晚饭简便省钱得多。英国人喜欢喝茶，过于喝咖啡，和法国人相反；他们也煮不好咖啡。喝的茶现在多半是印度茶；茶饭店里虽卖中国茶，但是主顾寥寥。不让利权外溢固然也有关系，可是不利于中国茶的宣传（如说制时不干净）和茶味太淡才是主要原因。印度茶色浓味苦，加上牛奶和糖正合式；中国红茶不够劲儿，可是香气好。奇怪的是茶饭店里卖的，色香味都淡得没影子。那样茶怎么会运出去，真莫名其妙。

街上偶然会碰着提着筐子卖落花生的（巴黎也有），推着四轮车卖炒栗子的，教人有故国之思。花生栗子都装好一小口袋一小口袋的，栗子车上有炭炉子，一面炒，一面装，一面卖。这些小本经纪在伦敦街上也颇古色古香，点缀一气。栗子是干炒，与我们“糖炒”的差得太多了。——英国人吃饭时也有干果，如核桃，榛子，榧子，还有巴西乌菱（原名 Brazils，巴西出产，中国通称“美国乌菱”），乌菱实大而肥，香脆爽口，运到中国的太干，便不大好。他们专有一种干果夹，像钳子，将干果夹进去，使劲一握夹子柄，“格”的一声，皮壳碎裂，有些蹦到远处，也好玩儿的。苏州有瓜子夹，像剪刀，却只透着玲珑小巧，用不上劲儿去。

乞丐

“外国也有乞丐”，是的；但他们的丐道或丐术不大一样。近些年在上海常见的，马路旁水门汀上用粉笔写着一大堆困难情形，求人帮助，粉笔字一边就坐着那写字的人，——北平也见过这种乞丐，但路旁没有水门汀，便只能写在纸上或布上——却和外国乞丐相像；这办法不知是“来路货”呢，还是“此心同，此理同”呢？

伦敦乞丐在路旁画画的多，写字的却少。只在特拉伐加方场附近见过一个长须老者（外国长须的不多），在水门汀上端坐着，面前几行潦草的白粉字。说自己是大学出身，现在一寒至此，大学又有何用，这几句牢骚话似乎颇打动了一些来来往往的人，加上老者那炯炯的双眼，不露半星儿可怜相，也教人有点肃然。他右首放着一只小提箱，打开了，预备人往里扔钱。那地方本是四通八达的闹市，扔钱的果然不少。箱子内外都撒的铜子儿（便士）；别的乞丐却似乎没有这么好的运气。

画画的大半用各色粉笔，也有用颜料的。见到的有三种花样。或双钩 To Live（求生）二字，每一个字母约一英尺见方，在双钩的轮廓里精细地作画。字母整齐匀净，通体一笔不苟。或双钩 Good Luck（好运）二字，也有只用 Luck（运气）一字的。——“求生”是自道；“好运”“运气”是为过客颂祷之辞。或画着四五方风景，每方大小也在一英尺左右。通常画者坐在画的一头，那一头将他那旧帽子翻过来放着，铜子儿就扔在里面。

这些画丐有些在艺术学校受过正式训练，有些平日爱画两笔，算是“玩艺儿”。到没了落儿，便只好在水门汀上动起手来了。一九三二年五月十日，这些人还来了一回展览会。那天的晚报（*The Evening News*）上选印了几幅，有两幅是彩绣的。绣的人诨名“牛津街开特尔老大”，拳乱时做水手，来过中国，他还记得那时情形。这两幅画绣在帆布（画布）上，每幅下了八万针。他绣过英王爱德华像，据说颇为当今王后所赏识；那是他生平最得意的时候。现在却只在牛津街上浪荡着。

晚报上还记着一个人。他在杂戏馆（Halls）干过三十五年，名字常大书在海报上。三年前还领了一个杂戏班子游行各处，他扮演主要的角色。英伦三岛的城市都到过；大陆上到过百来处，美国也到过十来处。也认识贾波林。可是时运不济，“老伦敦”却没一个子儿。他想起从前朋友们说过静物写生多么有意思，自己也曾学着玩儿；到了此时，说不得只好凭着这点“玩艺儿”在泰晤士河长堤上混混了。但是他怕认得他的人太多，老是背向着路中，用大帽檐遮了脸儿。他说在水门汀上作画颇不容易；最怕下雨，几分钟的雨也许毁了整天的工作。他说总想有朝一日再到戏台上去。

画丐外有乐丐。牛津街见过一个，开着话匣子，似乎是坐在三轮自行车上；记得颇有些堂哉皇也的神气。复活节星期五在冷街中却见过一群，似乎一人推着风琴，一人按着，一人高唱《颂圣歌》——那推琴的也和着。这群人样子却就狼狈了。据说话匣子等等都是赁来；他们大概总有得赚的。另一条冷街上见过一个男的带着两个女的，穿著得像刚从垃圾堆里出来似的。一个女的还抹着胭脂，简直是一块块红土！男的奏乐，女的乱七八糟的跳舞，在刚下完雨泥滑滑的马路上。这种女乞丐像很少。又见过一个拉小提琴的人，似乎很年轻，很文雅，向着步道上的过客站着。右手本来抱着个小猴儿；拉琴时先把它抱在左肩头蹲着。拉了没几弓子，猴儿尿了；他只若无其事，让衣服上淋淋漓漓的。

牛津街上还见过一个，那真狼狈不堪。他大概赁话匣子等等的力量都没有；只找了块板儿，三四尺长，五六寸宽，上面安上条弦子，用只玻璃水杯将弦子绷起来。把板儿放在街沿下，便蹲着，两只手穿梭般弹奏着。那是明灯初上的时候，步道上人川流不息；一双双脚从他身边匆匆的跨过去，看见他的似乎不多。街上汽车声脚步声谈话声混成一片，他那独弦的细声细气，怕也不容易让人听见。可是他还是埋着头弹他那一手。

几年前一个朋友还见过背诵迭更斯小说的。大家正在戏园门口排着班等买票；这个人在旁背起《块肉余生述》来，一边念，一边还做着。这该能够多找几个子儿，因为比那些话匣子等等该有趣些。

警察禁止空手空口的乞丐，乞丐便都得变做卖艺人。若是无艺可卖，手里也得拿点东西，如火柴皮鞋带之类。路角落里常有男人或女人拿着这类东西默默站着，脸上大都是黯淡的。其实卖艺，卖物，大半也是幌子；不过到底教人知道自尊些，不许不做事白讨钱。只有瞎子，可以白讨钱。他们站着或坐着；胸前有时挂一面纸牌子，写着“盲人”。又有一种人，在乞丐非乞丐之间。有一回找一家杂耍场不着，请教路角上一个老者。他殷勤领着走，一面说刚失业，没钱花，要我帮个忙儿。给了五个便士（约合中国三毛钱），算是酬劳，他还争呢。其实只有二三百步路罢了。跟着走，诉苦，白讨钱的，只遇着一次；那里街灯很暗，没有警察，路上人也少，我又是外国人，他所以厚了脸皮，放了胆子——他自然不是瞎子。

人话

在北平呆过的人总该懂得“人话”这个词儿。小商人和洋车夫等等彼此动了气，往往破口问这么句话：

你懂人话不懂？——要不就说：

你会说人话不会？

这是一句很重的话，意思并不是问对面的人懂不懂人话，会不会说人话，意思是骂他不懂人话，不会说人话。不懂人话，不会说人话，干脆就是畜生！这叫拐着弯儿骂人，又叫骂人不带脏字儿。不带脏字儿是不带脏字儿，可到底是“骂街”，所以高尚人士不用这个词儿。他们生气的时候也会说“不通人性”“不像人”“不是人”，还有“不像话”“不成话”等等，可就是不肯用“人话”这个词儿。“不像话”，“不成话”是没道理的意思；“不通人性”“不像人”“不是人”还不就是畜生？比起“不懂人话”“不说人话”来，还少拐了一个弯儿呢。可是高尚人士要在人背后才说那些话，当着面大概他们是不说的。这就听着火气小，口气轻似的，听惯了这就觉得“不通人性”“不像人”“不是人”那几句来得斯文点儿，不像“人话”那么野。其实，按字面儿说，“人话”倒是个含蓄的词儿。

北平人讲究规矩，他们说规矩，就是客气。我们走进一家大点儿的铺子，总有个伙计出来招待，哈哈腰说，“您来啦!”出来的时候，又是个伙计送客，哈哈腰说，“您走啦，不坐会儿啦?”这就是规矩。洋车夫看同伙的问好儿，总说，“您老爷子好？老太太好?”“您少爷在哪儿上学?”从不说“你爸爸”“你妈妈”“你儿子”，可也不会说“令尊”“令堂”“令郎”那些个，这也是规矩。有的人觉得这些都是假仁假义，假声假气，不天真，不自然。他们说北平人有官气，说这些就是凭据。不过天真不容易表现，有时也不便表现。只有在最亲近的人面前，天真才有流露的机会，再说天真有时就是任性，也不一定是可爱的。所以得讲规矩。规矩是调节天真的，也就是“礼”，四维之首的“礼”。礼须要调节，得有点儿做作是真的，可不能说是假。调节和做作是为了求中和，求平衡，求自然——这儿是所谓“习惯成自然”。规矩也罢，礼也罢，无非教给人做人的道理。我们现在到过许多大都市，回想北平，似乎讲究规矩并不坏，至少我们少碰了许多硬钉子。讲究规矩是客气，也是人气，北平人爱说的那套话都是他们所谓“人话”。

别处人不用“人话”这个词儿，只说讲理不讲理，雅俗通用。讲理是讲理性，讲道理。所谓“理性”（这是老名词，重读“理”字，翻译的名词“理性”，重读“性”字）自然是人的理性，所谓道理也就是做人的道理。现在人爱说“合理”，那个

“理”的意思比“讲理”的“理”宽得多。“讲理”当然“合理”，这是常识，似乎用不着检出西哲亚里士多德的大帽子，说“人是理性的动物”。可是这句话还是用得着，“讲理”是“理性的动物”的话，可不就是“人话”？不过不讲理的人还是不讲理的人，并不明白的包含着“不懂人话”“不会说人话”所包含着的意思。讲理不一定和平，上海的“讲茶”就常教人触目惊心的。可是看字面儿，“你讲理不讲理?”的确比“你懂人话不懂?”“你会说人话不会?”和平点儿。“不讲理”比“不懂人话”“不会说人话”多拐了个弯儿，就不至于影响人格了。所谓做人的道理大概指的恕道，就是孔子所说的“己所不欲，勿施于人”。而“人话”要的也就是恕道。按说“理”这个词儿其实有点儿灰色，赶不上“人话”那个词儿鲜明，现在也许有人觉得还用得着这么个鲜明的词儿。不过向来的小商人洋车夫等等把它用得太鲜明了，鲜明得露了骨，反而糟蹋了它，这真是怪可惜的。

威尼斯

威尼斯（Venice）是一个别致地方。出了火车站，你立刻便会觉得；这里没有汽车，要到哪儿，不是搭小火轮，便是雇“刚朵拉”（Gondola）。大运河穿过威尼斯像反写的S；这就是大街。另有小河道四百十八条，这些就是小胡同。轮船像公共汽车，在大街上走；“刚朵拉”是一种摇橹的小船，威尼斯所特有，它哪儿都去。威尼斯并非没有桥；三百七十八座，有的是。只要不怕转弯抹角，哪儿都走得到，用不着下河去。可是轮船中人还是很多，“刚朵拉”的买卖也似乎并不坏。

威尼斯是“海中的城”，在意大利半岛的东北角上，是一群小岛，外面一道沙堤隔开亚得利亚海。在圣马克广场的钟楼上看，团花簇锦似的东一块西一块在绿波里荡漾着。远处是水天相接，一片茫茫。这里没有什么煤烟，天空干干净净；在温和的日光中，一切都像透明的。中国人到此，仿佛在江南的水乡；夏初从欧洲北部来的，在这儿还可看见清清楚楚的春天的背影。海水那么绿，那么酽，会带你到梦中去。

威尼斯不单是明媚，在圣马克广场走走就知道。这个广场南面临着一道运河；场中偏东南便是那可以望远的钟楼。威尼斯最热闹的地方是这儿，最华妙庄严的地方也是这儿。除了西边，围着的都是三百年以上的建筑，东边居中是圣马克堂，却有了八九百年——钟楼便在它的右首。再向右是“新衙门”；教堂左首是“老衙门”。这两溜儿楼房的下一层，现在满开了铺子。铺子前面是长廊，一天到晚是来来去去的人。紧接着教堂，直伸向运河去的是公爷府；这个一半属于小广场，另一半便属于运河了。

圣马克堂是广场的主人，建筑在十一世纪，原是卑赞廷式，以直线为主。十四世纪加上戈昔式的装饰，如尖拱门等；十七世纪又参入文艺复兴期的装饰，如栏干等。所以庄严华妙，兼而有之；这正是威尼斯人的漂亮劲儿。教堂里屋顶与墙壁上满是碎玻璃嵌成的画，大概是真金色的地，蓝色和红色的圣灵像。这些像做得非常肃穆。教堂的地是用大理石铺的，颜色花样种种不同。在那种空阔阴暗的氛围中，你觉得伟丽，也觉得森严。教堂左右那两溜儿楼房，式样各别，并不对称；钟楼高三百二十二英尺，也偏在一边儿。但这两溜房子都是三层，都有许多拱门，恰与教堂的门面与圆顶相称；又都是白石造成，越衬出教堂的金碧辉煌来。教堂右边是向运河去的路，是一个小广场，本来显得空阔些，钟楼恰好填了这个空子。好像我们戏里大将出场，后面一杆旗子总是偏着取势；这方场中的建筑，节奏其实是和谐不过的。十八世纪意大利卡那来陀（Canaletto）一派画家专画威尼斯的建筑，取材于这广场的很多。德国德莱司敦画院中有几张，真好。

公爷府里有好些名人的壁画和屋顶画，丁陶来陀（Tintoretto，十六世纪）的大画《乐园》最著名；但更重要的是它建筑的价值。运河上有了这所房子，增加了不少颜色。这全然是戈昔式；动工在九世纪初，以后屡次遭火，屡次重修，现在的据说还是原来的式样。最好看的是它的西南两面；西面斜对着圣马克广场，南面正在运河上。在运河里看，真像在画中。它也是三层：下两层是尖拱门，一眼看去，无数的柱子。最下层的拱门简单疏阔，是载重的样子；上一层便繁密得多，为装饰之用；最上层却更简单，一根柱子没有，除了疏疏落落的窗和门之外，都是整块的墙面。墙面上用白的与玫瑰红的大理石砌成素朴的方纹，在日光里鲜明得像少女一般。威尼斯人真不愧着色的能手。这所房子从运河中看，好像在水里。下两层是玲珑的架子，上一层才是屋子；这是很巧的结构，加上那艳而雅的颜色，令人有惝恍迷离之感。府后有太息桥；从前一边是监狱，一边是法院，狱囚提讯须过这里，所以得名。拜伦诗中曾咏此，因而便脍炙人口起来，其实也只是近世的东西。

威尼斯的夜曲是很著名的。夜曲本是一种抒情的曲子，夜晚在人家窗下随便唱。可是运河里也有：晚上在圣马克广场的河边上，看见河中有红绿的纸球灯，便是唱夜曲的船。雇了“刚朵拉”摇过去，靠着那个船停下，船在水中间，两边挨次排着“刚朵拉”，在微波里荡着，像是两只翅膀。唱曲的有男有女，围着一张桌子坐，轮到了便站起来唱，旁边有音乐和着。曲词自然是意大利语，意大利的语音据说最纯粹，最清朗。听起来似乎的确斩截些，女人的尤其如此——意大利的歌女是出名的。音乐节奏繁密，声情热烈，想来是最流行的“爵士乐”。在微微摇摆的红绿灯球底下，颤着酽酽的歌喉，运河上一片朦胧的夜也似乎透出玫瑰红的样子。唱完几曲之后，船上有人跨过来，反拿着帽子收钱，多少随意。不愿意听了，还可摇到第二处去。这个略略像当年的秦淮河的光景，但秦淮河却热闹得多。

从圣马克广场向西北去，有两个教堂在艺术上是很重要的。一个是圣罗珂堂，旁边有一所屋子，墙上屋顶上满是画；楼上下大小三间屋，共六十二幅画，是丁陶来陀的手笔。屋里暗极，只有早晨看得清楚。丁陶来陀作画时，因地制宜，大部分只粗粗勾勒，利用阴影，教人看了觉得是几经琢磨似的。《十字架》一幅在楼上小屋内，力量最雄厚。佛拉利堂在圣罗珂近旁，有大画家铁沁（Titian，十六世纪）和近代雕刻家卡奴洼（Canova）的纪念碑。卡奴洼的，灵巧，是自己打的样子；铁沁的，宏壮，是十九世纪中叶才完成的。他的《圣处女升天图》挂在神坛后面，那朱红与亮蓝两种颜色鲜明极了，全幅气韵流动，如风行水上。倍里尼（Giovanni Bellini，十五世纪）的《圣母像》，也是他的精品。他们都还有别的画在这个教堂里。

从圣马克广场沿河直向东去，有一处公园；从一八九五年起，每两年在此地开国际艺术展览会一次。今年是第十八届；加入展览的有意，荷，比，西，丹，法，英，奥，苏俄，美，匈，瑞士，波兰等十三国，意大利的东西自然最多，种类繁极了；未来派立体派的图画雕刻，都可见到，还有别的许多新奇的作品，说不出路数。颜色大概鲜明，教人眼睛发亮；建筑也是新式，简截不啰嗦，痛快之至。苏俄的作品不多，大概是工农生活的表现，兼有沉毅和高兴的调子。他们也用鲜明的颜色，但显然没有很费心思在艺术上，作风老老实实，并不向牛犄角里寻找新奇的玩意儿。

威尼斯的玻璃器皿，刻花皮件，都是名产，以典丽风华胜，绛丝也不错。大理石小雕像，是著名大品的缩本，出于名手的还有味。

执政府大屠杀记

三月十八是一个怎样可怕的日子！我们永远不应该忘记这个日子！

这一日，执政府的卫队，大举屠杀北京市民——十分之九是学生！死者四十余人，伤者约二百人！这在北京是第一回大屠杀！

这一次的屠杀，我也在场，幸而直到出场时不曾遭着一颗弹子；请我的远方的朋友们安心！第二天看报，觉得除一两家报纸外，各报记载多有与事实不符之处。究竟是访闻失实，还是安着别的心眼儿，我可不得而知，也不愿细论。我只说我当场眼见和后来耳闻的情形，请大家看看这阴惨惨的二十世纪二十六年三月十八日的中国！——十九日《京报》所载几位当场逃出的人的报告，颇是翔实，可以参看。

我先说游行队。我自天安门出发后，曾将游行队从头至尾看了一回。全数约二千人；工人有两队，至多五十人；广东外交代表团一队，约十余人；国民党北京特别市党部一队，约二三十人；留日归国学生团一队，约二十人，其余便多是北京的学生了，内有女学生三队。拿木棍的并不多，而且都是学生，不过十余人；工人拿木棍的，我不曾见。木棍约三尺长，一端削尖了，上贴书有口号的纸，做成旗帜的样子。至于“有铁钉的木棍”我却不曾见！

我后来和清华学校的队伍同行，在大队的最后。我们到执政府前空场上时，大队已散开在满场了。这时府门前站着约莫两百个卫队，分两边排着；领章一律是红地，上面“府卫”两个黄铜字，确是执政府的卫队。他们都背着枪，悠然的站着：毫无紧张的颜色。而且枪上不曾上刺刀，更不显出什么威武。这时有一个人爬在石狮子头上照相。那边府里正面楼上，栏杆上伏满了人，而且拥挤着，大约是看热闹的。在这一点上，执政府颇像寻常的人家，而不像堂堂的“执政府”了。照相的下了石狮子，南边有了报告的声音：“他们说是一个人没有，我们怎么样？”这大约已是五代表被拒以后了；我们因走进来晚，故未知前事——但在这时以前，群众的嚷声是决没有的。到这时才有一两处的嚷声了：“回去是不行的！”“吉兆胡同！”“……”忽然队势散动了，许多人纷纷往外退走；有人连声大呼：“大家不要走，没有什么事！”一面还扬起了手，我们清华队的指挥也扬起手叫道：“清华的同学不要走，没有事！”这其间，人众稍稍聚拢，但立刻即又散开；清华的指挥第二次叫声刚完，我看见众人纷纷逃避时，一个卫队已装完子弹了！我赶忙向前跑了几步，向一堆人旁边睡下；但没等我睡下，我的上面和后面各来了一个人，紧紧地挨着我。我不能动了，只好蜷曲着。

这时已听到劈劈拍拍的枪声了；我生平是第一次听枪声，起初还以为是空枪呢（这时已忘记了看见装子弹的事）。但一两分钟后，有鲜红的热血从上面滴到我的手背上，马褂上了，我立刻明白屠杀已在进行！这时并不害怕，只静静的注意自己的运命，其余什么都忘记。全场除噼啪的枪声外，也是一片大静默，绝无一些人声；什么“哭声震天”，只是记者先生们的“想当然耳”罢了。我上面流血的那一位，虽滴滴地流着血，直到第一次枪声稍歇，我们爬起来逃走的时候，他也不则一声。这正是死的袭来，沉默便是死的消息。事后想起，实在有些悚然。在我上面的不知是谁？我因为不能动转，不能看见他；而且也想不到看他——我真是个自私的人！后来逃跑的时候，才又知道掉在地下的我的帽子和我的头上，也滴了许多血，全是他的！他足流了两分钟以上的血，都流在我身上，我想他总吃了大亏，愿神保佑他平安！第一次枪声约经过五分钟，共放了好几排枪；司令的是用警笛；警笛一鸣，便是一排枪，警笛一声接着一声，枪声就跟着密了，那警笛声甚凄厉，但有几乎一定的节拍，足见司令者的从容！后来听别的目睹者说，司令者那时还用指挥刀指示方向，总是向人多的地方射击！又有目睹者说，那时执政府楼上还有人手舞足蹈的大乐呢！

我现在缓叙第一次枪声稍歇后的故事，且追述些开枪时的情形。我们进场距开枪时，至多四分钟；这其间有照相有报告，有一两处的嚷声，我都已说过了。我记得，我确实记得，最后的嚷声距开枪只有一分余钟；这时候，群众散而稍聚，稍聚而复纷散，枪声便开始了。这也是我说过的。但“稍聚”的时候，阵势已散，而且大家存了观望的心，颇多趑趄不前的，所谓“进攻”的事是决没有的！至于第一次纷散之故，我想是大家看见卫队从背上取下枪来装子弹而惊骇了；因为第二次纷散时，我已看见一个卫队（其余自然也是如此，他们是依命令动作的）装完子弹了。在第一次纷散之前，群众与卫队有何冲突，我没有看见，不得而知。但后来据一个受伤的说，他看见有一部分人——有些是拿木棍的——想要冲进府去。这事我想来也是有的；不过这决不是卫队开枪的缘由，至多只是他们的借口。他们的荷枪挟弹与不上刺刀（故示镇静）与放群众自由入辕门内（便于射击），都是表示他们“聚而歼旃”的决心，冲进去不冲进去是没有多大关系的。证以后来东门口的拦门射击，更是显明！原来先逃出的人，出东门时，以为总可得着生路；哪知迎头还有一支兵，——据某一种报上说，是从吉兆胡同来的手枪队，不用说，自然也是杀人不眨眼的府卫队了！——开枪痛击。那时前后都有枪弹，人多门狭，前面的枪又极近，死亡枕藉！这是事后一个学生告诉我的；他说他前后两个人都死了，他躲闪了一下，总算幸免。这种间不容发的生死之际也够人深长思了。

照这种种情形，就是不在场的诸君，大约也不至于相信群众先以手枪轰击卫队了吧。而且轰击必有声音，我站的地方，离开卫队不过二十余步，在第二次纷散之前，却绝未听到枪声。其实这只要看政府巧电的含糊其词，也就够证明了。至于所谓当场夺获的手枪，虽然像煞有介事地举出号数，使人相信，但我总奇怪；夺获的这些支手枪，竟没有一支曾经当场发过一响，以证明他们自己的存在。——难道拿手枪的人都是些傻子么？还有，现在很有人从容的问：“开枪之前，有警告么？”我现在只能说，我看见的一个卫队，他的枪口是正对着我们的，不过那是刚装完子弹的时候。而在我上面的那位可怜的朋友，他流血是在开枪之后约一两分钟时。我不知卫队的第一排枪是不是朝天放的，但即使是朝天放的，也不算是警告；因为未开枪时，群众已经纷散，放一排朝天枪（假定如此）后，第一次听枪声的群众，当然是不会回来的了（这不是一个人胆力的事，我们也无须假充硬汉），何用接二连三地放平枪呢！即使怕一排枪不够驱散众人，尽放朝天枪好了，何用放平枪呢！所以即使卫队曾放了一排朝天枪，也决不足做他们丝毫的辩解；况且还有后来的拦门痛击呢，这难道还要问："有无超过必要程度?"

第一次枪声稍歇后，我茫然地随着众人奔逃出去。我刚发脚的时候，便看见旁边有两个同伴已经躺下了！我来不及看清他们的面貌，只见前面一个，右乳部有一大块殷红的伤痕，我想他是不能活了！那红色我永远不忘记！同时还听见一声低缓的呻吟，想是另一位的，那呻吟我也永远不忘记！我不忍从他们身上跨过去，只得绕了道弯着腰向前跑，觉得通身懈弛得很；后面来了一个人，立刻将我撞了一跤。我爬了两步，站起来仍是弯着腰跑。这时当路有一副金丝圆眼镜，好好地直放着；又有两架自行车，颇挡我们的路，大家都很艰难地从上面踏过去。我不自主地跟着众人向北躲入马号里。我们偃卧在东墙角的马粪堆上。马粪堆很高，有人想爬墙过去。墙外就是通路。我看着一个人站着，一个人正向他肩上爬上去；我自己觉得决没有越墙的气力，便也不去看他们。而且里面枪声早又密了，我还得注意运命的转变。这时听见墙边有人问："是学生不是?"下文不知如何，我猜是墙外的兵问的。那两个爬墙的人，我看见，似乎不是学生，我想他们或者得了兵的允许而下去了。若我猜的不大错，从这一句简单的问语里，我们可以看出卫队乃至政府对于学生海样深的仇恨！而且可以看出，这一次的屠杀确是有意这样"整顿学风"的；我后来知道，这时有几个清华学生和我同在马粪堆上。有一个告诉我，他旁边有一位女学生曾喊他救命，但是他没有法子，这真是可遗憾的事，她以后不知如何了！我们偃卧马粪堆上，不过两分钟，忽然看见对面马厩里有一个兵拿着枪，正装好子弹，似乎就要向我们放。我们立刻起来，仍弯着腰逃走；这时场里还有疏散的枪声，我们也顾不得了。走出马路，就到了东门口。

这时枪声未歇，东门口拥塞得几乎水泄不通。我隐约看见底下蜷缩地蹲着许多人，我们便推推搡搡，拥挤着，挣扎着，从他们身上踏上去。那时理性真失了作用，竟恬然不以为怪似的。我被挤得往后仰了几回，终于只好竭全身之力，向前而进。在我前面的一个人，脑后大约被枪弹擦伤，汩汩地流着血；他也同样地一歪一倒地挣扎着。但他一会儿便不见了，我想他是平安的下去了。我还在人堆上走。这个门是平安与危险的界线，是生死之门，故大家都不敢放松一步。这时希望充满在我心里。后面稀疏的弹子，倒觉不十分在意。前一次的奔逃，但求不即死而已，这回却求生了；在人堆上的众人，都积极地显出生之努力。但仍是一味的静；大家在这千钧一发的关头，哪有闲心情和闲工夫来说话呢？我努力的结果，终于从人堆上滚了下来，我的运命这才算定了局。那时门口只剩两个卫队，在那儿闲谈，侥幸得很，手枪队已不见了！后来知道门口人堆里实在有些是死尸，就是被手枪队当门打死的！现在想着死尸上越过的事，真是不寒而栗呵！

我真不中用，出了门口，一面走，一面只是喘息！后面有两个女学生，有一个我真佩服她；她还能微笑着对她的同伴说："他们也是中国人哪！"这令我惭愧了！我想人处这种境地，若能从怕的心情转为兴奋的心情，才真是能救人的人。若只一味的怕，"斯亦不足畏也已！"我呢，这回是由怕而归于木木然，实是很可耻的！但我希望我的经验能使我的胆力逐渐增大！这回在场中有两件事很值得纪念：一是清华同学韦杰三君（他现在已离开我们了！）受伤倒地的时候，别的两位同学冒死将他抬了出来；一是一位女学生曾经帮助两个男学生脱险。这都是我后来知道的。这都是侠义的行为，值得我们永远敬佩的！

我和那两个女学生出门沿着墙往南而行。那时还有枪声，我极想躲入胡同里，以免危险；她们大约也如此的，走不上几步，便到了一个胡同口；我们便想拐弯进去。这时墙角上立着一个穿短衣的看闲的人，他向我们轻轻地说："别进这个胡同！"我们莫名其妙地依从了他，走到第二个胡同进去；这才真脱险了！后来知道卫队有抢劫的事（不仅报载，有人亲见），又有用枪柄，木棍，大刀，打人，砍人的事，我想他们一定就在我们没走进的那条胡同里做那些事！感谢那位看闲的人！卫队既在场内和门外放枪，还觉杀的不痛快，更拦着路邀击；其泄忿之道，真是无所不用其极了！区区一条生命，在他们眼里，正和一根草，一堆马粪一般，是满不在乎的！所以有些人虽幸免于枪弹，仍是被木棍，枪柄打伤，大刀砍伤；而魏士毅女士竟死于木棍之下，这真是永久的战栗啊！据燕大的人说，魏女士是于逃出门时被一个卫兵从后面用有楞的粗大棍儿兜头一下，打得脑浆迸裂而死！我不知她出的是哪一个门，我想大约是西门吧。因为那天我在西直门的电车上，遇见一个高工的学生，他告诉我，他从西门出来，共经过三道门（就是海军部的西辕门和陆军部的东西辕门），每道门皆有卫队用枪柄，木棍和大刀向逃出的人猛烈地打击。他的左臂被打好几次，已不能动弹了。我的一位同事的儿子，后脑被打平了，现在已全然失了记忆；我猜也是木棍打的。受这种打击而致重伤或死的，报纸上自然有记载；致轻伤的就无可稽考，但必不少。所以我想这次受伤的还不止二百人！卫队不但打人，行劫，最可怕的是剥死人的衣服，无论男女，往往剥到只剩一条裤为止；这只要看看前几天《世界日报》的照相就知道了。就是不谈什么"人道"，难道连国家的体统，"临时执政"的面子都不顾了么；段祺瑞你自己想想吧！听说事后执政府乘人不知，已将死尸掩埋了些，以图遮掩耳目。这是我的一个朋友从执政府里听来的；若是的确，那一定将那打得最血肉模糊的先掩埋了。免得激动人心。但一手岂能尽掩天下耳目呢？我不知道现在，那天去执政府的人还有失踪的没有？若有，这个消息真是很可怕的！

这回的屠杀，死伤之多，过于五卅事件，而且是“同胞的枪弹”，我们将何以间执别人之口！而且在首都的堂堂执政府之前，光天化日之下，屠杀之不足，继之以抢劫，剥尸，这种种兽行，段祺瑞等固可行之而不恤，但我们国民有些无脸的政府，又何以自容于世界！——这正是世界的耻辱呀！我们也想想吧！此事发生后，警察总监李鸣钟匆匆来到执政府，说“死了这么多人，叫我怎么办？”他这是局外的说话，只觉得无善法以调停两间而已。我们现在局中，不能如他的从容，我们也得问一问：

“死了这么多人，我们该怎么办？”

屠杀后五日写完

1926 年 3 月 23 日

哀韦杰三君

韦杰三君是一个可爱的人；我第一回见他面时就这样想。这一天我正坐在房里，忽然有敲门的声音；进来的是一位温雅的少年。我问他“贵姓”的时候，他将他的姓名写在纸上给我看；说是苏甲荣先生介绍他来的。苏先生是我的同学，他的同乡，他说前一晚已来找过我了，我不在家；所以这回又特地来的。我们闲谈了一会，他说怕耽误我的时间，就告辞走了。是的，我们只谈了一会儿，而且并没有什么重要的话；——我现在已全忘记——但我觉得已懂得他了，我相信他是一个可爱的人。

第二回来访，是在几天之后。那时新生甄别试验刚完，他的国文课是被分在钱子泉先生的班上。他来和我说，要转到我的班上。我和他说，钱先生的学问，是我素来佩服的；在他班上比在我班上一定好。而且已定的局面，因一个人而变动，也不大方便。他应了几声，也没有什么，就走了。从此他就不曾到我这里来。有一回，在三院第一排屋的后门口遇见他，他微笑着向我点头；他本是捧了书及墨盒去上课的，这时却站住了向我说：“常想到先生那里，只是功课太忙了，总想去的。”我说：“你闲时可以到我这里谈谈。”我们就点首作别。三院离我住的古月堂似乎很远，有时想起来，几乎和前门一样。所以半年以来，我只在上课前，下课后几分钟里，偶然遇着他三四次；除上述一次外，都只匆匆地点头走过，不曾说一句话。但我常是这样想：他是一个可爱的人。

他的同乡苏先生，我还是来京时见过一回，半年来不曾再见。我不曾能和他谈韦君；我也不曾和别人谈韦君，除了钱子泉先生。钱先生有一日告诉我，说韦君总想转到我班上；钱先生又说：“他知道不能转时，也很安心的用功了，笔记做得很详细的。”我说，自然还是在钱先生班上好。以后这件事还谈起一两次。直到三月十九日早，有人误报了韦君的死信；钱先生站在我屋外的台阶上惋惜地说：“他寒假中来和我谈。我因他常是忧郁的样子，便问他为何这样；是为了我么？他说：‘不是，你先生很好的；我是因家境不宽，老是愁烦着。’他说他家里还有一个年老的父亲和未成年的弟弟；他说他弟弟因为家中无钱，已失学了。他又说他历年在外读书的钱，一小半是自己休了学去做教员弄来的，一大半是向人告贷来的。他又说，下半年的学费还没有着落呢。”但他却不愿平白地受人家的钱；我们只看他给大学部学生会起草的请改奖金制为借贷制与工读制的信，便知道他年纪虽轻，做人却有骨气的。

我最后见他，是在三月十八日早上，天安门下电车时。也照平常一样，微笑着向我点头。他的微笑显示他纯洁的心，告诉人，他愿意亲近一切；我是不会忘记的。还有他的静默，我也不会忘记。据陈云豹先生的《行述》，韦君很能说话；但这半年来，我们听见的，却只有他的静默而已。他的静默里含有忧郁，悲苦，坚忍，温雅等等，是最足以引人深长之思和切至之情的。他病中，据陈云豹君在本校追悼会里报告，虽也有一时期，很是躁急，但他终于在离开我们之前，写了那样平静的两句话给校长；他那两句话包蕴着无穷的悲哀，这是静默的悲哀！所以我现在又想，他毕竟是一个可爱的人。

三月十八日晚上，我知道他已危险；第二天早上，听见他死了，叹息而已！但走去看学生会的布告时，知他还在人世，觉得被鼓励似的，忙着将这消息告诉别人。有不信的，我立刻举出学生会布告为证。我二十日进城，到协和医院想去看看他；但不知道医院的规则，去迟了一点钟，不得进去。我很怅惘地在门外徘徊了一会，试问门役道："你知道清华学校有一个韦杰三，死了没有?"他的回答，我原也知道的，是"不知道"三字！那天傍晚回来；二十一日早上，便得着他死的信息——这回他真死了！他死在二十一日上午一时四十八分，就是二十日的夜里，我二十日若早去一点钟，还可见他一面呢。这真是十分遗憾的！二十三日同人及同学入城迎灵，我在城里十二点才见报，已赶不及了。下午回来，在校门外看见杠房里的人，知道柩已来了。我到古月堂一问，知道柩安放在旧礼堂里。我去的时候，正在重殓，韦君已穿好了殓衣在照相了。据说还光着身子照了一张相，是照伤口的。我没有看见他的伤口；但是这种情景，不看见也罢了。照相毕，入殓，我走到柩旁：韦君的脸已变了样子，我几乎不认识了！他的两颧突出，颊肉瘪下，掀唇露齿，那里还像我初见时的温雅呢？这必是他几日间的痛苦所致的。唉，我们可以想见了！我正在乱想，棺盖已经盖上；唉，韦君，这真是最后一面了！我们从此真无再见之期了！死生之理，我不能懂得，但不能再见是事实，韦君，我们失掉了你，更将从何处觅你呢？

韦君现在一个人睡在刚秉庙的一间破屋里，等着他迢迢千里的老父，天气又这样坏；韦君，你的魂也彷徨着吧！

1926 年 4 月 2 日

说扬州

在第十期上看到曹聚仁先生的《闲话扬州》，比那本出名的书有味多了。不过那本书将扬州说得太坏，曹先生又未免说得太好；也不是说得太好，他没有去过那里，所说的只是从诗赋中，历史上得来的印象。这些自然也是扬州的一面，不过已然过去，现在的扬州却不能再给我们那种美梦。

自己从七岁到扬州，一住十三年，才出来念书。家里是客籍，父亲又是在外省当差事的时候多，所以与当地贤豪长者并无来往。他们的雅事，如访胜，吟诗，赌酒，书画名家，烹调佳味，我那时全没有份，也全不在行。因此虽住了那么多年，并不能做扬州通，是很遗憾的。记得的只是光复的时候，父亲正病着，让一个高等流氓凭了军政府的名字，敲了一竹杠；还有，在中学的几年里，眼见所谓“甩子团”横行无忌。“甩子”是扬州方言，有时候指那些“怯”的人，有时候指那些满不在乎的人。“甩子团”不用说是后一类；他们多数是绅宦家子弟，仗着家里或者“帮”里的势力，在各公共场所闹标劲，如看戏不买票，起哄等等，也有包揽词讼，调戏妇女的。更可怪的，大乡绅的仆人可以指挥警察区区长，可以大模大样招摇过市——这都是民国五六年的事，并非前清君主专制时代。自己当时血气方刚，看了一肚子气；可是人微言轻，也只好让那口气憋着罢了。

从前扬州是个大地方，如曹先生那文所说；现在盐务不行了，简直就算个没“落儿”的小城。

可是一般人还忘其所以地要气派，自以为美，几乎不知天多高地多厚。这真是所谓“夜郎自大”了。扬州人有“扬虚子”的名字；这个“虚子”有两种意思，一是大惊小怪，二是以少报多，总而言之，不离乎虚张声势的毛病。他们还有个“扬盘”的名字，譬如东西买贵了，人家可以笑话你是“扬盘”；又如店家价钱要的太贵，你可以诘问他，“把我当扬盘看么?”盘是捧出来给别人看的，正好形容要气派的扬州人。又有所谓“商派”，讥笑那些仿效盐商的奢侈生活的人，那更是气派中之气派了。但是这里只就一般情形说，刻苦诚笃的君子自然也有；我所敬爱的朋友中，便不缺乏扬州人。

提起扬州这地名，许多人想到的是出女人的地方。但是我长到那么大，从来不曾在街上见过一个出色的女人，也许那时女人还少出街吧？不过从前人所谓“出女人”，实在指姨太太与妓女而言；那个“出”字就和出羊毛，出苹果的“出”字一样。《陶庵梦忆》里有“扬州瘦马”一节，就记的这类事；但是我毫无所知。不过纳妾与狎妓的风气渐渐衰了，“出女人”那句话怕迟早会失掉意义的吧。

另有许多人想，扬州是吃得好的地方。这个保你没错儿。北平寻常提到江苏菜，总想着是甜甜的腻腻的。现在有了淮扬菜，才知道江苏菜也有不甜的；但还以为油重，和山东菜的清淡不同。其实真正油重的是镇江菜，上桌子常教你腻得无可奈何。扬州菜若是让盐商家的厨子做起来，虽不到山东菜的清淡，却也滋润，利落，决不腻嘴腻舌。不但味道鲜美，颜色也清丽悦目。扬州又以面馆著名。好在汤味醇美，是所谓白汤，由种种出汤的东西如鸡鸭鱼肉等熬成，好在它的厚，和啖熊掌一般。也有清汤，就是一味鸡汤，倒并不出奇。内行的人吃面要“大煮”；普通将面挑在碗里，浇上汤，“大煮”是将面在汤里煮一会，更能入味些。

扬州最著名的是茶馆；早上去下午去都是满满的。吃的花样最多。坐定了沏上茶，便有卖零碎的来兜揽，手臂上挽着一个黯淡的柳条筐，筐子里摆满了一些小蒲包分放着瓜子花生炒盐豆之类。又有炒白果的，在担子上铁锅爆着白果，一片铲子的声音。得先告诉他，才给你炒。炒得壳子爆了，露出黄亮的仁儿，铲在铁丝罩里送过来，又热又香。还有卖五香牛肉的，让他抓一些，摊在干荷叶上；叫茶房拿点好麻酱油来，拌上慢慢地吃，也可向卖零碎的买些白酒——扬州普通都喝白酒——喝着。这才叫茶房烫干丝。北平现在吃干丝，都是所谓煮干丝；那是很浓的，当菜很好，当点心却未必合式。烫干丝先将一大块方的白豆腐干飞快地切成薄片，再切为细丝，放在小碗里，用开水一浇，干丝便熟了；逼去了水，抟成圆锥似的，再倒上麻酱油，搁一撮虾米和干笋丝在尖儿，就成。说时迟，那时快，刚瞧着在切豆腐干，一眨眼已端来了。烫干丝就是清得好，不妨碍你吃别的。接着该要小笼点心。北平淮扬馆子出卖的汤包，诚哉是好，在扬州却少见；那实在是淮阴的名字，扬州不该掠美。扬州的小笼点心，肉馅儿的，蟹肉馅儿的，笋肉馅儿的且不用说，最可口的是菜包子菜烧卖，还有干菜包子。菜选那最嫩的，剁成泥，加一点儿糖一点儿油，蒸得白生生的，热腾腾的，到口轻松地化去，留下一丝儿余味。干菜也是切碎，也是加一点儿糖和油，燥湿恰到好处；细细地咬嚼，可以嚼出一点橄榄般的回味来。这么着每样吃点儿也并不太多。要是有饭局，还尽可以从容地去。但是要老资格的茶客才能这样有分寸；偶尔上一回茶馆的本地人外地人，却总忍不住狼吞虎咽，到了儿捧着肚子走出。

扬州游览以水为主，以船为主，已另有文记过，此处从略。城里城外古迹很多，如“文选楼”“天保城”“雷塘”“二十四桥”等，却很少人留意；大家常去的只是史可法的“梅花岭”罢了。倘若有相当的假期，邀上两三个人去寻幽访古倒有意思；自然，得带点花生米，五香牛肉，白酒。

飞

我从昆明到重庆是飞的。人们总羡慕海阔天空，以为一片茫茫，无边无界，必然大有可观。因此以为坐海船坐飞机是“不亦快哉!”其实也未必然。晕船晕机之苦且不谈，就是不晕的人或不晕的时候，所见虽大，也未必可观。海洋上见的往往是一片汪洋，水，水，水。当然有浪，但是浪小了无可看，大了无法看——那时得躲进舱里去。船上看浪，远不如岸上，更不如高处。海洋里看浪，也不如江湖里，海洋里只是水，只是浪，显不出那大气力。江湖里有的是遮遮碍碍的，山哪，城哪，什么的，倒容易见出一股劲儿。“江间波浪兼天涌”为的是巫峡勒住了江水；“波撼岳阳城”，得有那岳阳城，并且得在那岳阳城楼上看。

不错，海洋里可以看日出和日落，但是得有运气。日出和日落全靠云霞烘托才有意思。不然，一轮呆呆的日头简直是个大傻瓜！云霞烘托虽也常有，但往往淡淡的，懒懒的，那还是没意思。得浓，得变，一眨眼一个花样，层出不穷，才有看头。这是可遇而不可求的。平生只见过两回的落日，都在陆上，不在水里。水里看见的，日出也罢，日落也罢，只是些傻瓜而已。这种奇观若是有意为之，大概白费气力居多。有一次大家在衡山上看日出，起了个大清早等着。出来了，出来了，有些人跳着嚷着。那时一丝云彩没有，日光直射，教人睁不开眼，不知那些人看到了些什么，那么跳跳嚷嚷的。许是在自己催眠吧。自然，海洋上也有美丽的日落和日出，见于记载的也有。但是得有运气，而有运气的并不多。

赞叹海的文学，描摹海的艺术，创作者似乎是在船里的少，在岸上的多。海太大太单调，真正伟大的作家也许可以单刀直入，一般离了岸却掉不出枪花来，像变戏法的离开了道具一样。这些文学和艺术引起未曾航海的人许多幻想，也给予已经航海的人许多失望。天空跟海一样，也大也单调。日月星的，云霞的文学和艺术似乎不少，都是下之视上，说到整个儿天空的却不多。星空，夜空还见点儿，昼空除了“青天”“明蓝的晴天”或“阴沉沉的天”一类词儿之外，好像再没有什么说的。但是初次坐飞机的人虽无多少文学艺术的背景帮助他的想象，却总还有那“天高任鸟飞”的想象；加上别人的经验，上之视下，似乎不只是苍苍而已，也有那翻腾的云海，也有那平铺的锦绣。这就够揣摩的。

但是坐过飞机的人觉得也不过如此，云海飘飘拂拂的弥漫了上下四方，的确奇。可是高山上就可以看见；那可以是云海外看云海，似乎比飞机上云海中看云海还清切些。苏东坡说得好：“不识庐山真面目，只缘身在此山中。”飞机上看云，有时却只像一堆堆破碎的石头，虽也算得天上人间，可是我们还是愿看流云和停云，不愿看那死云，那荒原上的乱石堆。至于锦绣平铺，大概是有的，我却还未眼见。我只见那“亚洲第一大水扬子江”可怜得像条臭水沟似的。城市像地图模型，房屋像儿童玩具，也多少给人滑稽感。自己倒并不觉得怎样藐小，却只不明白自己是什么玩意儿。假如在海船里有时会觉得自己是傻子，在飞机上有时便会觉得自己是丑角吧。然而飞机快是真的，两点半钟，到重庆了，这倒真是个“不亦快哉”！

1944 年 9 月

匆匆

燕子去了，有再来的时候；杨柳枯了，有再青的时候；桃花谢了，有再开的时候。但是，聪明的，你告诉我，我们的日子为什么一去不复返呢？——是有人偷了他们罢：那是谁？又藏在何处呢？是他们自己逃走了罢：现在又到了哪里呢？

我不知道他们给了我多少日子；但我的手确乎是渐渐空虚了。在默默里算着，八千多日子已经从我手中溜去；像针尖上一滴水滴在大海里，我的日子滴在时间的流里，没有声音，也没有影子。我不禁头涔涔而泪潸潸了。

去的尽管去了，来的尽管来着；去来的中间，又怎样地匆匆呢？早上我起来的时候，小屋里射进两三方斜斜的太阳。太阳他有脚啊，轻轻悄悄地挪移了；我也茫茫然跟着旋转。于是——洗手的时候，日子从水盆里过去；吃饭的时候，日子从饭碗里过去；默默时，便从凝然的双眼前过去。我觉察他去的匆匆了，伸出手遮挽时，他又从遮挽着的手边过去，天黑时，我躺在床上，他便伶伶俐俐地从我身上跨过，从我脚边飞去了。等我睁开眼和太阳再见，这算又溜走了一日。我掩着面叹息。但是新来的日子的影儿又开始在叹息里闪过了。

在逃去如飞的日子里，在千门万户的世界里的我能做些什么呢？只有徘徊罢了，只有匆匆罢了；在八千多日的匆匆里，除徘徊外，又剩些什么呢？过去的日子如轻烟，被微风吹散了，如薄雾，被初阳蒸融了；我留着些什么痕迹呢？我何曾留着像游丝样的痕迹呢？我赤裸裸来到这世界，转眼间也将赤裸裸的回去罢？但不能平的，为什么偏要白白走这一遭啊？

你聪明的，告诉我，我们的日子为什么一去不复返呢？

1922 年 3 月 28 日

温州的踪迹

一　“月朦胧，鸟朦胧，帘卷海棠红”

这是一张尺多宽的小小的横幅，马孟容君画的。上方的左角，斜着一卷绿色的帘子，稀疏而长；当纸的直处三分之一，横处三分之二。帘子中央，着一黄色的，茶壶嘴似的钩儿——就是所谓软金钩么？“钩弯”垂着双穗，石青色；丝缕微乱，若小曳于轻风中。纸右一圆月，淡淡的青光遍满纸上；月的纯净，柔软与平和，如一张睡美人的脸。从帘的上端向右斜伸而下，是一枝交缠的海棠花。花叶扶疏，上下错落着，共有五丛；或散或密，都玲珑有致。叶嫩绿色，仿佛掐得出水似的；在月光中掩映着，微微有浅深之别。花正盛开，红艳欲流；黄色的雄蕊历历的，闪闪的，衬托在丛绿之间，格外觉着妖娆了。枝欹斜而腾挪，如少女的一只臂膊。枝上歇着一对黑色的八哥，背着月光，向着帘里。一只歇得高些，小小的眼儿半睁半闭的，似乎在入梦之前，还有所留恋似的。那低些的一只别过脸来对着这一只，已缩着颈儿睡了。帘下是空空的，不着一些痕迹。

试想在圆月朦胧之夜，海棠是这样的妩媚而嫣润；枝头的好鸟为什么却双栖而各梦呢？在这夜深人静的当儿，那高踞着的一只八哥儿，又为何尽撑着眼皮儿不肯睡去呢？他到底等什么来着？舍不得那淡淡的月儿么？舍不得那疏疏的帘儿么？不，不，不，您得到帘下去找，您得向帘中去找——您该找着那卷帘人了？他的情韵风怀，原是这样这样的哟！朦胧的岂独月呢；岂独鸟呢？但是，咫尺天涯，教我如何耐得？我拼着千呼万唤；你能够出来么？

这页画布局那样经济，设色那样柔活，故精彩足以动人。虽是区区尺幅，而情韵之厚，已足沦肌浃髓而有余。我看了这画。瞿然而惊：留恋之怀，不能自已。故将所感受的印象细细写出，以志这一段因缘。但我于中西的画都是门外汉，所说的话不免为内行所笑。——那也只好由他了。

1924 年 2 月 1 日，温州作。

二　绿

我第二次到仙岩的时候，我惊诧于梅雨潭的绿了。

梅雨潭是一个瀑布潭。仙岩有三个瀑布，梅雨瀑最低。走到山边，便听见哗哗哗哗的声音；抬起头，镶在两条湿湿的黑边儿里的，一带白而发亮的水便呈现于眼前了。我们先到梅雨亭。梅雨亭正对着那条瀑布；坐在亭边，不必仰头，便可见它的全体了。亭下深深的便是梅雨潭。这个亭踞在突出的一角的岩石上，上下都空空儿的；仿佛一只苍鹰展着翼翅浮在天宇中一般。三面都是山，像半个环儿拥着；人如在井底了。这是一个秋季的薄阴的天气。微微的云在我们顶上流着；岩面与草丛都从润湿中透出几分油油的绿意。而瀑布也似乎分外的响了。那瀑布从上面冲下，仿佛已被扯成大小的几绺；不复是一幅整齐而平滑的布。岩上有许多棱角；瀑流经过时，作急剧的撞击，便飞花碎玉般乱溅着了。那溅着的水花，晶莹而多芒；远望去，像一朵朵小小的白梅。微雨似的纷纷落着。据说，这就是梅雨潭之所以得名了。但我觉得像杨花，格外确切些。轻风起来时，点点随风飘散，那更是杨花了。——这时偶然有几点送入我们温暖的怀里，便倏的钻了进去，再也寻它不着。

梅雨潭闪闪的绿色招引着我们；我们开始追捉她那离合的神光了。揪着草，攀着乱石，小心探身下去，又鞠躬过了一个石穹门，便到了汪汪一碧的潭边了。瀑布的襟袖之间；但我的心中已没有瀑布了。我的心随潭水的绿而摇荡。那醉人的绿呀！仿佛一张极大极大的荷叶铺着，满是奇异的绿呀。我想张开两臂抱住她；但这是怎样一个妄想呀。——站在水边，望到那面，居然觉着有些远呢！这平铺着，厚积着的绿，着实可爱。她松松的皱缬着，像少妇拖着的裙幅；她轻轻的摆弄着，像跳动的初恋的处女的心；她滑滑的明亮着，像涂了“明油”一般，有鸡蛋清那样软，那样嫩，令人想着所曾触过的最嫩的皮肤；她又不杂些儿尘滓，宛然一块温润的碧玉，只清清的一色——但你却看不透她！我曾见过北京什刹海拂地的绿杨，脱不了鹅黄的底子，似乎太淡了。我又曾见过杭州虎跑寺近旁高峻而深密的“绿壁”，丛叠着无穷的碧草与绿叶的，那又似乎太浓了。其余呢，西湖的波太明了，秦淮河的也太暗了。可爱的，我将什么来比拟你呢？我怎么比拟得出呢？大约潭是很深的，故能蕴蓄着这样奇异的绿；仿佛蔚蓝的天融了一块在里面似的，这才这般的鲜润呀。——那醉人的绿呀！我若能裁你以为带，我将赠给那轻盈的舞女；她必能临风飘举了。我若能挹你以为眼，我将赠给那善歌的盲妹；她必明眸善睐了。我舍不得你；我怎舍得你呢？我用手拍着你，抚摩着你，如同一个十二三岁的小姑娘。我又掬你入口，便是吻着她了。我送你一个名字，我从此叫你"女儿绿"，好么？

我第二次到仙岩的时候，我不禁惊诧于梅雨潭的绿了。

2 月 8 日，温州作。

三　白水漈

几个朋友伴我游白水漈。

这也是个瀑布；但是太薄了，又太细了。有时闪着些许的白光；等你定睛看去，却又没有——只剩一片飞烟而已。从前有所谓"雾縠"，大概就是这样了。所以如此，全由于岩石中间突然空了一段；水到那里，无可凭依，凌虚飞下，便扯得又薄又细了。当那空处，最是奇迹。白光嬗为飞烟，已是影子，有时却连影子也不见。有时微风过来，用纤手挽着那影子，它便袅袅的成了一个软弧；但她的手才松，它又像橡皮带儿似的，立刻伏伏帖帖的缩回来了。我所以猜疑，或者另有双不可知的巧手，要将这些影子织成一个幻网。——微风想夺了她的，她怎么肯呢？

幻网里也许织着诱惑；我的依恋便是个老大的证据。

3 月 16 日，宁波作。

四　生命的价格——七毛钱

生命本来不应该有价格的；而竟有了价格！人贩子，老鸨，以至近来的绑票土匪，都就他们的所有物，标上参差的价格，出卖于人；我想将来许还有公开的人市场呢！在种种“人货”里，价格最高的，自然是土匪们的票了，少则成千，多则成万；大约是有历史以来，“人货”的最高的行情了。其次是老鸨们所有的妓女，由数百元到数千元，是常常听到的。最贱的要算是人贩子的货色！他们所有的，只是些男女小孩，只是些“生货”，所以便卖不起价钱了。

人贩子只是“仲买人”，他们还得取给于“厂家”，便是出卖孩子们的人家。“厂家”的价格才真是道地呢！《青光》里曾有一段记载，说三块钱买了一个丫头；那是移让过来的，但价格之低，也就够令人惊诧了！“厂家”的价格，却还有更低的！三百钱，五百钱买一个孩子，在灾荒时不算难事！但我不曾见过。我亲眼看见的一条最贱的生命，是七毛钱买来的！这是一个五岁的女孩子。一个五岁的“女孩子”卖七毛钱，也许不能算是最贱；但请您细看：将一条生命的自由和七枚小银元各放在天平的一个盘里，您将发现，正如九头牛与一根牛毛一样，两个盘儿的重量相差实在太远了！

我见这个女孩，是在房东家里。那时我正和孩子们吃饭；妻走来叫我看一件奇事，七毛钱买来的孩子！孩子端端正正的坐在条凳上；面孔黄黑色，但还丰润；衣帽也还整洁可看。我看了几眼，觉得和我们的孩子也没有什么差异；我看不出她的低贱的生命的符记——如我们看低贱的货色时所容易发见的符记。我回到自己的饭桌上，看看阿九和阿菜，始终觉得和那个女孩没有什么不同！但是，我毕竟发见真理了！我们的孩子所以高贵，正因为我们不曾出卖他们，而那个女孩所以低贱，正因为她是被出卖的；这就是她只值七毛钱的缘故了！呀，聪明的真理！

妻告诉我这孩子没有父母，她哥嫂将她卖给房东家姑爷开的银匠店里的伙计，便是带着她吃饭的那个人。他似乎没有老婆，手头很窘的，而且喜欢喝酒，是一个糊涂的人！我想这孩子父母若还在世，或者还舍不得卖她，至少也要迟几年卖她；因为她究竟是可怜可怜的小羔羊。到了哥嫂的手里，情形便不同了！家里总不宽裕，多一张嘴吃饭，多费些布做衣，是显而易见的。将来人大了，由哥嫂卖出，究竟是为难的；说不定还得找补些儿，才能送出去。这可多么冤呀！不如趁小的时候，谁也不注意，做个人情，送了干净！您想，温州不算十分穷苦的地方，也没碰着大荒年，干什么得了七个小毛钱，就心甘情愿的将自己的小妹子捧给人家呢？说等钱用？谁也不信！七毛钱了得什么急事！温州又不是没人买的！大约买卖两方本来相知；那边恰要个孩子玩儿，这边也乐得出脱，便半送半卖的含糊定了交易。我猜想那时伙计向袋里一摸一股脑儿掏了出来，只有七毛钱！哥哥原也不指望着这笔钱用，也就大大方方收了完事。于是财货两交，那女孩便归伙计管业了！

这一笔交易的将来，自然是在运命手里；女儿本姓“碰”，由她去碰罢了！但可知的，运命决不加惠于她！第一幕的戏已启示于我们了！照妻所说，那伙计必无这样耐心，抚养她成人长大！他将像豢养小猪一样，等到相当的肥壮的时候，便卖给屠户，任他宰割去；这其间他得了赚头，是理所当然的！但屠户是谁呢？在她卖做丫头的时候，便是主人！“仁慈的”主人只宰割她相当的劳力，如养羊而剪它的毛一样。到了相当的年纪，便将她配人。能够这样，她虽然被撇在丫头坯里，却还算不幸中之幸哩。但在目下这钱世界里，如此大方的人究竟是少的；我们所见的，十有六七是刻薄人！她若卖到这种人手里，他们必拶榨她过量的劳力。供不应求时，便骂也来了，打也来了！等她成熟时，却又好转卖给人家作妾；平常拶榨的不够，这儿又找补一个尾子！偏生这孩子模样儿又不好；入门不能得丈夫的欢心，容易遭大妇的凌虐，又是显然的！她的一生，将消磨于眼泪中了！也有些主人自己收婢作妾的；但红颜白发，也只空断送了她的一生！和前例相较，只是五十步与百步而已。——更可危的，她若被那伙计卖在妓院里，老鸨才真是个令人肉颤的屠户呢！我们可以想到：她怎样逼她学弹学唱，怎样驱遣她去做粗活！怎样用藤筋打她，用针刺她！怎样督责她承欢卖笑！她怎样吃残羹冷饭！怎样打熬着不得睡觉！怎样终于生了一身毒疮！她的相貌使她只能做下等妓女；她的沦落风尘是终生的！她的悲剧也是终生的！——唉！七毛钱竟买了你的全生命——你的血肉之躯竟抵不上区区七个小银元么！生命真太贱了！生命真太贱了！

因此想到自己的孩子的运命，真有些胆寒！钱世界里的生命市场存在一日，都是我们孩子的危险！都是我们孩子的侮辱！您有孩子的人呀，想想看，这是谁之罪呢？这是谁之责呢？

4月9日，宁波作。

女人

白水是个老实人，又是个有趣的人。他能在谈天的时候，滔滔不绝地发出长篇大论。这回听勉子说，日本某杂志上有《女?》一文，是几个文人以“女”为题的桌话的记录。他说，“这倒有趣，我们何不也来一下?”我们说，“你先来!”他搔了搔头发道：“好！就是我先来；你们可别临阵脱逃才好。”我们知道他照例是开口不能自休的。果然，一番话费了这多时候，以致别人只有补充的工夫，没有自叙的余裕。那时我被指定为临时书记，曾将桌上所说，拉杂写下。现在整理出来，便是以下一文。因为十之八是白水的意见，便用了第一人称，作为他自述的模样；我想，白水大概不至于不承认吧?

老实说，我是个欢喜女人的人；从国民学校时代直到现在，我总一贯地欢喜着女人。虽然不曾受着什么“女难”，而女人的力量，我确是常常领略到的。女人就是磁石，我就是一块软铁；为了一个虚构的或实际的女人，呆呆的想了一两点钟，乃至想了一两个星期，真有不知肉味光景——这种事是屡屡有的。在路上走，远远的有女人来了，我的眼睛便像蜜蜂们嗅着花香一般，直攫过去。但是我很知足，普通的女人，大概看一两眼也就够了，至多再掉一回头。像我的一位同学那样，遇见了异性，就立正——向左或向右转，仔细用他那两只近视眼，从眼镜下面紧紧追出去半日半日，然后看不见，然后开步走——我是用不着的。我们地方有句土话说：“乖子望一眼，呆子望到晚；”我大约总在“乖子”一边了。我到无论什么地方，第一总是用我的眼睛去寻找女人。在火车里，我必走遍几辆车去发见女人；在轮船里，我必走遍全船去发见女人。我若找不到女人时，我便逛游戏场去，赶庙会去，——我大胆地加一句——参观女学校去；这些都是女人多的地方。于是我的眼睛更忙了！我拖着两只脚跟着她们走，往往直到疲倦为止。

我所追寻的女人是什么呢？我所发见的女人是什么呢？这是艺术的女人。从前人将女人比做花，比做鸟，比做羔羊；他们只是说，女人是自然手里创造出来的艺术，使人们欢喜赞叹——正如艺术的儿童是自然的创作，使人们欢喜赞叹一样。不独男人欢喜赞叹，女人也欢喜赞叹；而“妒”便是欢喜赞叹的另一面，正如“爱”是欢喜赞叹的一面一样。受欢喜赞叹的，又不独是女人，男人也有。“此柳风流可爱，似张绪当年，”便是好例；而“美丰仪”一语，尤为“史不绝书”。但男人的艺术气氛，似乎总要少些；贾宝玉说得好：男人的骨头是泥做的，女人的骨头是水做的。这是天命呢？还是人事呢？我现在还不得而知；只觉得事实是如此罢了。——你看，目下学绘画的“人体习作”的时候，谁不用了女人做他的模特儿呢？这不是因为女人的曲线更为可爱么？我们说，自有历史以来，女人是比男人更其艺术的；这句话总该不会错吧？所以我说，艺术的女人。所谓艺术的女人，有三种意思：是女人中最为艺术的，是女人的艺术的一面，是我们以艺术的眼去看女人。我说女人比男人更其艺术的，是一般的说法；说女人中最为艺术的，是个别的说法。——而“艺术”一词，我用它的狭义，专指眼睛的艺术而言，与绘画，雕刻，跳舞同其范类。艺术的女人便是有着美好的颜色和轮廓和动作的女人，便是她的容貌，身材，姿态，使我们看了感到“自己圆满”的女人。这里有一块天然的界碑，我所说的只是处女，少妇，中年妇人，那些老太太们，为她们的年岁所侵蚀，已上了凋零与枯萎的路途，在这一件上，已是落伍者了。女人的圆满相，只是她的“人的诸相”之一；她可以有大才能，大智慧，大仁慈，大勇毅，大贞洁等等，但都无碍于这一相。诸相可以帮助这一相，使其更臻于充实；这一相也可帮助诸相，分其圆满于它们，有时更能遮盖它们的缺处。我们之看女人，若被她的圆满相所吸引，便会不顾自己，不顾她的一切，而只陶醉于其中；这个陶醉是刹那的，无关心的，而且在沉默之中的。

我们之看女人，是欢喜而决不是恋爱。恋爱是全般的，欢喜是部分的。恋爱是整个“自我”与整个“自我”的融合，故坚深而久长；欢喜是“自我”间断片的融合，故轻浅而飘忽。这两者都是生命的趣味，生命的姿态。但恋爱是对人的，欢喜却兼人与物而言。——此外本还有“仁爱”，便是“民胞物与”之怀；再进一步，“天地与我并生，万物与我为一”，便是“神爱”，“大爱”了。这种无分物我的爱，非我所要论；但在此又须立一界碑，凡伟大庄严之像，无论属人属物，足以吸引人心者，必为这种爱；而优美艳丽的光景则始在“欢喜”的阈中。至于恋爱，以人格的吸引为骨子，有极强的占有性，又与二者不同。Y君以人与物平分恋爱与欢喜，以为“喜”仅属物，“爱”乃属人；若对人言“喜”，便是蔑视他的人格了。现在有许多人也以为将女人比花，比鸟，比羔羊，便是侮辱女人；赞颂女人的体态，也是侮辱女人。所以者何？便是蔑视她们的人格了！但我觉得我们若不能将“体态的美”排斥于人格之外，我们便要慢慢的说这句话！而美若是一种价值，人格若是建筑于价值的基石上，我们又何能排斥那“体态的美”呢？所以我以为只须将女人的艺术的一面作为艺术而鉴赏它，与鉴赏其他优美的自然一样；艺术与自然是“非人格”的，当然便说不上“蔑视”与否。在这样的立场上，将人比物，欢喜赞叹，自与因袭的玩弄的态度相差十万八千里，当可告无罪于天下。——只有将女人看作“玩物”，才真是蔑视呢；即使是在所谓的“恋爱”之中。艺术的女人，是的，艺术的女人！我们要用惊异的眼去看她，那是一种奇迹！

我之看女人，十六年于兹了，我发见了一件事，就是将女人作为艺术而鉴赏时，切不可使她知道；无论是生疏的，是较熟悉的。因为这要引起她性的自卫的羞耻心或他种嫌恶心，她的艺术味便要变稀薄了；而我们因她的羞耻或嫌恶而关心，也就不能静观自得了。所以我们只好秘密地鉴赏；艺术原来是秘密的呀，自然的创作原来是秘密的呀。但是我所欢喜的艺术的女人，究竟是怎样的呢？您得问了。让我告诉您：我见过西洋女人，日本女人，江南江北两个女人，城内的女人，名闻浙东西的女人；但我的眼光究竟太狭了，我只见过不到半打的艺术的女人！而且其中只有一个西洋人，没有一个日本人！那西洋的处女是在Y城里一条僻巷的拐角上遇着的，惊鸿一瞥似地便过去了。其余有两个是在两次火车里遇着的，一个看了半天，一个看了两天；还有一个是在乡村里遇着的，足足看了三个月。——我以为艺术的女人第一是有她的温柔的空气；使人如听着箫管的悠扬，如嗅着玫瑰花的芬芳，如躺着在天鹅绒的厚毯上。她是如水的密，如烟的轻，笼罩着我们；我们怎能不欢喜赞叹呢？这是由她的动作而来的；她的一举步，一伸腰，一掠鬓，一转眼，一低头，乃至衣袂的微扬，裙幅的轻舞，都如蜜的流，风的微漾；我们怎能不欢喜赞叹呢？最可爱的是那软软的腰儿；从前人说临风的垂柳，《红楼梦》里说晴雯的“水蛇腰儿”，都是说腰肢的细软的；但我所欢喜的腰呀，简直和苏州的牛皮糖一样，使我满舌头的甜，满牙齿的软呀。腰是这般软了，手足自也有飘逸不凡之概。你瞧她的足胫多么丰满呢！从膝关节以下，渐渐的隆起，像新蒸的面包一样；后来又渐渐渐渐地缓下去了。这足胫上正罩着丝袜，淡青的？或者白的？拉得紧紧的，一些儿皱纹没有，更将那丰满的曲线显得丰满了；而那闪闪的鲜嫩的光，简直可以照出人的影子。你再往上瞧，她的两肩又多么亭匀呢！像双生的小羊似的，又像两座玉峰似的；正是秋山那般瘦，秋水那般平呀。肩以上，便到了一般人讴歌颂赞所集的“面目”了。我最不能忘记的，是她那双鸽子般的眼睛。伶俐到像要立刻和人说话。在惺忪微倦的时候，尤其可喜，因为正像一对睡了的褐色小鸽子。和那润泽而微红的双颊，苹果般照耀着的，恰如曙色之与夕阳，巧妙的相映衬着。再加上那覆额的，稠密而蓬松的发，像天空的乱云一般，点缀得更有情趣了。而她那甜蜜的微笑也是可爱的东西；微笑是半开的花朵，里面流溢着诗与画与无声的音乐。是的，我说的已多了；我不必将我所见的，一个人一个人分别说给你，我只将她们融合成一个Sketch给你看——这就是我的惊异的型，就是我所谓艺术的女子的型。但我的眼光究竟太狭了！我的眼光究竟太狭了！

在女人的聚会里，有时也有一种温柔的空气；但只是笼统的空气，没有详细的节目。所以这是要由远观而鉴赏的，与个别的看法不同；若近观时，那笼统的空气也许会消失了的。说起这艺术的“女人的聚会”，我却想着数年前的事了，云烟一般，好惹人怅惘的。在P城一个礼拜日的早晨，我到一所宏大的教堂里去做礼拜；听说那边女人多，我是礼拜女人去的。那教堂是男女分坐的。我去的时候，女坐还空着，似乎颇遥遥的；我的遐想便去充满了每个空坐里。忽然眼睛有些花了，在薄薄的香泽当中，一群白上衣，黑背心，黑裙子的女人，默默的，远远的走进来了。我现在不曾看见上帝，却看见了带着翼子的这些安琪儿了！另一回在傍晚的湖上，暮霭四合的时候，一只插着小红花的游艇里，坐着八九个雪白雪白的白衣的姑娘；湖风舞弄着她们的衣裳，便成一片浑然的白。我想她们是湖之女神，以游戏三昧，展现色相于人间的呢！第三回在湖中的一座桥上，淡月微云之下，倚着十来个，也是姑娘，朦朦胧胧的与月一齐白着。在抖荡的歌喉里，我又遇着月姊儿的化身了！——这些是我所发见的又一型。

是的，艺术的女人，那是一种奇迹！

1925年2月15日，白马湖。

『海阔天空』与『古今中外』

有一天，我和一位新同事闲谈。我偶然问道：“你第一次上课，讲些什么?”他笑着答我，“我古今中外了一点钟！”他这样说明事实，且示谦逊之意。我从来不曾想到“古今中外”一个兼词可以作动词用，并且可以加上“了”字表时间的过去；骤然听了，很觉新鲜，正如吃刚上市的广东蚕豆。隔了几日，我用同样的问题问另一位新同事。他却说道：“海阔天空！海阔天空！”我原晓得“海阔凭鱼跃，天空任鸟飞”的联语，——是在一位同学家的厅堂里常常看见的——但这样的用法，却又是第一次听到！我真高兴，得着两个新鲜的意思，让我对于生活的方法，能触类旁通地思索一回。

黄远生在《东方杂志》上曾写过一篇《国民之公毒》，说中国人思想笼统的弊病。他举小说里的例，文的必是琴棋书画无所不晓，武的必是十八般武艺件件精通！我想，他若举《野叟曝言》里的文素臣，《九尾龟》里的章秋谷，当更适宜，因为这两个都是文武全才！好一个文武“全”才！这“全”字儿竟成了“国民之公毒”！我们自古就有那“博学无所成名”的“大成至圣先师”，又有“一物不知，儒者之耻”的传统的教训，还有那“谈天雕龙”的邹衍之流，所以流风余韵，扇播至今；大家变本加厉，以为凡是大好老必“上知天文，下识地理”，而“中学为体，西学为用”便是这大好老的另一面。“笼统”固然是“全”，“沟通”“调和”也正是“全”呀！“全”来“全”去，“全”得乌烟瘴气，一塌糊涂！你瞧西洋人便聪明多了，他们悄悄地将“全知”“全能”送给上帝，决不想自居“全”名；所以处处“算账”，刀刀见血，一点儿不含糊！——他们不懂得那八面玲珑的劲儿！

但是王尔德也说过一句话，貌似我们的公毒而实非；他要“吃尽地球花园里的果子”！他要享乐，他要尽量地享乐！他什么都不管！可是他是“人”，不像文素臣、章秋谷辈是妖怪；他是呆子，不像沟通中西者流是滑头。总之，他是反传统的。他的话虽不免夸大，但不如中国传统思想之甚；因为只说地而不说天。况且他只是“要”而不是“能”，和文素臣辈又是有别；“要”在人情之中，“能”便出人情之外了！“全知”“全能”，或者真只有上帝一个；但“全”的要求是谁都有权利的——有此要求，才成其为“人生”！——还有易卜生“全或无”的“全”，那却是一把锋利的钢刀；因为是另一方面的，不具论。

但王尔德的要求专属于感觉的世界，我总以为太单调了。人生如万花筒，因时地的殊异，变化不穷，我们要能多方面的了解，多方面的感受，多方面的参加，才有真趣可言；古人所谓

“胸襟”“襟怀”“襟度”，略近乎此。但“多方面”只是概括的要求：究竟能有若干方面，却因人的才力而异——我们只希望多多益善而已！这与传统的“求全”不同，“便是暗中摸索，也可知道吧”。这种胸襟——用此二字所能有的最广义——若要具体地形容，我想最好不过是采用我那两位新同事所说的：“海阔天空”与“古今中外”！我将这两个兼词用在积极的意义上，或者更对得起它们些。——“古今中外”原是骂人的话，初见于《新青年》上，是钱玄同（?）先生造作的。后来周作人先生有一篇杂感，却用它的积极的意义，大概是论知识上的宽容的；但这是两三年前的事了，我于那篇文的内容已模糊了。

法朗士在他的《灵魂之探险》里说：

> 人之永不能跳出己身以外，实一真理，而亦即吾人最大苦恼之一。苟能用一八方观察之苍蝇视线，观览宇宙，或能用一粗鲁而简单之猿猴的脑筋，领悟自然，虽仅一瞬，吾入何所惜而不为？乃于此而竟不能焉。……吾人被锢于一身之内，不啻被锢于永远监禁之中。（据杨袁昌英女士译文，见《太平洋》四卷四号。）

蔼理斯在他的《感想录》中《自己中心》一则里也说：

> 我们显然都从自己中心的观点去看宇宙，看重我们自己所演的脚色。（见《语丝》第十三期。）

这两种“说教”，我们可总称为“我执”——却与佛法里的“我执”不同。一个人有他的身心，与众人各异；而身心所从来，又有遗传，时代，周围，教育等等，尤其五花八门，千差万别。

这些合而织成一个“我”，正如密密的魔术的网一样；虽是无形，而实在是清清楚楚，不易或竟不可逾越的界。于是好的劣的，乖的蠢的，村的俏的，长的短的，肥的瘦的，各有各的样儿，都来了，都来了。“把戏人人会变，各有巧妙不同”；正因各人变各人的把戏，才有了这大千世界呀。说到各人只会变自己的一套把戏，而且只自以为巧妙，自然有些：“可怜而可气”；“谓天盖高”，“谓地盖厚”，区区的“我”，真是何等区区呢！但是——哎呀，且住！亏得尚有“巧妙不同”一句注脚，还可上下其手一番；这“不同”二字正是灵丹妙药，千万不可忽略过去！我们的“我执”，是由命运所决定，其实无法挽回；只有一层，“我”决不是由一架机器铸出来的，决不是从一副印板刷下来的，这其间有种种的不同，上文已约略又约略地拈出了——现在再要拈出一种不同：“我”之广狭是悬殊的！“我执”谁也免不了，也无须免得了，但所执有大有小，有深有浅，这其间却大有文章；所谓上下其手，正指此一关而言。

你想“顶天立地”是一套把戏，是一个“我”，“局天蹐地”，或说“局促如辕下驹”，如井底蛙，如磨坊里的驴子，也是一套把戏，也是一个“我”！这两者之间，相差有多少远呢？说得简截些，一是天，一是地；说得噜苏些，一是九霄，一是九渊；说得新鲜些，一是太阳，一是地球！世界上有些人读破万卷书，有些人游遍万里地，乃至达尔文之创进化说，恩斯坦之创相对原理；但也有些人伏处穷山僻壤，一生只关在家里，亲族邻里之外，不曾见过人，自己方言之外，不曾听过话——天球，地球，固然与他们无干，英国，德国，皇帝，总统，金镑，银洋，也与他们丝毫无涉！他们之所以异于磨坊的驴子者，真是“几希”！也只是蒙着眼，整天儿在屋里绕弯儿，日行千里，足不出户而已。你可以说，这两种人也只是一样，横直跳不出如来佛——“自己!”——的掌心;他们都坐在“自己”的监里,盘算着“自己”的重要呢!是的,但你知道这两种人决不会一样!你我跳不出如来佛的掌心,孙悟空也跳不出他老人家的掌心;但你我能翻十万八千里的筋斗么?若说不能,这就不一样了!“不能”尽管“不能”,“不同”仍旧“不同”呀。你想天地是怎样怎样的广大,怎样怎样的悠久!若用数字计算起来,只怕你画一整天的圈儿,也未必能将数目里所有的圈儿都画完哩!在这样的天地的全局里,地球已若一微尘,人更数不上了,只好算微尘之微尘吧!人是这样小,无怪乎只能在“自己”里绕圈儿。但是能知道“自己”的小,便是大了;最要紧是在小中求大!长子里的矮子到了矮子中,便是长子了,这便是小中之大。我们要做矮子中的长子,我们要尽其所能地扩大我们自己!我们还是变自己的把戏,但不仅自以为巧妙,还须自以为“比别人”巧妙;我们不但可在内地开一班小杂货铺,我们还要到上海去开先施公司!

“我”有两方面,深的和广的。“自己中心”可说是深的一面;哲学家说的“自知”(“Knowest thyself”),道德学家说的“自私”——“利己”,也都可算入这一面。如何使得我的身子好?如何使得我的脑子好?我懂得些什么?我喜爱些什么?我做出些什么?我要些什么?怎样得到我所要的?怎样使我成为他们之中一个最重要的角色?这一大串儿的疑问号,总可将深的“我”的面貌的轮廓说给你了;你再“自个儿”去内省一番,就有八九分数了。但你马上也就会发见,这深深的“我”并非独自个儿待着,它还有个亲亲儿的,热热儿的伴儿哩。它俩你搂着我,我搂着你;不知谁给它们缚上了两只脚!就像三足竞走一样,它俩这样永远地难解难分!你若要开玩笑,就说它俩“狼狈为奸”,它俩亦无法自辩的。——可又来!究竟这伴儿是谁呢?这就是那广的“我”呀!我不是说过么?知道世界之大,才知道自己之小！所以“自知”必先要“知他”。兵法有云：“知己知彼，百战百胜。”可以旁证此理。原来“我”即在世界中；世界是一张无大不大的大网，“我”只是一个极微极微的结子；一发尚且会牵动全身，全网难道倒不能牵动一个细小的结子么？实际上，“我”是“极天下之赜”的！“自知”而不先“知他”，只是聚在方隅，老死不相往来的办法；只是“不可以语冰”的“夏虫”，井底蛙，磨坊里的驴子之流而已。能够“知他”，才真有“自知之明”；正如铁扇公主的扇子一样，要能放才能收呀。所知愈多，所接愈广；将“自己”散在天下，渗入事事物物之中看它的大小方圆，看它的轻重疏密，这才可以剖析毫芒地渐渐渐渐地认出“自己”的真面目呀。俗语说：“把你烧成了灰，我都认得你！”我们正要这样想：先将这个“我”一拳打碎了，碎得成了灰，然后随风飏举，或飘茵席之上，或堕溷厕之中，或落在老鹰的背上，或跳在珊瑚树的梢上，或藏在爱人的鬓边，或沾在关云长的胡子里……然后再收灰入掌，抟灰成形，自然便须眉毕现，光彩照人，不似初时“混沌初开”的情景了！所以深的“我”即在广的“我”中，而无深的“我”，广的“我”亦无从立脚；这是不做矮子，也不吹牛的道地老实话，所谓有限的无穷也。

在有限中求无穷，便是我们所能有的自由。这或者是“野马以被骑乘的自由为更多”的自由，或者是“和猪有飞的自由一样”；但自由总和不自由不同，管他是白的，是黑的！说“猪有飞的自由”，在半世纪前，正和说“人有飞的自由”一样。但半世纪后的我们，已可见着自由飞着的人了，虽然还是要在飞机或飞艇里。你或者冷笑着说，有所待而然！有所待而然！至多仍旧是“被骑乘的自由”罢了！但这算什么呢？鸟也要靠翼翅的呀！况且还有将来呢，还有将来的将来呢！就如上文所引法朗士的话：“倘若我们能够一刹那间用了苍蝇的多面的眼睛去观察天地……”目下诚然是做不到的，但竟有人去企图了！我曾见过一册日本文的书，——记得是《童谣の缀方》，卷首有一幅彩图，下面题着《苍蝇眼中的世界》（大意）。图中所有，极其光怪陆离；虽明知苍蝇眼中未必即是如此，而颇信其如此——自己仿佛飘飘然也成了一匹小小的苍蝇，陶醉在那奇异的世界中了！这样前去，谁能说法朗士的“倘若”永不会变成“果然”呢！——“语丝”拉得太长了，总而言之，统而言之，我们只是要变比别人巧妙的把戏，只是要到上海去开先施公司；这便是我们所能有的自由。“秀才不出门，能知天下事。”这种或者稍嫌旧式的了；那么，来个新的，“看世界面上”，我们来做个“世界民”吧——“世界民”（Cosmopolitan）者，据我的字典里说，是“无定居之人”，又有“弥漫全世界”，“世界一家”等义；虽是极简单的解释，我想也就够用，恕不再翻那笨重的大字典了。

我“海阔天空”或“古今中外”了九张稿纸；尽绕着圈儿，你或者有些“头痛”吧？“只听楼板响，不见人下来！”你将疑心开宗明义第一节所说的“生活的方法”，我竟不曾“思索”过，只冤着你，“青山隐隐水迢迢”地逗着你玩儿！不！别着急，这就来了也。既说“海阔天空”与“古今中外”，又要说什么“方法”，实在有些儿像左手望外推，右手又赶着望里拉，岂不可笑！但古语说得好，“大丈夫能屈能伸”，我正可老着脸借此解嘲；况且一落言诠，总有边际，你又何苦斤斤较量呢？况且“方法”虽小，其中也未尝无大；这也是所谓“有限的无穷”也。说到“无穷”，真使我为难！方法也正是千头万绪，比“一部十七史”更难得多多；虽说“大处着眼，小处下手”，但究竟从何处下手，却着实费我踌躇！——有了！我且学着那李逵，从黑松林里跳了出来，挥动板斧，随手劈他一番便了！我就是这个主意！李逵决非吴用；当然不足语于丝丝入扣的谨严的论理的！但我所说的方法，原非斗胆为大家开方案，只是将我所喜欢用的东西，献给大家看看而已。这只是我的“到自由之路”，自然只是从我的趣味中寻出来的；而在大宇长宙之中，无量数的“我”之内，区区的我，真是何等区区呢？而且我“本人”既在企图自己的放大，则他日之趣味，是否即今日之趣味，也殊未可知。所以此文也只是我姑妄言之，你姑妄听之；但倘若看了之后，能自己去思索一番，想出真个巧妙的方法，去做个“海阔天空”与“古今中外”的人，那时我虽觉着自己更是狭窄，非另打主意不可，然而总很高兴了；我将仰天大笑，到草帽从头上落下为止。

其实关于所谓“方法”，我已露过些口风了：“我们要能多方面的了解，多方面的感受，多方面的参加，才有真趣可言。”

我现在做着教书匠。我做了五年教书匠了，真个腻得慌！黑板总是那样黑，粉笔总是那样白，我总是那样的我！成天儿浑淘淘的，有时对于自己的活着，也会惊诧。我想我们这条生命原像一湾流水，可以随意变成种种的花样；现在却筑起了堰，截断它的流，使它怎能不变成浑淘淘呢？所以一个人老做一种职业，老只觉着是“一种”职业，那真是一条死路！说来可笑，我是常常在想改业的；正如未来派剧本说的“换个丈夫吧”，我也不时地提着自己，“换个行当吧！”我不想做官，但很想知道官是怎样做的。这不是一件容易事！《官场现形记》所形容的究竟太可笑了！况且现在又换了世界！《努力周刊》的记者在王内阁时代曾引汤尔和——当时的教育总长——的话：“你们所论的未尝无理；但我到政府里去看看，全不是那么一回事！”（大意）“全不是那么一回事！”可见不入虎穴，焉得虎子！我于是想做个秘书，去看看官到底是怎样做的？因秘书而想到文书科科员：我想一个人赚了大钱，成了资本家，不知究竟是怎样活着的？最要紧，他是怎样想的？我们只晓得他有汽车，有高大的洋房，有姨太太，那是不够的。——由资本家而至于小伙计，他们又怎样度他们的岁月？银行的行员尽爱买马票，当铺的朝奉尽爱在夏天打赤膊——其余的，其余的我便有些茫茫了！我们初到上海，总要到大世界去一回。但上海有个五光十色的商世界，我们怎可不去逛逛呢？我于是想做个什么公司里的文书科科员，尝些商味儿。上海不但有个商世界，还有个新闻世界。我又想做个新闻记者，可以多看些稀奇古怪的人，稀奇古怪的事。此外我想做的事还多！戴着龌龊的便帽，穿着蓝布衫裤的工人，拖着黄泥腿，衔着旱烟管的农人，扛着枪的军人，我都想做做他们的生活看。可是谈何容易；我不是上帝，究竟是没有把握的！这些都是非分的妄想，岂不和癞蛤蟆想吃天鹅肉一样！——话虽如此；“不问收获，只问耕耘”，也未尝不是一种解嘲的办法。况且退一万步讲，能够这样想想，也未尝没有淡淡的味儿，和“加力克”香烟一样的味儿。况且我们的上帝万一真个吝惜他的机会，我也想过了：我从今日今时起，努力要在“黑白生涯”中找寻些味儿，不像往日随随便便地上课下课，想来也是可以的！意大利 Amicis 的《爱的教育》里说有一位先生，在一个小学校里做了六十年的先生；年老退职之后，还时时追忆从前的事情：一闭了眼，就像有许多的孩子，许多的班级在眼前；偶然听到小孩的书声，便悲伤起来，说：“我已没有学校没有孩子了！”可见天下无难事，只怕有心人！但我一面羡慕这位可爱的先生，一面总还打不断那些妄想；我的心不是一条清静的荫道，而是十字街头呀！

我的妄想还可以减价；自己从不能做“诸色人等”，却可以结交“诸色人等”的朋友。从他们的生活里，我也可以分甘共苦，多领略些人味儿；虽然到底不如亲自出马的好。《爱的教育》里说：“只在一阶级中交际的人，恰和只读一册书籍的学生一样。”真是“有理呀有理”！现在的青年，都喜欢结识几个女朋友；一面固由于性的吸引，一面也正是要润泽这干枯而单调的生活。我的一位先生曾经和我们说：他有一位朋友，新从外国回到北京；待了一个多月，总觉有一件事使他心里不舒畅，却又说不出是什么事。后来有一天，不知怎样，竟被他发见了：原来北京的街上太缺乏女人！他觉得这样的生活，实在干燥无味！但单是女朋友，我觉得还是不够；我又常想结识些小孩子，做我的小朋友。有人说和孩子们作伴，和孩子们共同生活，会使自己也变成一个孩子，一个大孩子；所以小学教师是不容易老的。这话颇有趣，使我相信。我去年上半年和一位有着童心的朋友，曾约了附近一所小学校的学生，开过几回同乐会；大家说笑话，讲故事，拍七，吃糖果，看画片，都很高兴的。后来暑假期到了，他们还抄了我们的地址，说要和我们通信呢。不但学龄儿童可以做我的朋友，便是幼稚园里的也可以的，而且更加有趣哩。且请看这一段：

终于，母亲逃出了庭间了。小孩们追到栏栅旁，脸挡住了栅缝，把小手伸出，纷纷地递出面包呀，苹果片呀，牛油块等东西来。一齐叫说：

"再会，再会！明天再来，再请过来！"（见《爱的教育》译本第七卷内《幼儿院》中。）

倘若我有这样的小朋友，我情愿天天去呀！此外，农人，工人，也要相与些才好。我现在住在乡下，常和邻近的农人谈天，又曾和他们喝过酒，觉得另有些趣味。我又晓得在北京，上海的我的朋友的朋友，每天总找几个工人去谈天；我且不管他们谈的什么，只觉每天换几个人谈谈，是很使人新鲜的。若再能交结几个外国朋友，那是更别致了。从前上海中华世界语学会教人学世界语，说可以和各国人通信；后来有人非议他们，说世界语的价值岂就是如此的！非议诚然不错。但与各国人通信，到底是一件有趣的事呀！——还有一件，自己的妻和子女，若在别一方面作为朋友看时，也可得着新的启示的。不信么？试试看！

若你以为阶级的障壁不容易打破，人心的隔膜不容易揭开；你于是皱着眉，咂着嘴，说："要这样地交朋友，真是千难万难！"是的；但是——你太小看自己了，那里就这样地不济事！也罢，我还有一套便宜些的变给你瞧瞧；这就叫做"知人"呀。交不着朋友是没法的，但晓得些别人的"闲事"，总可以的；只须不尽着去自扫门前雪，而能多管些一般人所谓"闲事"，就行了。我所谓"多管闲事"，其实只是"参加"的别名。譬如前次上海日本纱厂工人大罢工，我以为是要去参加的；或者帮助他们，或者只看看那激昂的实况，都无不可。总之，多少知道了他们，使自己与他们间多少有了关系，这就得了。又如我的学生和报馆打官司，我便要到法庭里去听审；这样就可知道法官和被告是怎样的人了。又如吴稚晖先生，我本不认识的；但听过他的讲演，读过他的书，我便能约略晓得他了。——读书真是巧算盘！不但可以知今人，且可以知古人；不但可以知中国人，且可以知洋人。同样的巧算盘便是看报！看报可以遇着许多新鲜的问题，引起新鲜的思索。譬如共产党加入国民党，究竟是利用呢，还是联合作战呢？孙中山先生若死在"段执政"自己夸诩的"革命"之前，曹锟当国的时候，一班大人，老爷，绅士乃至平民，会不会（姑不说"敢不敢"）这样"热诚地"追悼呢？黄色的班禅在京在沪，为什么也会受着那样"热诚的"欢迎呢？英国退还庚子赔款，始而说"用于教育的目的"，继而说"用于相互有益之目的"，——于是有该国的各工业联合会建议，痛斥中国教育之无效，主张用此款筑路——继而又说用于中等教育；真令人目迷五色，到底他们什么葫芦里卖什么药呢？德国新总统为什么会举出兴登堡将军，后事又如何呢？还有，“一夫多妻的新护符”和“新性道德”究竟是一是二呢？欧阳予倩的《回家以后》，到底是不是提倡东方道德呢？——这一大篇账都是从报上“过”过来的，毫不稀奇；但可以证明，看报的确是最便宜的办法，可以知道许多许多的把戏。

旅行也是刷新自己的一帖清凉剂。我曾做过一个设计：四川有三峡的幽峭，有栈道的蜿蜒，有峨嵋的雄伟，我是最向慕的！广东我也想去得长久了。乘了香港的上山电车，可以“上天”；而广州的市政，长堤，珠江的繁华，也使我心痒痒的！由此而北，蒙古的风沙，的牛羊，的天幕，又在招邀着我！至于红墙黄土的北平，六朝烟水气的南京，先施公司的上海，我总算领略过了。这样游了中国以后，使跨出国门：到日本看她的樱花，看她的富士；到俄国看列宁的墓，看第三国际的开会；到德国访康德的故居，听《月光曲》的演奏；到美国瞻仰巍巍的自由神和世界第一的大望远镜。再到南美洲去看看那莽莽的大平原，到南非洲去看看那茫茫的大沙漠，到南洋群岛去看看那郁郁的大森林——于是浩然归国；若有机缘，再到北极去探一回险，看看冰天雪海，到底如何，那更妙了！梁绍文说得有理：

> 我们不赞成别人整世的关在一个地方而不出来和世界别一部分相接触，倘若如此，简直将数万里的地球缩小到数英里，关在那数英里的圈子内就算过了一生，这未免太不值得！所以我们主张：能够遍游全世界，将世界上的事事物物都放在脑筋里的炽炉中锻炼一过，然后才能成为一种正确的经验，才算有世界的眼光。（《南洋旅行漫记》上册二五三页。）

但在一钱不名的穷措大如我辈者，这种设计恐终于只是“过屠门而大嚼”而已；又怎样办呢？我说正可学胡，梁二先生开国学书目的办法，不妨随时酌量核减；只看能力如何。便是真个不名一钱，也非全无法想。听说日本的谁，因无钱旅行，便在室中绕着圈儿，口里只是叫着，某站到啦，某埠到啦；这样也便过了瘾。这正和孩子们搀瞎子一样：一个蒙了眼做瞎子，一个在前面用竹棒引着他，在室中绕行；这引路的尽喊着到某处啦，到某处啦的口号，彼此便都满足。正是，精神一到，何事不成！这种人却决非磨坊里的驴子；他们的足虽不出户，他们的心尽会日行千里的！

说到心的旅行，我想到《文心雕龙·神思篇》说的：

古人云：“形在江海之上，心存魏阙之下。”神思之谓也。……故寂然凝虑，思接千载；悄然动容，视通万里……

罗素论“哲学的价值”，也说：

保存宇宙内的思辨（玄想）之兴趣……总是哲学事业的一部。

或者它的最要之价值，就是它所潜思的对象之伟大，结果，便解脱了褊狭的和个人的目的。

哲学的生活是幽静的，自由的。

本能利益的私世界是一个小的世界，搁在一个大而有力的世界中间，迟早必把我们私的世界，磨成粉碎。

我们若不扩大自己的利益，汇涵那外面的整个世界，就好像一个兵卒困在炮台里边，知道敌人不准逃跑，投降是不可避免的一样。

哲学的潜思就是逃脱的一种法门。（摘抄黄凌霜译《哲学问题》第十五章）

所谓神思，所谓玄想之兴味，所谓潜思，我以为只是三位一体，只是大规模的心的旅行。心的旅行决不以现有的地球为限！到火星去的不是很多么？到太阳去的不也有么？到太阳系外，和我们隔着三十万光年的星上去的不也有么？这三十万光年，是美国南加州威尔逊山绝顶上，口径百吋之最大反射望远镜所能观测的世界之最远距离。“换言之，现在吾人一目之下所望见之世界，不仅现在之世界而已，三十余万年之大过去以来，所有年代均同时见之。历史家尝谓吾人由书籍而知过去，直忘却吾人能直接而见过去耳。”吾人固然能直接而见过去，由书籍而见过去，还能由岩石地层等而见过去，由骨殖化石等而见过去。目下我们所能见的过去，真是悠久，真是伟大！将现在和它相比，真是大海里一根针而已！姑举一例：德国的谁假定地球的历史为二十四点钟，而人类有历史的时期仅为十分钟；人类有历史已五千年了，一千年只等于二分钟而已！一百年只等于十二秒钟而已！十年只等于一又十分之二秒而已！这还是就区区的地球而论呢。若和全宇宙的历史（人能知道么?）相较量，那简直是不配！又怎样办呢?但毫不要紧！心尽可以旅行到未曾凝结的星云里，到大爬虫的中生代，到类人猿的脑筋里；心究竟是有些儿自由的。不过旅行要有向导；我觉《最近物理学概观》《科学大纲》《古生物学》《人的研究》等书都很能胜任的。

心的旅行又不以表面的物质世界为限！它用实实在在的一支钢笔，在实实在在的白瑞典纸簿上一张张写着日记；它马上就能看出钢笔与白纸只是若干若干的微点，叫做电子的——各电子间有许多的空隙，比各电子的总积还大。这正像一张“有结而无线的网”，只是这么空空的；其实说不上什么“一支”与“一张张”的！这么看时，心便旅行到物质的内院，电子的世界了。而老的物质世界只有三根台柱子（三次元），现在新的却添上了一根（四次元）；心也要去逛逛的。心的旅行并且不以物质世界为限！精神世界是它的老家，不用说是常常光顾的。意识的河流里，它是常常驶着一只小船的。但这个年头儿，世界是越过越多了。用了坐标轴作地基，竖起方程式的柱子，架上方程式的梁，盖上几何形体的瓦，围上几何形体的墙，这是数学的世界。将各种“性质的共相”（如“白”“头”等概念）分门别类地陈列在一个极大的弯弯曲曲，层层叠叠的场上；在它们之间，再点缀着各种“关系的共相”（如“大”“类似”“等于”等概念）。这是论理的世界。将善人善事的模型和恶人恶事的分门别类陈列着的，是道德的世界。但所谓“模型”，却和城隍庙所塑“二十四孝”的像与十王殿的像绝不相同。模型又称规范，如“正义”“仁爱”“奸邪”等是——只是善恶的度量衡也；道德世界里，全摆着大大小小的这种度量衡。还是艺术的世界，东边是音乐的旋律，西边是跳舞的曲线，南边是绘画的形色，北边是诗歌的情韵。——心若是好奇的，它必像唐三藏经过三十六国一样，一一经过这些国土的。

更进一步说，心的旅行也不以存在的世界为限！上帝的乐园，它是要去的；阎罗的十殿，它也是要去的。爱神的弓箭，它是要看看的；孙行者的金箍棒，它也要看看的。总之，神话的世界，它要穿上梦的鞋去走一趟。它从神话的世界回来时，便道又可游玩童话的世界。在那里有苍蝇目中的天地，有永远不去的春天；在那里鸟能唱歌，水也能唱歌，风也能唱歌；在那里有着靴的猫，有在背心里掏出表来的兔子；在那里有水晶的宫殿，带着小白翼子的天使。童话的世界的那边，还有许多邻国，叫做乌托邦，它也可迂道一往观的。姑举一二给你看看。你知道吴稚晖先生是崇拜物质文明的，他的乌托邦自然也是物质文明的。他说，将来大同世界实现时，街上都该铺大红缎子。他在春晖中学校讲演时，曾指着“电灯开关”说：

> 科学发达了，我们讲完的时候，啤啼叭哒几声，要到房里去的就到了房里，要到宁波的就到了宁波，要到杭州的就到了杭州：这也算不来什么奇事。（见《春晖》二十九期。）

呀！啤啼叭哒几声，心已到了铺着大红缎子的街上了！——若容我借了法朗士的话来说，这些正是“灵魂的冒险”呀。

上面说的都是“大头天话”，现在要说些小玩意儿，新新耳目，所谓能放能收也。我曾说书籍可作心的旅行的向导，现在就谈读书吧。周作人先生说他目下只想无事时喝点茶，读点新书。喝茶我是无可无不可，读新书却很高兴！读新书有如幼时看西洋景，一页一页都有活鲜鲜的意思；又如到一个新地方，见一个新朋友。读新出版的杂志，也正是如此，或者更闹热些。读新书如吃时鲜鲥鱼，读新杂志如到惠罗公司去看新到的货色。我还喜欢读冷僻的书。冷僻的书因为冷僻的缘故，在我觉着和新书一样；仿佛旁人都不熟悉，只我有此眼福，便高兴了。我之所以喜欢搜阅各种笔记，就是这个缘故。尺牍，日记等，也是我所爱读的；因为原是随随便便，老老实实地写来，不露咬牙切齿的样子，便更加亲切，不知不觉将人招了入内。同样的理由，我爱读野史和逸事；在它们里，我见着活泼泼的真实的人。——它们所记，虽只一言一动之微，却包蕴着全个的性格；最要紧的，包蕴着与众不同的趣味。旧有的《世说新语》，新出的《欧美逸话》，都曾给我满足。我又爱读游记；这也是穷措大替代旅行之一法，从前的雅人叫做“卧游”的便是。从游记里，至少可以“知道”些异域的风土人情；好一些，还可以培养些异域的情调。前年在温州师范学校图书馆中，翻看《小方壶斋舆地丛钞》的目录，里面全（?）是游记，虽然已是过时货，却颇引起我的向往之诚。“这许多好东西哟!”尽这般地想着；但终于没有勇气去借来细看，真是很可恨的！后来，《徐霞客游记》石印出版，我的朋友买了一部，我又欲读不能！近顷《南洋旅行漫记》和《山野掇拾》出来了，我便赶紧买得，复仇似的读完，这才舒服了。我因为好奇，看报看杂志，也有特别的脾气。看报我总是先看封面广告的。一面是要找些新书，一面是要找些新闻；广告里的新闻，虽然是不正式的，或者算不得新闻，也未可知，但都是第一身第二身的，有时比第三身的正文还值得注意呢。譬如那回中华制糖公司董事的互讦，我看得真是热闹煞了！又如“印送安士全书”的广告，“读报至此，请念三声阿弥陀佛”的广告，真是“好聪明的糊涂法子”！看杂志我是先查补白，好寻着些轻松而隽永的东西：或名人的趣语，或当世的珍闻，零金碎玉，更见异彩！——请看“二千年前玉门关外一封情书”，“时新旦角戏”等标题便知分晓。

我不是曾恭维看报么？假如要参加种种趣味的聚会，那也非看报不可。譬如前一两星期，报上登着世界短跑家要在上海试跑；我若在上海，一定要去看看跑是如何短法？又如本月十六日上海北四川路有洋狗展览会，说有四百头之多；想到那高低不齐的个儿，松密互映，纯驳争辉的毛片，或嘤嘤或呜呜或汪汪的吠声，我也极愿意去的。又我记得在《上海七日刊》（?）上见过一幅法国儿童同乐会的摄影。摄影中济济一堂的满是儿童——这其间自然还有些抱着的母亲，领着的父亲，但不过二三人，容我用了四舍五入法，将他们略去吧。那前面的几个，丰腴圆润的宠儿，覆额的短发，精赤的小腿，我现在还记着呢。最可笑的，高高的房子，塞满了这些儿童，还空着大半截，大半截；若塞满了我们，空气一定是没有那么舒服的，便宜了空气了！这种聚会不用说是极使我高兴的！只是我便在上海，也未必能去；说来可恨恨！这里却要引起我别的感慨，我不说了。此外如音乐会，绘画展览会，我都乐于赴会的。四年前秋天的一个晚上，我曾到上海市政厅去听“中西音乐大会”；那几支广东小调唱得真入神，靡靡是靡靡到了极点，令人欢喜赞叹！而歌者隐身幕内，不露一丝色相，尤动人无穷之思！绘画展览会，我在北京，上海也曾看过几回。但都像走马看花似的，不能自知冷暖——我真是太外行了，只好慢慢来吧。我却最爱看跳舞。五六年前的正月初三的夜里，我看了一个意大利女子的跳舞：黄昏的电灯光映着她裸露的微红的两臂，和游泳衣似的粉红的舞装；那腰真软得可怜，和麦粉搓成的一般。她两手擎着小小的钹，钹孔里拖着深红布的提头；她舞时两臂不住地向各方扇动，两足不住地来往跳跃，钹声便不住地清脆地响着——她舞得如飞一样，全身的曲线真是瞬息万变，转转不穷，如闪电吐舌，如星星眨眼；使人目眩心摇，不能自主。我看过了，恍然若失！从此我便喜欢跳舞。前年暑假时，我到上海，刚碰着卡尔登影戏院开演跳舞片的末一晚，我没有能去一看。次日写信去“特烦”，却如泥牛入海；至今引为憾事！我在北京读书时，又颇爱听旧戏；因为究竟是“外江”人，更爱听旦角戏，尤爱听尚小云的戏，——但你别疑猜，我却不曾用这支笔去捧过谁。我并不懂戏词，甚至连情节也不甚仔细，只爱那宛转凄凉的音调和楚楚可怜的情韵。我在理论上也左袒新戏，但那时的北京实在没有可称为新戏的新戏给我看；我的心也就渐渐冷了。南归以后，新戏固然和北京是“一丘之貉”，旧戏也就每况愈下，毫无足观。我也看过一回机关戏，但只足以广见闻，无深长的趣味可言。直到去年，上海戏剧协社演《少奶奶的扇子》，朋友们都说颇有些意思——在所曾寓目的新戏中，这是得未曾有的。又实验剧社演《葡萄仙子》，也极负时誉；黎明晖女士所唱“可怜的秋香”一句，真是脍炙人口——便是不曾看过这戏的我，听人说了此句，也会有“一种薄醉似的感觉，超乎平常所谓舒适以上”。——《少奶奶的扇子》，我也还无一面之缘——真非到上海去开先施公司不可！上海的朋友们又常向我称述影戏；但我之于影戏，还是“猪八戒吃人参果”呢！也只好慢慢来吧。说起先施公司，我总想起惠罗公司。我常在报纸的后幅看见他家的广告，满幅画着新货色的图样，真是日本书店里所谓“诱惑状”了。我想若常去看看新货色，也是一乐。最好能让我自由地鉴赏地看一回；心爱的也不一定买来，只须多多地，重重地看上几眼，便可权当占有了——朋友有新东西的时候，我常常把玩不肯释手，便是这个主意。

若目下不能到上海去开先施公司，或到上海而无本钱去开先施公司，则还有个经济的办法，我现在正用着呢。不过这种办法，便是开先施公司，也可同时采用的；因为我们原希望“多多益善”呀。现在我所在的地方，是没有绘画展览会；但我和人家借了左一册右一册的摄影集，画片集，也可使我的眼睛饱餐一顿。我看见“群羊”，在那淡远的旷原中，披着乳一样白，丝一样软的羽衣的小东西，真和浮在浅浅的梦里的仙女一般。我看见“夕云”，地上是疏疏的树木，偃蹇欹侧作势，仿佛和天上的乱云负固似的；那云是层层叠叠的，错错落落的，斑斑驳驳的，使我觉得天是这样厚，这样厚的！我看见“五月雨”，是那般蒙蒙密密的一片，三个模糊的日本女子，正各张着有一道白圈儿的纸伞，在台阶上走着，走上一个什么坛去呢；那边还有两个人，却只剩了影儿！我看见“现在与未来”；这是一个人坐着，左手托着一个骷髅，两眼凝视着，右手正支颐默想着。这还是摄影呢，画片更是美不胜收了！弥爱的《晚祷》是世界的名作，不用说了。意大利 Gino 的名画《跳舞》，满是跃着的腿儿，牵着的臂儿，并着的脸儿；红的，黄的，白的，蓝的，黑的，一片片地飞舞着——那边还攒动着无数的头呢。是夜的繁华哟！是肉的熏蒸哟！还有日本中泽弘光的《夕潮》：红红的落照轻轻地涂在玲珑的水阁上；阁之前浅蓝的潮里，伫立着白衣编发的少女，伴着两只夭矫的白鹤；她们因水光的映射，这时都微微地蓝了；她只扭转头凝视那斜阳的颜色。又椎冢猪知雄的《花》，三个样式不同，花色互异的精巧的瓶子，分插着红白各色的，大的小的鲜花，都丰丰满满的。另有一个细长的和一个荸荠样的瓶子，放在三个大瓶之前和之间；一高一矮，甚是别致，也都插着鲜花，只一瓶是小朵的，一瓶是大朵的。我说的已多了——还有图案画，有时带着野蛮人和儿童的风味，也是我所爱的。书籍中的插画，偶然也有很好的；如什么书里有一幅画，显示惠士敏斯特大寺的里面，那是很伟大的——正如我在灵隐寺的高深的大殿里一般。而房龙《人类的故事》中的插画，尤其别有心思，马上可以引入到他所画的天地中去。

我所在的地方，也没有音乐会。幸而有留声机，机片里中外歌曲乃至国语唱歌都有；我的双耳尚不至大寂寞的。我或向人借来自开自听，或到别人寓处去听，这也是“揩油”之一道了。大约借留声机，借画片，借书，总还算是雅事，不致像借钱一样，要看人家脸孔的（虽然也不免有例外）；所以有时竟可大大方方地揩油。自然，自己的油有时也当大大方方地被别人揩的。关于留声机，北平有零卖一法。一个人背了话匣子（即留声机）和唱片，沿街叫卖；若要买的，就喊他进屋里，让他开唱几片，照定价给他铜子——唱完了，他仍旧将那话匣子等用蓝布包起，背了出门去。我们做学生时，每当冬夜无聊，常常破费几个铜子，买他几曲听听：虽然没有佳片，却也算消寒之一法。听说南方也有做这项生意的人。——我所在的地方，宁波是其一。宁波S中学现有无线电话收音机，我很想去听听大陆报馆的音乐。这比留声机又好了！不但声音更是亲切，且花样日日翻新；二者相差，何可以道里计呢！除此以外，朋友们的箫声与笛韵，也是很可过瘾的；但这看似易得而实难，因为好手甚少。我从前有一位朋友，吹箫极悲酸幽抑之致，我最不能忘怀！现在他从外国回来，我们久不见面，也未写信，不知他还能来一点儿否？

内地虽没有惠罗公司，却总有古董店，尽可以对付一气。我们看看古瓷的细润秀美，古泉币的陆离斑驳，古玉的丰腴有泽，古印的肃肃有仪，胸襟也可豁然开朗。况内地更有好处，为五方杂处，众目具瞻的上海等处所不及的；如花木的趣味，盆栽的趣味便是。上海的匆忙使一般人想不到白鸽笼外还有天地；花是怎样美丽，树是怎样青青，他们似乎早已忘怀了！这是我的朋友郢君所常常不平的。“暮春三月，江南草长，杂花生树，群莺乱飞。”——这在上海人怕只是一场春梦吧！像我所在的乡间：芊芊的碧草踏在脚上软软的，正像吃樱花糖；花是只管开着，来了又去，来了又去——杨贵妃一般的木笔，红着脸的桃花，白着脸的绣球……好一个“香遍满，色遍满的花儿的都”呀！上海是不容易有的！我所以虽向慕上海式的繁华，但也不舍我所在的白马湖的幽静。我爱白马湖的花木，我爱S家的盆栽——这其间有诗有画，我且说给你。一盆是小小的竹子，栽在方的小白石盆里；细细的干子疏疏的隔着，疏疏的叶子淡淡地撇着，更点缀上两三块小石头；颇有静远之意。上灯时，影子写在壁上，尤其清隽可亲。另一盆是棕竹，瘦削的干子亭亭地立着；下部是绿绿的，上部颇劲健地拆着几片长长的叶子，叶根有细极细极的棕丝网着。这像一个丰神俊朗而蓄着微须的少年。这种淡白的趣味，也自是天地间不可少的。

天地间还有一种不可少的趣味，也是简便易得到的，这是“谈天”。——普通话叫做“闲谈”；但我以“谈天”二字，更能说出那“闲旷”的味儿！傅孟真先生在《心气薄弱之中国人》一评里，引顾宁人的话，说南方之学者，“群居终日，言不及义”；北方之学者，“饱食终日，无所用心”。他说“到了现在已经二百多年了，这评语仍然是活泼泼的”，“谈天”大概也只能算“不及义”的言；纵有“及义”的时候，也只是偶然碰到，并非立意如此。若立意要“及义”，那便不是“谈天”而是“讲茶”了。“讲茶”也有“讲茶”的意思，但非我所要说。“终日言不及义”，诚哉是无益之事；而且岂不疲倦？“舌敝唇焦”，也未免“穷斯滥矣”！不过偶尔“茶余酒后”，“月白风清”，约两个密友，吸着烟卷儿，尝着时新果子，促膝谈心，随兴趣之所至。时而上天，时而入地，时而论书，时而评画，时而纵谈时局，品鉴人伦，时而剖析玄理，密诉衷曲……等到兴尽意阑，便各自回去睡觉；明早一觉醒来，再各奔前程，修持“胜业”，想也不致耽误的。或当公私交集，身心俱倦之后，约几个相知到公园里散散步，不愿散步时，便到绿荫下长椅上坐着；这时作无定向的谈话，也是极有意味的。至于“‘辟克匿克’来江边”，那更非“谈天”不可！我想这种“谈天”，无论如何，总不能算是大过吧。人家说清谈亡了晋朝，我觉得这未免是栽赃的办法。请问晋人的清谈，谁为为之？孰令致之？——这且不说，我单觉得清谈也正是一种“生活之艺术”，只要有节制。有的如针尖的微触，有的如剪刀的一断；恰像吹皱一池春水，你的心便会这般这般了。“谈天”本不想求其有用，但有时也有大用；英哲洛克（Locke）的名著《人间悟性论》中述他著书之由——说有一日，与朋友们谈天，端绪愈引而愈远，不知所从来，也不知所届；他忽然惊异：人知的界限在何处呢？这便是他的大作最初的启示了。——这是我的一位先生亲口告诉我的。

我说海说天，上下古今谈了一番，自然仍不曾跳出我佛世尊——自己——的掌心，现在我还是偃旗息鼓，“回到自己的灵魂”吧。自己有今日的自己，有昨日的自己，有北京时的自己，有南京时的自己，有在父母怀抱中的自己……乃至一分钟有一个自己，一秒钟有一个自己。每一个自己无论大的，小的，都各提挈着一个世界，正如旅客带着一只手提箱一样。各个世界，各个自己之不相同，正如旅客手提箱里所装的东西之不同一样。各个自己与它所提挈的世界是一个大大的联环，决不能拆开的。譬如去年十月，我正仆仆于轮船火车之中。我现在回想那时的我，第一不能忘记的，是江浙战争；第二便是国庆。因战争而写来的父亲的岳父的信，一页页在眼前翻过；因战争而搬家的人，一阵阵在面前走过；眼看学校一日日挨下去，直到关门为止。念头忽然转弯：林纾死了，法朗士死了；国际联盟第五届大会也闭幕了！……正如水的涟漪一样，一圈一圈地尽管晕开去，可以至于非常之多。只区区一个月的我，所提挈的已这样多，则积了三百几十个月的我，所提挈的当有无穷！要算起账来，倒是“大笔头”呢！若有那样细心，再把月化为日，日化为时，时化为分秒，我的世界当更不了不了！这其间有吃的，有睡的，有玩的，有笑的，有哭的，有糊涂的，有聪明的……若能将它们陈列起来，必大有意思；若能影戏片似的将它们摇过去，那更有意思了！人总有念旧之情的。我的一个朋友回到母校作教师的时候，偶然在故纸堆中翻到他十四岁时投考该校的一张相片，便爱它如儿子。我们对于过去的自己，大都像嚼橄榄一样，总有些儿甜的。我们依着时光老人的导引，一步步去温寻已失的自己；这走的便是“忆之路”。在“忆之路”上愈走得远，愈是有味；因苦味渐已蒸散而甜味却还留着的缘故。最远的地方是“儿时”，在那里只有一味极淡极淡的甜；所以许多人都惦记着那里。这“忆之路”是颇长的，也是世界上一条大路。要成为一个自由的“世界民”，这条路不可不走走的。

我的把戏变完了——咳！多少贫呢！我总之羡慕齐天大圣；他虽也跳不出佛爷的掌心，但到底能翻十万八千里的筋斗，又有七十二变化的！

1925 年 5 月 9 日

白种人——上帝的骄子！

去年暑假到上海，在一路电车的头等里，见一个大西洋人带着一个小西洋人，相并地坐着。我不能确说他俩是英国人或美国人；我只猜他们是父与子。那小西洋人，那白种的孩子，不过十一二岁光景，看去是个可爱的小孩，引我久长的注意。他戴着平顶硬草帽，帽檐下端正地露着长圆的小脸。白中透红的面颊，眼睛上有着金黄的长睫毛，显出和平与秀美。我向来有种癖气：见了有趣的小孩，总想和他亲热，做好同伴；若不能亲热，便随时亲近亲近也好。在高等小学时，附设的初等里，有一个养着乌黑的西发的刘君，真是依人的小鸟一般；牵着他的手问他的话时，他只静静地微仰着头，小声儿回答——我不常看见他的笑容，他的脸老是那么幽静和真诚，皮下却烧着亲热的火把。我屡次让他到我家来，他总不肯；后来两年不见，他便死了。我不能忘记他！我牵过他的小手，又摸过他的圆下巴。但若遇着陌生的小孩，我自然不能这么做，那可有些窘了；不过也不要紧，我可用我的眼睛看他——一回，两回，十回，几十回！孩子大概不很注意人的眼睛，所以尽可自由地看，和看女人要遮遮掩掩的不同。我凝视过许多初会面的孩子，他们都不曾向我抗议；至多拉着同在的母亲的手，或倚着她的膝头，将眼看她两看罢了。所以我胆子很大。这回在电车里又发了老癖气，我两次三番地看那白种的孩子，小西洋人！

初时他不注意或者不理会我，让我自由地看他。但看了不几回，那父亲站起来了，儿子也站起来了，他们将到站了。这时意外的事来了。那小西洋人本坐在我的对面；走近我时，突然将脸尽力地伸过来了，两只蓝眼睛大大地睁着，那好看的睫毛已看不见了；两颊的红也已褪了不少了。和平，秀美的脸一变而为粗俗，凶恶的脸了！他的眼睛里有话：“咄！黄种人，黄种的支那人，你——你看吧！你配看我！”他已失了天真的稚气，脸上满布着横秋的老气了！我因此宁愿称他为“小西洋人”。他伸着脸向我足有两秒钟；电车停了，这才胜利地掉过头，牵着那大西洋人的手走了。大西洋人比儿子似乎要高出一半；这时正注目窗外，不曾看见下面的事。儿子也不去告诉他，只独断独行地伸他的脸；伸了脸之后，便又若无其事的，始终不发一言——在沉默中得着胜利，凯旋而去。不用说，这在我自然是一种袭击，“出其不意，攻其不备”的袭击！

这突然的袭击使我张皇失措；我的心空虚了，四面的压迫很严重，使我呼吸不能自由。我曾在N城的一座桥上，遇见一个女人；我偶然地看她时，她却垂下了长长的黑睫毛，露出老练和鄙夷的神色。那时我也感着压迫和空虚，但比起这一次，就稀薄多了：我在那小西洋人两颗枪弹似的眼光之下，茫然地觉着有被吞食的危险，于是身子不知不觉地缩小——大有在奇境中的阿丽思的劲儿！我木木然目送那父与子下了电车，在马路上开步走；那小西洋人竟未一回头，断然地去了。我这时有了迫切的国家之感！我做着黄种的中国人，而现在还是白种人的世界，他们的骄傲与践踏当然会来的；我所以张皇失措而觉着恐怖者，因为那骄傲我的，践踏我的，不是别人，只是一个十来岁的"白种的"孩子，竟是一个十来岁的白种的"孩子"！我向来总觉得孩子应该是世界的，不应该是一种，一国，一乡，一家的。我因此不能容忍中国的孩子叫西洋人为"洋鬼子"。但这个十来岁的白种的孩子，竟已被撤入人种与国家的两种定型里了。他已懂得凭着人种的优势和国家的强力，伸着脸袭击我了。这一次袭击实是许多次袭击的小影，他的脸上便缩印着一部中国的外交史。他之来上海，或无多日，或已长久，耳濡目染，他的父亲，亲长，先生，父执，乃至同国，同种，都以骄傲践踏对付中国人；而他的读物也推波助澜，将中国编派得一无是处，以长他自己的威风。所以他向我伸脸，决非偶然而已。

这是袭击，也是侮蔑，大大的侮蔑！我因了自尊，一面感着空虚，一面却又感着愤怒；于是有了迫切的国家之念。我要诅咒这小小的人！但我立刻恐怖起来了：这到底只是十来岁的孩子呢，却已被传统所埋葬；我们所日夜想望着的"赤子之心"，世界之世界（非某种人的世界，更非某国人的世界！），眼见得在正来的一代，还是毫无信息的！这是你的损失，我的损失，他的损失，世界的损失；虽然是怎样渺小的一个孩子！但这孩子却也有可敬的地方：他的从容，他的沉默，他的独断独行，他的一去不回头，都是力的表现，都是强者适者的表现。决不婆婆妈妈的，决不粘粘搭搭的，一针见血，一刀两断，这正是白种人之所以为白种人。

我真是一个矛盾的人。无论如何，我们最要紧的还是看看自己，看看自己的孩子！谁也是上帝之骄子；这和昔日的王侯将相一样，是没有种的！

1925年6月19日夜

荷兰

一个在欧洲没住过夏天的中国人，在初夏的时候，上北国的荷兰去，他简直觉得是新秋的样子。淡淡的天色，寂寂的田野，火车走着，像没人理会一般。天尽头处偶尔看见一架半架风车，动也不动的，像向天揸开的铁手。在瑞士走，有时也是这样一劲儿的静；可是这儿的肃穆，瑞士却没有。瑞士大半是山道，窄狭的，弯曲的，这儿是一片广原，气象自然不同。火车渐渐走近城市，一溜房子看见了。红的黄的颜色，在那灰灰的背景上，越显得鲜明照眼。那尖屋顶原是三角形的底子，但左右两边近底处各折了一折，便多出两个角来；机伶里透着老实，像个小胖子，又像个小老头儿。

荷兰人有名地会盖房子。近代谈建筑，数一数二是荷兰人。

快到罗特丹（Rotterdam）的时候，有一家工厂，房屋是新样子。房子分两截，近处一截是一道内曲线，两大排玻璃窗子反射着强弱不同的光。接连着的一截是比较平正些的八层楼，窗子也是横排的。“楼梯间”满用玻璃，外面既好看，上楼又明亮好走，比旧式阴森森的楼梯间，只在墙上开着小窗户的自然好多了。整排不断的横窗户也是现代建筑的特色；靠着钢骨水泥，才能这样办。这家工厂的横窗户有两个式样，窗宽墙窄是一式，墙宽窗窄又是一式。有人说这种墙和窗子像面包夹火腿；但哪是面包哪是火腿却弄不明白。又有人说这种房子仿佛满支在玻璃上，老教人疑心要倒塌似的。可是我只觉得一条条连接不断的横线都有大气力，足以支撑这座大屋子而有余，而且一眼看下去，痛快极了。

海牙和平宫左近，也有不少新式房子，以铺面为多，与工厂又不同。颜色要鲜明些，装饰风也要重些，大致是清秀玲珑的调子。最精致的要数那一座“大厦”，是分租给人家住的。是不规则的几何形。约莫居中是高耸的通明的楼梯间，界划着黑钢的小方格子。一边是长条子，像伸着的一只胳膊；一边是方方的。每层楼都有栏干，长的那边用蓝色，方的那边用白色，衬着淡黄的窗子。人家说荷兰的新房子就像一只轮船，真不错。这些栏干正是轮船上的玩意儿，那梯子间就是烟囱了。大厦前还有一个狭长的池子，浅浅的，尽头处一座雕像。池旁种了些花草，散放着一两张椅子。屋子后面没有栏干，可是水泥墙上简单的几何形的界划，看了也非常爽目。那一带地方很宽阔，又清静，过午时大厦满在太阳光里，左近一些碧绿的树掩映着，教人舍不得走。阿姆斯特丹（Amsterdam）的新式房子更多。皇宫附近的电报局，样子打得巧，斜对面那家电气公司却一味地简朴；两两相形起来，倒有点意思。别的似乎都赶不上这两所好看。但“新开区”还有整大片的新式建筑，没有得去看，不知如何。

荷兰人又有名地会画画。十七世纪的时候，荷兰脱离了西班牙的羁绊，渐渐地兴盛，小康的人家多起来了。他们衣食既足，自然想着些风雅的玩意儿。那些大幅的神话画宗教画，本来专供装饰宫殿小教堂之用。他们是新国，用不着这些。他们只要小幅头画着本地风光的。人像也好，风俗也好，景物也好，只要“荷兰的”就行。在这些画里，他们亲亲切切地看见自己。要求既多，供给当然跟着。那时画是上市的，和皮鞋与蔬菜一样，价钱也差不多。就中风俗画（（Genre picture）最流行。直到现在，一提起荷兰画家，人总容易想起这种画。这种画的取材是极平凡的日常生活；而且限于室内，采的光往往是灰暗的。这种材料的生命在亲切有味或滑稽可喜。一个卖野味的铺子可以成功一幅画，一顿饭也可以成功一幅画。有些滑稽太过，便近乎低级趣味。譬如海牙毛利丘司（Mauritshuis）画院所藏的莫兰那（Molenaer）画的《五觉图》。《嗅觉》一幅，画一妇人捧着小孩，他正在拉矢。《触觉》一幅更奇，画一妇人坐着，一男人探手入她的衣底；妇人便举起一只鞋，要向他的头上打下去。这画院里的名画却真多。陀（Dou）的《年轻的管家妇》，琐琐屑屑地画出来，没有一些地方不熨帖。鲍特（Potter）的《牛》工极了，身上一个蝇子都没有放过，但是活极了，那牛简直要从墙上缓缓地走下来；布局也单纯得好。卫米尔（Vermeer）画他本乡代夫脱（Delft）的风景一幅，充分表现那静肃的味道。他是小风景画家，以善分光影和精于布局著名。风景画取材杂，要安排得停当是不容易的。荷兰画像，哈司（Hals）是大师。但他的好东西都在他故乡哈来姆（Haorlem），别处见不着。阿姆斯特丹的力克士博物院（Ryks Museum）中有他一幅《俳优》，是一个弹着琵琶的人，神气颇足。这些都是十七世纪的画家。

但是十七世纪荷兰最大的画家是冉伯让（Rembrandt）。他与一般人不同，创造了个性的艺术；将自己的思想感情，自己这个人放进他画里去。他画画不再伺候人；即使画人像，画宗教题目，也还分明地见出自己。十九世纪艺术的浪漫运动只承认表现艺术家的个性的作品有价值，便是他的影响。他领略到精神生活里神秘的地方，又有深厚的情感。最爱用一片黑做背景；但那黑是活的不是死的。黑里渐渐透出黄黄的光，像压着的火焰一般；在这种光里安排着他的人物。像这样的光影的对照是他的绝技；他的神秘与深厚也便从这里见出。这不仅是浮泛的幻想，也是贴切的观察；在他作品里梦和现实混在一块儿。有人说他从北国的烟云里悟出了画理，那也许是真的。他会看到氤氲的底里去。他的画像最能表现人的心理，也便是这个缘故。

毛利丘司里有他的名作《解剖班》《西面在圣殿中》。前一幅写出那站着在说话的大夫从容不迫的样子。一群学生围着解剖台，有些坐着，有些站着；猫着腰的，侧着身子的，直挺挺站着的，应有尽有。他们的头，或俯或仰，或偏或正，没有两个人相同。他们的眼看着尸体，看着说话的大夫，或无所属，但都在凝神听话。写那种专心致志的光景，维妙维肖。后一幅写殿宇的庄严，和参加的人的圣洁与和蔼，一种虔敬的空气弥漫在画面上，教人看了会沉静下去。他的另一杰作《夜巡》在力克士博物院里。这里一大群武士，都拿了兵器在守望着敌人。一位爵爷站在前排正中间，向着旁边的弁兵有所吩咐；别的人有的在眺望，有的在指点，有的在低低地谈论，右端一个打鼓的，人和鼓都只露了一半；他似乎焦急着，只想将槌子敲下去。左端一个人也在忙忙地伸着右手整理他的枪口。他的左胳膊底下钻出一个孩子，露着惊惶的脸。人物的安排，交互地用疏密与明暗；乍看不匀称，细看再匀称没有。这幅画里光的运用最巧妙；那些浓淡浑析的地方，便是全画的精神所在。冉伯让是雷登（Leyden）人，晚年住在阿姆斯特丹。

他的房子还在，里面陈列着他的腐刻画与钢笔毛笔画。腐刻画是用药水在铜上刻出画来，他是大匠手；钢笔画毛笔画他也擅长。这里还有他的一座铜像，在用他的名字的方场上。

海牙是荷兰的京城，地方不大，可是清静。走在街上，在淡淡的太阳光里，觉得什么都可以忘记了的样子。城北尤其如此。新的和平宫就在这儿，这所屋是一个人捐了做国际法庭用的。屋不多，里面装饰得很好看。引导人如数家珍地指点着，告诉游客这些装饰品都是世界各国捐赠的。楼上正中一间大会议厅，他们称为日本厅；因为三面墙上都挂着日本的大幅的缂丝，而这几幅东西是日本用了多少多少人在不多的日子里特地赶做出来给这所和平宫用的。这几幅都是花鸟，颜色鲜明，织得也细致；那日本特有的清丽的画风整个儿表现着。中国送的两对景泰蓝的大壶（古礼器的壶）也安放在这间厅里。厅中间是会议席，每一张椅子背上有一个缎套子，绣着一国的国旗；那国的代表开会时便坐在这里。屋左屋后是花园；亭子，喷水，雕像，花木等等，错综地点缀着，明丽深曲兼而有之。也不十二分大，却老像走不尽的样子。从和平宫向北去，电车在稀疏的树林子里走。满车中绿阴阴的，斑驳的太阳光在车上在地下跳跃着过去。不多一会儿就到海边了。海边热闹得很，玩儿的人来往不绝。长长的一带沙滩上，满放着些藤篓子——实在是些轿式的藤椅子，预备洗完澡坐着晒太阳的。这种藤篓子的顶像一个瓢，又圆又胖，那拙劲儿真好。更衣的小木屋也多。大约天气还冷，沙滩上只看见零零落落的几个人。那北海的海水白白的展开去，没有一点风涛，像个顶听话的孩子。

阿姆斯特丹在海牙东北，是荷兰第一个大城。自然不及海牙清静。可是河道多，差不多有一道街就有一道河，是北国的水乡；所以有“北方威尼斯”之称。桥也有三百四十五座，和威尼斯简直差不多。河道宽阔干净，却比威尼斯好；站在桥上顺着河望过去，往往水木明瑟，引着你一直想见最远最远的地方。阿姆斯特丹东北有一个小岛，叫马铿（Marken）岛，是个小村子。那边的风俗服装古里古怪的，你一脚踏上岸就会觉得回到中世纪去了。乘电车去，一路经过两三个村子。那是个阴天。漠漠的风烟，红黄相间的板屋，正在旋转着让船过去的轿，都教人耳目一新。到了一处，在街当中下了车，由人指点着找着了小汽轮。海上坦荡荡的，远处一架大风车在慢慢地转着。船在斜风细雨里走，渐渐从朦胧里看见马铿岛。这个岛真正“不满眼”，一道堤低低的环绕着。据说岛只高出海面几尺，就仗着这一点儿堤挡住了那茫茫的海水。岛上不过二三十份人家，都是尖顶的板屋；下面一律搭着架子，因为隔水太近了。板屋是红黄黑三色相间着，每所都如此。岛上男人未多见，也许打渔去了；女人穿着红黄白蓝黑各色相间的衣裳，和他们的屋子相配。总而言之，一到了岛上，虽在黯淡的北海上，眼前却亮起来了。岛上各家都预备着许多纪念品，争着将游客让进去，也有装了一大柳条筐，一手抱着孩子，一手挽着筐子在路上兜售的。自然做这些事的都是些女人。纪念品里有些玩意儿不坏：如小木鞋，像我们的毛窝的样子；如长的竹烟袋儿，烟袋锅的脖子上挂着一双顶小的木鞋，的里瓜拉的；如手绢儿，一角上绒绣着岛上的女人，一架大风车在她们头上。

回来另是一条路，电车经过另一个小村子叫伊丹（Edam）。这儿的干酪四远驰名，但那一座挨着一座跨在一条小河上的高架吊桥更有味。望过去足有二三十座，架子像城门圈一般；走上去便微微摇晃着。河直而窄，两岸不多几层房屋，路上也少有人，所以仿佛只有那一串儿的桥轻轻地在风里摆着。这时候真有些觉得是回到中世纪去了。

《忆》跋

> 小燕子其实也无所爱，
> 只是沉浸在朦胧而飘忽的夏夜梦里罢了。
>
> ——《忆》第三十五首

人生若真如一场大梦，这个梦倒也很有趣的。在这个大梦里，一定还有长长短短，深深浅浅，肥肥瘦瘦，甜甜苦苦，无数无数的小梦。有些已经随着日影飞去；有些还远着哩。飞去的梦便是飞去的生命，所以常常留下十二分的惋惜，在人们心里。人们往往从“现在的梦”里走出，追寻旧梦的踪迹，正如追寻旧日的恋人一样；他越过了千重山，万重水，一直地追寻去。这便是“忆的路”。“忆的路”是愈过愈广阔的，是愈过愈平坦的；曲曲折折的路旁，隐现着几多的驿站，是行客们休止的地方。最后的驿站，在白板上写着朱红的大字："儿时。"这便是"忆的路"的起点，平伯君所徘徊而不忍去的。

飞去的梦因为飞去的缘故，一律是甜蜜蜜而又酸溜溜的。这便合成了别一种滋味，就是所谓惆怅。而"儿时的梦"和现在差了一世界，那酝酿着的惆怅的味儿，更其肥腴得可以，真腻得人没法儿！你想那颗一丝不挂欲又爱着一切的童心，眼见得在那隐约的朝雾里，凭你怎样招着你的手儿，总是不回到腔子里来；这是多么"缺"呢？于是平伯君觉着闷得慌，便老老实实地，像春日的轻风在绿树间微语一般，低低地，密密地将他的可忆而不可捉的"儿时"诉给你。他虽然不能长住在那"儿时"里，但若能多招呼几个伴侣去徘徊几番，也可略减他的空虚之感，那惆怅的味儿，便不至老在他的舌本上腻着了。这是他的聊以解嘲的法门，我们都多少能默喻的。

在朦胧的他儿时的梦里，有像红蜡烛的光一跳一跳的，便是爱。他爱故事讲得好的姊姊，他爱唱沙软而重的眠歌的乳母，他爱流苏帽儿的她。他也爱翠竹丛里一万的金点子和小枕头边一双小红橘子；也爱红绿色的蜡泪和爸爸的顶大的斗篷；也爱翦啊翦啊的燕子和躲在杨柳里的月亮……他有着纯真的，烂漫的心；凡和他接触的，他都与他们稔熟，亲密——他一律地拥抱了他们。所以他是自然（人也在内）的真朋友！

他所爱的还有一件，也得给你提明的，便是黄昏与夜。他说他将像小燕子一样，沉浸在夏夜梦里，便是分明的自白。在他的"忆的路"上，在他的"儿时"里，满布着黄昏与夜的颜色。夏夜是银白色的，带着栀子花儿的香；秋夜是铁灰色的，有青色的油盏火的微芒；春夜最热闹的是上灯节，有各色灯的辉煌，小烛的摇荡；冬夜是数除夕了，红的，绿的，淡黄的颜色，便是年的衣裳。在这些夜里，他那生活的模样儿啊，短短儿的身材，肥肥儿的个儿，甜甜儿的面孔，有着浅浅的笑涡；这就是他的梦，也正是多么可爱的一个孩子！至于那黄昏，都笼罩着银红衫儿，流苏帽儿的她的朦胧影，自然也是可爱的！——但是，他为甚么爱夜呢？聪明的你得问了。我说夜是浑融的，夜是神秘的，夜张开了她无长不长的两臂，拥抱着所有的所有的但你却瞅不着她的面目，摸不着她的下巴；这便因可惊而觉着十三分的可爱。堂堂的白日，界画分明的白日，分割了爱的白日，岂能如她的系着孩子的心呢？夜之国，梦之国，正是孩子的国呀，正是那时的平伯君的国呀！

平伯君说他的忆中所有的即使是薄薄的影，只要它们历历而可画，他便摇动了那风魔了的眷念。他说“历历而可画”，原是一句绮语；谁知后来真有为他“历历画出”的子恺君呢？他说“薄薄的影”，自是伪谦的话；但这一个“影”字却是以实道实，确切可靠的。子恺君便在影子上着了颜色——若根据平伯君的话推演起来，子恺君可说是厚其所薄了。影子上着了颜色，确乎格外分明——我们不但能用我们的心眼看见平伯君的梦，更能用我们的肉眼看见那些梦，于是更摇动了平伯君以外的我们的风魔了的眷念了。而梦的颜色加添了梦的滋味；便是平伯君自己，因这一画啊，只怕也要重落到那闷人的，腻腻的惆怅之中而难以自解了！至于我，我呢，在这双美之前，只能重复我的那句老话：“我的光荣啊，我若有光荣啊！”

我的儿时现在真只剩下“薄薄的影”。我的“忆的路”几乎是直如矢的；像被大水洗了一般，寂寞到可惊的程度！这大约因为我的儿时实在太单调了；沙漠般展伸着，自然没有我的“依恋”回翔的余地了。平伯君有他的好时光，而以不能重行占领为恨；我是并没有好时光，说不上占领，我的空虚之感是两重的！

但人生毕竟是可以相通的；平伯君诉给我们他的“儿时”，子恺君又画出了它的轮廓，我们深深领受的时候，就当是我们自己所有的好了。“你的就是我的，我的就是你的”，岂止“感情聊胜无”呢？培根说：“读书使人充实”；在另一意义上，你容我说吧，这本小小的书确已使我充实了！

1924年8月17日，温州。

春晖的一月

去年在温州，常常看到本刊，觉得很是欢喜。本刊印刷的形式，也颇别致，更使我有一种美感。今年到宁波时，听许多朋友说，白马湖的风景怎样怎样好，更加向往。虽然于什么艺术都是门外汉，我却怀抱着爱“美”的热诚，三月二日，我到这儿上课来了。在车上看见，“春晖中学校”的路牌，白地黑字的，小秋千架似的路牌，我便高兴。出了车站，山光水色，扑面而来，若许我抄前人的话，我真是“应接不暇”了。于是我便开始了春晖的第一日。

走向春晖，有一条狭狭的煤屑路。那黑黑的细小的颗粒，脚踏上去，便发出一种摩擦的噪音，给我多少清新的趣味。而最系我心的，是那小小的木桥。桥黑色，由这边慢慢地隆起，到那边又慢慢的低下去，故看去似乎很长。我最爱桥上的栏杆，那变形的“卐”纹的栏杆；我在车站门口早就看见了，我爱它的玲珑！桥之所以可爱，或者便因为这栏杆哩。我在桥上逗留了好些时。这是一个阴天。山的容光，被云雾遮了一半，仿佛淡妆的姑娘。但三面映照起来，也就青得可以了，映在湖里，白马湖里，接着水光，却另有一番妙景。我右手是个小湖，左手是个大湖。湖有这样大，使我自己觉得小了。湖水有这样满，仿佛要漫到我的脚下。湖在山的趾边，山在湖的唇边；他俩这样亲密，湖将山全吞下去了。吞的是青的，吐的是绿的，那软软的绿呀，绿的是一片，绿的却不安于一片；它无端的皱起来了。如絮的微痕，界出无数片的绿；闪闪闪闪的，像好看的眼睛。湖边系着一只小船，四面却没有一个人，我听见自己的呼吸。想起“野渡无人舟自横”的诗，真觉物我双忘了。

好了，我也该下桥去了；春晖中学校还没有看见呢。弯了两个弯儿，又过了一重桥。当面有山挡住去路；山旁只留着极狭极狭的小径。挨着小径，抹过山角，豁然开朗；春晖的校舍和历落的几处人家，都已在望了。远远看去，房屋的布置颇疏散有致，决无拥挤、局促之感。我缓缓走到校前，白马湖的水也跟我缓缓的流着。我碰着丏尊先生。他引我过了一座水门汀的桥，便到了校里。校里最多的是湖，三面潺潺的流着；其次是草地，看过去芊芊的一片。我是常住城市的人，到了这种空旷的地方，有莫名的喜悦！乡下人初进城，往往有许多的惊异，供给笑话的材料；我这城里人下乡，却也有许多的惊异——我的可笑，或者竟不下于初进城的乡下人。闲言少叙，且说校里的房屋、格式、布置固然疏落有味，便是里面的用具，也无一不显出巧妙的匠意；决无笨伯的手泽。晚上我到几位同事家去看，壁上有书有画，布置井井，令人耐坐。这种情形正与学校的布置，自然界的布置是一致的。美的一致，一致的美，是春晖给我的第一件礼物。

有话即长，无话即短，我到春晖教书，不觉已一个月了。在这一个月里，我虽然只在春晖登了十五日（我在宁波四中兼课），但觉甚是亲密。因为在这里，真能够无町畦。我看不出什么界线，因而也用不着什么防备，什么顾忌；我只照我所喜欢的做就是了。这就是自由了。从前我到别处教书时，总要做几个月的“生客”，然后才能坦然。对于“生客”的猜疑，本是原始社会的遗形物，其故在于不相知。这在现社会，也不能免的。但在这里，因为没有层叠的历史，又结合比较的单纯，故没有这种习染。这是我所深愿的！这里的教师与学生，也没有什么界限。在一般学校里，师生之间往往隔开一无形界限，这是最足减少教育效力的事！学生对于教师，“敬鬼神而远之”；教师对于学生，尔为尔，我为我，休戚不关，理乱不闻！这样两橛的形势，如何说得到人格感化？如何说得到“造成健全人格”？这里的师生却没有这样情形。无论何时，都可自由说话；一切事务，常常通力合作。校里只有协治会而没有自治会。感情既无隔阂，事务自然都开诚布公，无所用其躲闪。学生因无须矫情饰伪，故甚活泼有意思。又因能顺全天性，不遭压抑；加以自然界的陶冶：故趣味比较纯正。——也有太随便的地方，如有几个人上课时喜欢谈闲天，有几个人喜欢吐痰在地板上，但这些总容易矫正的。——春晖给我的第二件礼物是真诚，一致的真诚。

春晖是在极幽静的乡村地方，往往终日看不见一个外人！寂寞是小事；在学生的修养上却有了问题。现在的生活中心，是城市而非乡村。乡村生活的修养能否适应城市的生活，这是一个问题。此地所说适应，只指两种意思：一是抵抗诱惑，二是应付环境——明白些说，就是应付人，应付物。乡村诱惑少，不能养成定力；在乡村是好人的，将来一入城市做事，或者竟抵挡不住。

从前某禅师在山中修道，道行甚高；一旦入闹市，“看见粉白黛绿，心便动了”。这话看来有理，但我以为其实无妨。就一般人而论，抵抗诱惑的力量大抵和性格、年龄、学识、经济力等有“相当”的关系。除经济力与年龄外，性格、学识，都可用教育的力量提高它，这样增加抵抗诱惑的力量。提高的意思，说得明白些，便是以高等的趣味替代低等的趣味；养成优良的习惯，使不良的动机不容易有效。用了这种方法，学生达到高中毕业的年龄，也总该有相当的抵抗力了；入城市生活又何妨？（不及初中毕业时者，因初中毕业，仍须续入高中，不必自己挣扎，故不成问题。）有了这种抵抗力，虽还有经济力可以作祟，但也不能有大效。前面那禅师所以不行，一因他过的是孤独的生活，故反动力甚大，一因他只知克制，不知替代；故外力一强，便“虎兕出于神”了！这岂可与现在这里学生的乡村生活相提并论呢？至于应付环境，我以为应付物是小问题，可以随时指导；而且这与乡村，城市无大关系。我是城市的人，但初到上海，也曾因不会乘电车而跌了一跤，跌得皮破血流；这与乡下诸公又差得几何呢？若说应付人，无非是机心！什么“逢人只说三分话，未可全抛一片心”，便是代表的教训。教育有改善人心的使命；这种机心，有无养成的必要，是一个问题。姑不论这个，要养成这种机心，也非到上海这种地方去不成；普通城市正和乡村一样，是没有什么帮助的。凡以上所说，无非要使大家相信，这里的乡村生活的修养，并不一定不能适应将来城市的生活。况且我们还可以举行旅行，以资调剂呢。况且城市生活的修养，虽自有它的好处；但也有流弊。如诱惑太多，年龄太小或性格未佳的学生，或者转易陷溺——那就不但不能磨练定力，反早早的将定力丧失了！所以城市生活的修养不一定比乡村生活的修养有效。——只有一层，乡村生活足以减少少年人的进取心，这却是真的！

说到我自己，却甚喜欢乡村的生活，更喜欢这里的乡村的生活。我是在狭的笼的城市里生长的人，我要补救这个单调的生活，我现在住在繁嚣的都市里，我要以闲适的境界调和它。我爱春晖的闲适！闲适的生活可说是春晖给我的第三件礼物！

我已说了我的“春晖的一月”；我说的都是我要说的话。或者有人说，赞美多而劝勉少，近乎“戏台里喝彩”！假使这句话是真的，我要切实声明：我的多赞美，必是情不自禁之故，我的少劝勉，或是观察时期太短之故。

1924年4月12日夜作

桨声灯影里的秦淮河

一九二三年八月的一晚，我和平伯同游秦淮河；平伯是初泛，我是重来了。我们雇了一只“七板子”，在夕阳已去，皎月方来的时候，便下了船。于是桨声汩——汩，我们开始领略那晃荡着蔷薇色的历史的秦淮河的滋味了。

秦淮河里的船，比北京万牲园，颐和园的船好，比西湖的船好，比扬州瘦西湖的船也好。这几处的船不是觉着笨，就是觉着简陋、局促；都不能引起乘客们的情韵，如秦淮河的船一样。秦淮河的船约略可分为两种：一是大船；一是小船，就是所谓“七板子”。大船舱口阔大，可容二三十人。里面陈设着字画和光洁的红木家具，桌上一律嵌着冰凉的大理石面。窗格雕镂颇细，使人起柔腻之感。窗格里映着红色蓝色的玻璃；玻璃上有精致的花纹，也颇悦人目。“七板子”规模虽不及大船，但那淡蓝色的栏杆，空敞的舱，也足系人情思。而最出色处却在它的舱前。舱前是甲板上的一部。上面有弧形的顶，两边用疏疏的栏杆支着。里面通常放着两张藤的躺椅。躺下，可以谈天，可以望远，可以顾盼两岸的河房。大船上也有这个，便在小船上更觉清隽罢了。舱前的顶下，一律悬着灯彩；灯的多少，明暗，彩苏的精粗，艳晦，是不一的。但好歹总还你一个灯彩。这灯彩实在是最能钩人的东西。夜幕垂垂地下来时，大小船上都点起灯火。从两重玻璃里映出那辐射着的黄黄的散光，反晕出一片朦胧的烟霭；透过这烟霭，在黯黯的水波里，又逗起缕缕的明漪。在这薄霭和微漪里，听着那悠然的间歇的桨声，谁能不被引入他的美梦去呢？只愁梦太多了，这些大小船儿如何载得起呀？我们这时模模糊糊的谈着明末的秦淮河的艳迹，如《桃花扇》及《板桥杂记》里所载的。我们真神往了。我们仿佛亲见那时华灯映水，画舫凌波的光景了。于是我们的船便成了历史的重载了。我们终于恍然秦淮河的船所以雅丽过于他处，而又有奇异的吸引力的，实在是许多历史的影像使然了。

秦淮河的水是碧阴阴的；看起来厚而不腻，或者是六朝金粉所凝么？我们初上船的时候，天色还未断黑，那漾漾的柔波是这样的恬静，委婉，使我们一面有水阔天空之想，一面又憧憬着纸醉金迷之境了。等到灯火明时，阴阴的变为沉沉了：黯淡的水光，像梦一般；那偶然闪烁着的光芒，就是梦的眼睛了。我们坐在舱前，因了那隆起的顶棚，仿佛总是昂着首向前走着似的；于是飘飘然如御风而行的我们，看着那些自在的湾泊着的船，船里走马灯般的人物，便像是下界一般，迢迢的远了，又像在雾里看花，尽朦朦胧胧的。这时我们已过了利涉桥，望见东关头了。沿路听见断续的歌声：有从沿河的妓楼飘来的，有从河上船里渡来的。我们明知那些歌声，只是些因袭的言词，从生涩的歌喉里机械的发出来的；但它们经了夏夜的微风的吹漾和水波的摇拂，袅娜着到我们耳边的时候，已经不单是她们的歌声，而混着微风和河水的密语了。于是我们不得不被牵惹着，震撼着，相与浮沉于这歌声里了。从东关头转湾，不久就到大中桥。大中桥共有三个桥拱，都很阔大，俨然是三座门儿；使我们觉得我们的船和船里的我们，在桥下过去时，真是太无颜色了。桥砖是深褐色，表明它的历史的长久；但都完好无缺，令人太息于古昔工程的坚美。桥上两旁都是木壁的房子，中间应该有街路？这些房子都破旧了，多年烟熏的迹，遮没了当年的美丽。我想象秦淮河的极盛时，在这样宏阔的桥上，特地盖了房子，必然是髹漆得富富丽丽的；晚间必然是灯火通明的。现在却只剩下一片黑沉沉！但是桥上造着房子，毕竟使我们多少可以想见往日的繁华；这也慰情聊胜无了。过了大中桥，便到了灯月交辉，笙歌彻夜的秦淮河；这才是秦淮河的真面目哩。

大中桥外，顿然空阔，和桥内两岸排着密密的人家的大异了。一眼望去，疏疏的林，淡淡的月，衬着蓝蔚的天，颇像荒江野渡光景；那边呢，郁葱葱的，阴森森的，又似乎藏着无边的黑暗：令人几乎不信那是繁华的秦淮河了。但是河中眩晕着的灯光，纵横着的画舫，悠扬着的笛韵，夹着那吱吱的胡琴声，终于使我们认识绿如茵陈酒的秦淮水了。此地天裸露着的多些，故觉夜来的独迟些；从清清的水影里，我们感到的只是薄薄的夜——这正是秦淮河的夜。大中桥外，本来还有一座复成桥，是船夫口中的我们的游踪尽处，或也是秦淮河繁华的尽处了。我的脚曾踏过复成桥的脊，在十三四岁的时候。但是两次游秦淮河，却都不曾见着复成桥的面；明知总在前途的，却常觉得有些虚无缥缈似的。我想，不见倒也好。这时正是盛夏。我们下船后，借着新生的晚凉和河上的微风，暑气已渐渐消散；到了此地，豁然开朗，身子顿然轻了——习习的清风荏苒在面上，手上，衣上，这便又感到了一缕新凉了。南京的日光，大概没有杭州猛烈；西湖的夏夜老是热蓬蓬的，水像沸着一般，秦淮河的水却尽是这样冷冷地绿着。任你人影的憧憧，歌声的扰扰，总像隔着一层薄薄的绿纱面幕似的；它尽是这样静静的，冷冷的绿着。我们出了大中桥，走不上半里路，船夫便将船划到一旁，停了桨由它宕着。他以为那里正是繁华的极点，再过去就是荒凉了；所以让我们多多赏鉴一会儿。他自己却静静的蹲着。他是看惯这光景的了，大约只是一个无可无不可。这无可无不可，无论是升的沉的，总之，都比我们高了。

那时河里热闹极了；船大半泊着，小半在水上穿梭似的来往。停泊着的都在近市的那一边，我们的船自然也夹在其中。因为这边略略的挤，便觉得那边十分的疏了。在每一只船从那边过去时，我们能画出它的轻轻的影和曲曲的波，在我们的心上；这显着是空，且显着是静了。那时处处都是歌声和凄厉的胡琴声，圆润的喉咙，确乎是很少的。但那生涩的，尖脆的调子能使人有少年的，粗率不拘的感觉，也正可快我们的意。况且多少隔开些儿听着，因为想象与渴慕的做美，总觉更有滋味；而竞发的喧嚣，抑扬的不齐，远近的杂沓，和乐器的嘈嘈切切，合成另一意味的谐音，也使我们无所适从，如随着大风而走。这实在因为我们的心枯涩久了，变为脆弱；故偶然润泽一下，便疯狂似的不能自主了。但秦淮河确也腻人。即如船里的人面，无论是和我们一堆儿泊着的，无论是从我们眼前过去的，总是模模糊糊的，甚至渺渺茫茫的；任你张圆了眼睛，揩净了眦垢，也是枉然。这真够人想呢。在我们停泊的地方，灯光原是纷然的；不过这些灯光都是黄而有晕的。黄已经不能明了，再加上了晕，便更不成了。灯愈多，晕就愈甚；在繁星般的黄的交错里，秦淮河仿佛笼上了一团光雾。光芒与雾气腾腾的晕着，什么都只剩了轮廓了；所以人面的详细的曲线，便消失于我们的眼底了。但灯光究竟夺不了那边的月色；灯光是浑的，月色是清的，在浑沌的灯光里，渗入了一派清辉，却真是奇迹！那晚月儿已瘦削了两三分。她晚妆才罢，盈盈的上了柳梢头。天是蓝得可爱，仿佛一汪水似的；月儿便更出落得精神了。岸上原有三株两株的垂杨树，淡淡的影子，在水里摇曳着。它们那柔细的枝条浴着月光，就像一只只美人的臂膊，交互的缠着，挽着；又像是月儿披着的发。而月儿偶然也从它们的交叉处偷偷窥看我们，大有小姑娘怕羞的样子。岸上另有几株不知名的老树，光光的立着；在月光里照起来。却又俨然是精神矍铄的老人。远处——快到天际线了，才有一两片白云，亮得现出异彩，像美丽的贝壳一般。白云下便是黑黑的一带轮廓；是一条随意画的不规则的曲线。这一段光景，和河中的风味大异了。但灯与月竟能并存着，交融着，使月成了缠绵的月，灯射着渺渺的灵辉；这正是天之所以厚秦淮河，也正是天之所以厚我们了。

这时却遇着了难解的纠纷。秦淮河上原有一种歌妓，是以歌为业的。从前都在茶舫上，唱些大曲之类。每日午后一时起；什么时候止，却忘记了。晚上照样也有一回。也在黄晕的灯光里。我从前过南京时，曾随着朋友去听过两次。因为茶舫里的人脸太多了，觉得不大适意，终于听不出所以然。前年听说歌妓被取缔了，不知怎的，颇设想了几次——却想不出什么。这次到南京，先到茶舫上去看看，觉得颇是寂寥，令我无端的怅怅了。不料她们却仍在秦淮河里挣扎着，不料她们竟会纠缠到我们，我于是很张皇了。她们也乘着“七板子”，她们总是坐在舱前的。舱前点着石油汽灯，光亮炫人眼目：坐在下面的，自然是纤毫毕见了——引诱客人们的力量，也便在此了。舱里躲着乐工等人，映着汽灯的余辉蠕动着；他们是永远不被注意的。每船的歌妓大约都是二人；天色一黑，她们的船就在大中桥外往来不息的兜生意。无论行着的船，泊着的船，都要来兜揽的。这都是我后来推想出来的。那晚不知怎样，忽然轮着我们的船了。我们的船好好的停着，一只歌舫划向我们来的；渐渐和我们的船并着了。铄铄的灯光逼得我们皱起了眉头；我们的风尘色全给它托出来了，这使我踧踖不安了。那时一个伙计跨过船来，拿着摊开的歌折，就近塞向我的手里，说，“点几出吧”！他跨过来的时候，我们船上似乎有许多眼光跟着。同时相近的别的船上也似乎有许多眼睛炯炯的向我们船上看着。我真窘了！我也装出大方的样子，向歌妓们瞥了一眼，但究竟是不成的！我勉强将那歌折翻了一翻，却不曾看清了几个字；便赶紧递还那伙计，一面不好意思地说，“不要，我们……不要。”他便塞给平伯。平伯掉转头去，摇手说，“不要!”那人还腻着不走。平伯又回过脸来，摇着头道，“不要!”于是那人重到我处。我窘着再拒绝了他。他这才有所不屑似的走了。我的心立刻放下，如释了重负一般。我们就开始自白了。

我说我受了道德律的压迫，拒绝了她们；心里似乎很抱歉的。这所谓抱歉，一面对于她们，一面对于我自己。她们于我们虽然没有很奢的希望；但总有些希望的。我们拒绝了她们，无论理由如何充足，却使她们的希望受了伤；这总有几分不做美了。这是我觉得很怅怅的。至于我自己，更有一种不足之感。我这时被四面的歌声诱惑了，降服了；但是远远的，远远的歌声总仿佛隔着重衣搔痒似的，越搔越搔不着痒处。我于是憧憬着贴耳的妙音了。在歌舫划来时，我的憧憬，变为盼望；我固执的盼望着，有如饥渴。虽然从浅薄的经验里，也能够推知，那贴耳的歌声，将剥去了一切的美妙；但一个平常的人像我的，谁愿凭了理性之力去丑化未来呢？我宁愿自己骗着了。不过我的社会感性是很敏锐的；我的思力能拆穿道德律的西洋镜，而我的感情却终于被它压服着，我于是有所顾忌了，尤其是在众目昭彰的时候。道德律的力，本来是民众赋予的；在民众的面前，自然更显出它的威严了。我这时一面盼望，一面却感到了两重的禁制：一，在通俗的意义上，接近妓者总算一种不正当的行为；二，妓是一种不健全的职业，我们对于她们，应有哀矜勿喜之心，不应赏玩的去听她们的歌。在众目睽睽之下，这两种思想在我心里最为旺盛。她们暂时压倒了我的听歌的盼望，这便成就了我的灰色的拒绝。那时的心实在异常状态中，觉得颇是昏乱。歌舫去了，暂时宁静之后，我的思绪又如潮涌了。两个相反的意思在我心头往复：卖歌和卖淫不同，听歌和狎妓不同，又干道德甚事？——但是，但是，她们既被逼的以歌为业，她们的歌必无艺术味的；况她们的身世，我们究竟该同情的。所以拒绝倒也是正办。但这些意思终于不曾撇开我的听歌的盼望。它力量异常坚强；它总想将别的思绪踏在脚下。从这重重的争斗里，我感到了浓厚的不足之感。这不足之感使我的心盘旋不安，起坐都不安宁了。唉！我承认我是一个自私的人！平伯呢，却与我不同。他引周启明先生的诗，“因为我有妻子，所以我爱一切的女人，因为我有子女，所以我爱一切的孩子。”他的意思可以见了。他因为推及的同情，爱着那些歌妓，并且尊重着她们，所以拒绝了她们。在这种情形下，他自然以为听歌是对于她们的一种侮辱。但他也是想听歌的，虽然不和我一样，所以在他的心中，当然也有一番小小的争斗；争斗的结果，是同情胜了。至于道德律，在他是没有什么的；因为他很有蔑视一切的倾向，民众的力量在他是不大觉着的。这时他的心意的活动比较简单，又比较松弱，故事后还怡然自若；我却不能了。这里平伯又比我高了。

在我们谈话中间，又来了两只歌舫。伙计照前一样的请我们点戏，我们照前一样的拒绝了。我受了三次窘，心里的不安更甚了。清艳的夜景也为之减色。船夫大约因为要赶第二趟生意，催着我们回去；我们无可无不可的答应了。我们渐渐和那些晕黄的灯光远了，只有些月色冷清清的随着我们的归舟。我们的船竟没个伴儿，秦淮河的夜正长哩！到大中桥近处，才遇着一只来船。这是一只载妓的板船，黑漆漆的没有一点光。船头上坐着一个妓女；暗里看出，白地小花的衫子，黑的下衣。她手里拉着胡琴，口里唱着青衫的调子。她唱得响亮而圆转；当她的船箭一般驶过去时，余音还袅袅的在我们耳际，使我们倾听而向往。想不到在弩末的游踪里，还能领略到这样的清歌！这时船过大中桥了，森森的水影，如黑暗张着巨口，要将我们的船吞了下去。我们回顾那渺渺的黄光，不胜依恋之情；我们感到了寂寞了！这一段地方夜色甚浓，又有两头的灯火招邀着；桥外的灯火不用说了，过了桥另有东关头疏疏的灯火。我们忽然仰头看见依人的素月，不觉深悔归来之早了！走过东关头，有一两只大船湾泊着，又有几只船向我们来着。嚣嚣的一阵歌声人语，仿佛笑我们无伴的孤舟哩。东关头转湾，河上的夜色更浓了；临水的妓楼上，时时从帘缝里射出一线一线的灯光；仿佛黑暗从酣睡里眨了一眨眼。我们默然的对着，静听那汩——汩的桨声，几乎要入睡了；朦胧里却温寻着适才的繁华的余味。我那不安的心在静里愈显活跃了！这时我们都有了不足之感，而我的更其浓厚。我们却又不愿回去，于是只能由懊悔而怅惘了。船里便满载着怅惘了。直到利涉桥下，微微嘈杂的人声，才使我豁然一惊；那光景却又不同。右岸的河房里，都大开了窗户，里面亮着晃晃的电灯，电灯的光射到水上，蜿蜒曲折，闪闪不息，正如跳舞着的仙女的臂膊。我们的船已在她的臂膊里了；如睡在摇篮里一样，倦了的我们便又入梦了。那电灯下的人物，只觉像蚂蚁一般，更不去萦念。这是最后的梦；可惜是最短的梦！黑暗重复落在我们面前，我们看见傍岸的空船上一星两星的，枯燥无力又摇摇不定的灯光。我们的梦醒了，我们知道就要上岸了；我们心里充满了幻灭的情思。

1923 年 10 月 11 日作完，于温州。

刹那

我所谓“刹那”，指“极短的现在”而言。

在这个题目下面，我想略略说明我对于人生的态度。现在人说到人生，总要谈它的意义与价值；我觉得这种“谈”是没有意义与价值的。且看古今多少哲人，他们对于人生，都曾试作解人，议论纷纷，莫衷一是；他们“各思以其道易天下”，但是谁肯真个信从呢？——他们只有自慰自驱吧了！我觉得人生的意义与价值横竖是寻不着的；——至少现在的我们是如此——而求生的意志却是人人都有的。既然求生，当然要求好好的生。如何求好好的生，是我们各人“眼前的”最大的问题；而全人生的意义与价值却反是大而无当的东西，尽可搁在一旁，存而不论。因为要求好好的生，断不能用总解决的办法；若用总解决的办法，便是“好好的”三个字的意义，也尽够你一生的研究了，而“好好的生”终于不能努力去求的！这不是走入牛角湾里去了么？要求好好的生，须零碎解决，须随时随地去体会我生“相当的”意义与价值；我们所要体会的是刹那间的人生，不是上下古今东西南北的全人生！

着眼于全人生的人，往往忘记了他自己现在的生活。他们或以为人生的意义与价值在于过去；时时回顾着从前的黄金时代，涎垂三尺！而不知他们所回顾的黄金时代，实是传说的黄金时代！——就是真有黄金时代；区区的回顾又岂能将它招回来呢？他们又因为念旧的情怀，往往将自己的过去任情扩大，加以点染，作为回顾的资料，惆怅的因由。这种人将在惆怅，惋惜之中度了一生，永没有满足的现在——一刹那也没有！惆怅惋惜常与彷徨相伴；他们将彷徨一生而无一刹那的成功的安息！这是何等的空虚呀。着眼于全人生的，或以为人生的意义与价值在于将来；时时等待着将来的奇迹。而将来的奇迹真成了奇迹，永不降临于笼着手，垫着脚，伸着颈，只知道“等待”的人！他们事事都等待“明天”去做，“今天”却专作为等待之用；自然的，到了明天，又须等待明天的明天了。这种人到了死的一日，将还留着许许多多明天“要”做的事——只好来生再做了吧！他们以将来自驱，在徒然的盼望里送了一生，成功的安慰不用说是没有的，于是也没有满足的一刹那！“虚空的虚空”便是他们的运命了！这两种人的毛病，都在远离了现在——尤其是眼前的一刹那。

着眼于现在的人未尝没有。自古所谓“及时行乐”，正是此种。但重在行乐，容易流于纵欲；结果偏向一端，仍不能得着健全的，谐和的发展——仍不能得着好好的生！况且所谓“及时行乐”，往往“醉翁之意不在酒”；不过借此掩盖悲哀，并非真正在行乐。杨恽说，“及时行乐耳；须富贵何时！”明明是不得志时的牢骚语。“遇饮酒时须饮酒，得高歌处且高歌”，明明是哀时事不可为而厌世的话。这都是消极的！消极的行乐，虽属及时，而意别有所寄；所以便不能认真做去，所以便不能体会行乐的一刹那的意义与价值——虽然行乐，不满足还是依然，甚至变本加厉呢！欧洲的颓废派，自荒于酒色，以求得刹那间官能的享乐为满足；在这些时候，他们见着美丽的幻象，认识了自己。他们的官能虽较从前人敏锐多多，但心情与纵欲的及时行乐的人正是大同小异。他们觉到现世的苦痛，已至忍无可忍的时候，才用颓废的方法，以求暂时的遗忘；正如糖面金鸡纳霜丸一般，面子上一点甜，里面却到心都是苦呀！友人某君说，颓废便是慢性的自杀，实能道出这一派的精微处。总之，无论行乐派，颓废派，深浅虽有不同，却都是“伤心人别有怀抱”；他们有意的或无意的企图“生之毁灭”。这是求生意志的消极的表现；这种表现当然不能算是好好的生了。他们面前的满足安慰他们的力量，决不抵他们背后的不满足压迫他们的力量；他们终于不能解脱自己，仅足使自己沉沦得更深而已！他们所认识的自己，只是被苦痛压得变形了的，虚空的自己；决不是充实的生命，决不是的！所以他们虽着眼于现在，而实未体会现在一刹那的生活的真味；他们不曾体会着一刹那的意义与价值，仍只是白辜负他们的刹那的现在！

我们目下第一不可离开现在，第二还应执着现在。我们应该深入现在的里面，用两只手撳牢它，愈牢愈好！已往的人生如何的美好，或如何的乏味而可憎；已往的我生如何的可珍惜，或如何的可厌弃，“现在”都可不必去管它，因为过去的已“过去”了。——孔子岂不说：“往者不可谏”么？将来的人生与我生，也应作如是观；无论是有望，是无望，是绝望，都还是未来的事，何必空空的操心呢？要晓得“现在”是最容易明白的；“现在”虽不是最好，却是最可努力的地方，就是我们最能管的地方。因为是最能管的，所以是最可爱的。古尔孟曾以葡萄喻人生：说早晨还酸，傍晚又太熟了，最可口的是正午时摘下的。这正午的一刹那，是最可爱的一刹那，便是现在。事情已过，追想是无用的；事情未来，预想也是无用的；只有在事情正来的时候，我们可以把捉它，发展它，改正它，补充它：使它健全，谐和，成为完满的一段落，一历程。历程的满足，给我们相当的欢喜。譬如我来此演讲，在讲的一刹那，我只专心致志地讲；决不想及演讲以前吃饭，看书等事，也不想及演讲以后发表讲稿，毁誉等事。——我说我所爱说的，说一句是一句，都是我心里的话。我说完一句时，心里便轻松了一些，这就是相当的快乐了。这种历程的满足，便是我所谓“我生相当的意义与价值”，便是“我们所能体会的刹那间的人生”。无论您对于全人生有如何的见解，这刹那间的意义与价值总是不可埋没的。您若说人生如电光泡影，则刹那便是光的一闪，影的一现。这光影虽是暂时的存在，但是有不是无，是实在不是空虚；这一闪一现便是实现，也便是发展——也便是历程的满足。您若说人生是不朽的，刹那的生当然也是不朽的。您若说人生向着死之路，那么，未死前的一刹那总是生，总值得好好的体会一番的；何况未死前还有无量数的刹那呢？您若说人生是无限的，好，刹那也可说是无限的。无论怎样说，刹那总是有的，总是真的；刹那间好好的生总可以体会的。好了，不要思前想后的了，耽误了“现在”，又是后来惋惜的资料，向谁去追索呀？你们“正在”做什么，就尽力做什么吧；最好的是 - ing，可宝贵的 - ing 呀！你们要努力满足“此时此地此我”！——这叫做“三此”，又叫做刹那。

言尽于此，相信我的，不要再想，赶快去做你今晚的事吧；不相信的，也不要再想，赶快去做你今晚的事吧！

给亡妇

谦，日子真快，一眨眼你已经死了三个年头了。这三年里世事不知变化了多少回，但你未必注意这些个，我知道。你第一惦记的是你几个孩子，第二便轮着我。孩子和我平分你的世界，你在日如此；你死后若还有知，想来还如此的。告诉你，我夏天回家来着：迈儿长得结实极了，比我高一个头。闰儿父亲说是最乖，可是没有先前胖了。采芷和转子都好。五儿全家夸她长得好看；却在腿上生了湿疮，整天坐在竹床上不能下来，看了怪可怜的。六儿，我怎么说好，你明白，你临终时也和母亲谈过，这孩子是只可以养着玩儿的，他左挨右挨去年春天，到底没有挨过去。这孩子生了几个月，你的肺病就重起来了。我劝你少亲近他，只监督着老妈子照管就行。你总是忍不住，一会儿提，一会儿抱的。可是你病中为他操的那一份儿心也够瞧的。那一个夏天他病的时候多，你成天儿忙着，汤呀，药呀，冷呀，暖呀，连觉也没有好好儿睡过。哪里有一分一毫想着你自己。瞧着他硬朗点儿你就乐，干枯的笑容在黄蜡般的脸上，我只有暗中叹气而已。

从来想不到做母亲的要像你这样。从迈儿起，你总是自己喂乳，一连四个都这样。你起初不知道按钟点儿喂，后来知道了，却又弄不惯；孩子们每夜里几次将你哭醒了，特别是闷热的夏季。我瞧你的觉老没睡足。白天里还得做菜，照料孩子，很少得空儿。你的身子本来坏，四个孩子就累你七八年。到了第五个，你自己实在不成了，又没乳，只好自己喂奶粉，另雇老妈子专管她。但孩子跟老妈子睡，你就没有放过心；夜里一听见哭，就竖起耳朵听，工夫一大就得过去看。十六年初，和你到北京来，将迈儿，转子留在家里；三年多还不能去接他们，可真把你惦记苦了。你并不常提，我却明白。你后来说你的病就是惦记出来的；那个自然也有份儿，不过大半还是养育孩子累的。你的短短的十二年结婚生活，有十一年耗费在孩子们身上；而你一点不厌倦，有多少力量用多少，一直到自己毁灭为止。你对孩子一般儿爱，不问男的女的，大的小的。也不想到什么“养儿防老，积谷防饥”，只拼命的爱去。你对于教育老实说有些外行，孩子们只要吃得好玩得好就成了。这也难怪你，你自己便是这样长大的。况且孩子们原都还小，吃和玩本来也要紧的。你病重的时候最放不下的还是孩子。病的只剩皮包着骨头了，总不信自己不会好；老说：“我死了，这一大群孩子可苦了。”后来说送你回家，你想着可以看见迈儿和转子，也愿意；你万想不到会一走不返的。我送车的时候，你忍不住哭了，说：“还不知能不能再见？”可怜，你的心我知道，你满想着好好儿带着六个孩子回来见我的。谦，你那时一定这样想，一定的。

除了孩子，你心里只有我。不错，那时你父亲还在；可是你母亲死了，他另有个女人，你老早就觉得隔了一层似的。出嫁后第一年你虽还一心一意依恋着他老人家，到第二年上我和孩子可就将你的心占住，你再没有多少工夫惦记他了。你还记得第一年我在北京，你在家里。家里来信说你待不住，常回娘家去。我动气了，马上写信责备你。你教人写了一封复信，说家里有事，不能不回去。这是你第一次也可以说第末次的抗议，我从此就没给你写信。暑假时带了一肚子主意回去，但见了面，看你一脸笑，也就拉倒了。打这时候起，你渐渐从你父亲的怀里跑到我这儿。你换了金镯子帮助我的学费，叫我以后还你；但直到你死，我没有还你。你在我家受了许多气，又因为我家的缘故受你家里的气，你都忍着。这全为的是我，我知道。那回我从家乡一个中学半途辞职出走。家里人讽你也走。哪里走！只得硬着头皮往你家去。那时你家像个冰窖子，你们在窖里足足住了三个月。好容易我才将你们领出来了，一同上外省去。小家庭这样组织起来了。你虽不是什么阔小姐，可也是自小娇生惯养的，做起主妇来，什么都得干一两手；你居然做下去了，而且高高兴兴地做下去了。菜照例满是你做，可是吃的都是我们；你至多夹上两三筷子就算了。你的菜做得不坏，有一位老在行大大地夸奖过你。你洗衣服也不错，夏天我的绸大褂大概总是你亲自动手。你在家老不乐意闲着；坐前几个“月子”，老是四五天就起床，说是躺着家里事没条没理的。其实你起来也还不是没条理；咱们家那么多孩子，哪儿来条理？在浙江住的时候，逃过两回兵难，我都在北平。真亏你领着母亲和一群孩子东藏西躲的；末一回还要走多少里路，翻一道大岭。这两回差不多只靠你一个人。你不但带了母亲和孩子们，还带了我一箱箱的书；你知道我是最爱书的。在短短的十二年里，你操的心比人家一辈子还多；谦，你那样身子怎么经得住！你将我的责任一股脑儿担负了去，压死了你；我如何对得起你！

你为我的劳什子书也费了不少神；第一回让你父亲的男佣人从家乡捎到上海去。他说了几句闲话，你气得在你父亲面前哭了。第二回是带着逃难，别人都说你傻子。你有你的想头："没有书怎么教书？况且他又爱这个玩意儿。"其实你没有晓得，那些书丢了也并不可惜；不过教你怎么晓得，我平常从来没和你谈过这些个！总而言之，你的心是可感谢的。这十二年里你为我吃的苦真不少，可是没有过几天好日子。我们在一起住，算来也还不到五个年头。无论日子怎么坏，无论是离是合，你从来没对我发过脾气，连一句怨言也没有。——别说怨我，就是怨命也没有过。老实说，我的脾气可不大好，迁怒的事儿有的是。那些时候你往往抽噎着流眼泪，从不回嘴，也不号啕。不过我也只信得过你一个人，有些话我只和你一个人说，因为世界上只你一个人真关心我，真同情我。你不但为我吃苦，更为我分苦；我之有我现在的精神，大半是你给我培养着的。这些年来我很少生病。但我最不耐烦生病，生了病就呻吟不绝，闹那伺候病的人。你是领教过一回的，那回只一两点钟，可是也够麻烦了。你常生病，却总不开口，挣扎着起来；一来怕搅我，二来怕没人做你那份儿事。我有一个坏脾气，怕听人生病，也是真的。后来你天天发烧，自己还以为南方带来的疟疾，一直瞒着我。明明躺着，听见我的脚步，一骨碌就坐起来。我渐渐有些奇怪，让大夫一瞧，这可糟了，你的一个肺已烂了一个大窟窿了！大夫劝你到西山去静养，你丢不下孩子，又舍不得钱；劝你在家里躺着，你也丢不下那份儿家务。越看越不行了，这才送你回去。明知凶多吉少，想不到只一个月工夫你就完了！本来盼望还见得着你，这一来可拉倒了。你也何尝想到这个？父亲告诉我，你回家独住着一所小住宅，还嫌没有客厅，怕我回去不便哪。

前年夏天回家，上你坟上去了。你睡在祖父母的下首，想来还不孤单的。只是当年祖父母的坟太小了，你正睡在圹底下。这叫做“抗圹”，在生人看来是不安心的；等着想办法哪。那时圹上圹下密密地长着青草，朝露浸湿了我的布鞋。你刚埋了半年多，只有圹下多出一块土，别的全然看不出新坟的样子。我和隐今夏回去，本想到你的坟上来；因为她病了没来成。我们想告诉你，五个孩子都好，我们一定尽心教养他们，让他们对得起死了的母亲——你！谦，好好儿放心安睡吧，你。

1932 年 10 月

论诚意

诚伪是品性，却又是态度。从前论人的诚伪，大概就品性而言。诚实，诚笃，至诚，都是君子之德；不诚便是诈伪的小人。品性一半是生成，一半是教养；品性的表现出于自然，是整个儿的为人。说一个人是诚实的君子或诈伪的小人，是就他的行迹总算账。君子大概总是君子，小人大概总是小人。虽然说气质可以变化，盖了棺才能论定人，那只是些特例。不过一个社会里，这种定型的君子和小人并不太多，一般常人都浮沉在这两界之间。所谓浮沉，是说这些人自己不能把握住自己，不免有诈伪的时候。这也是出于自然。还有一层，这些人对人对事有时候自觉的加减他们的诚意，去适应那局势。这就是态度。态度不一定反映出品性来；一个诚实的朋友到了不得已的时候，也会撒个谎什么的。态度出于必要，出于处世的或社交的必要，常人是免不了这种必要的。这是“世故人情”的一个项目。有时可以原谅，有时甚至可以容许。态度的变化多，在现代多变的社会里也许更会使人感兴趣些。我们嘴里常说的，笔下常写的“诚恳”“诚意”和“虚伪”等词，大概都是就态度说的。

但是一般人用这几个词似乎太严格了一些。照他们的看法，不诚恳无诚意的人就未免太多。而年轻人看社会上的人和事，除了他们自己以外差不多尽是虚伪的。这样用“虚伪”那个词，又似乎太宽泛了一些。这些跟老先生们开口闭口说“人心不古，世风日下”同样犯了笼统的毛病。一般人似乎将品性和态度混为一谈，年轻人也如此，却又加上了“天真”“纯洁”种种幻想。诚实的品性确是不可多得，但人孰无过，不论哪方面，完人或圣贤总是很少的。我们恐怕只能宽大些，卑之无甚高论，从态度上着眼。不然无谓的烦恼和纠纷就太多了。至于天真纯洁，似乎只是儿童的本分——老气横秋的儿童实在不顺眼。可是一个人若总是那么天真纯洁下去，他自己也许还没有什么，给别人的麻烦却就太多。有人赞美“童心”“孩子气”，那也只限于无关大体的小节目，取其可以调剂调剂平板的氛围气。若是重要关头也如此，那时天真恐怕只是任性，纯洁恐怕只是无知罢了。幸而不诚恳，无诚意，虚伪等等已经成了口头禅，一般人只是跟着大家信口说着，至多皱皱眉，冷笑笑，表示无可奈何的样子就过去了。自然也短不了认真的，那却苦了自己，甚至于苦了别人。年轻人容易认真，容易不满意，他们的不满意往往是社会改革的动力。可是他们也得留心，若是在诚伪的分别上认真得过了分，也许会成为虚无主义者。

人与人事与事之间各有分际，言行最难得恰如其分。诚意是少不得的，但是分际不同，无妨斟酌加减点儿。种种礼数或过场就是从这里来的。有人说礼是生活的艺术，礼的本意应该如此。日常生活里所谓客气，也是一种礼数或过场。有些人觉得客气太拘形迹，不见真心，不是诚恳的态度。这些人主张率性自然。率性自然未尝不可，但是得看人去。若是一见生人就如此这般，就有点野了。即使熟人，毫无节制的率性自然也不成。夫妇算是熟透了的，有时还得“相敬如宾”，别人可想而知。总之，在不同的局势下，率性自然可以表示诚意，客气也可以表示诚意，不过诚意的程度不一样罢了。客气要大方，合身份，不然就是诚意太多；诚意太多，诚意就太贱了。

看人，请客，送礼，也都是些过场。有人说这些只是虚伪的俗套，无聊的玩意儿。但是这些其实也是表示诚意的。总得心里有这个人，才会去看他，请他，送他礼，这就有诚意了。至于看望的次数，时间的长短，请作主客或陪客，送礼的情形，只是诚意多少的分别，不是有无的分别。看人又有回看，请客有回请，送礼有回礼，也只是回答诚意。古语说得好，“来而不往非礼也”，无论古今，人情总是一样的。有一个人送年礼，转来转去，自己送出去的礼物，有一件竟又回到自己手里。他觉得虚伪无聊，当作笑谈。笑谈确乎是的，但是诚意还是有的。又一个人路上遇见一个本不大熟的朋友向他说，“我要来看你”。这个人告诉别人说，“他用不着来看我，我也知道他不会来看我，你瞧这句话才没意思哪!”那个朋友的诚意似乎是太多了。凌叔华女士写过一个短篇小说，叫做《外国规矩》，说一位青年留学生陪着一位旧家小姐上公园，尽招呼她这样那样的。她以为让他爱上了，哪里知道他行的只是“外国规矩”！这喜剧由于那位旧家小姐不明白新礼数，新过场，多估量了那位留学生的诚意。可见诚意确是有分量的。

人为自己活着，也为别人活着。在不伤害自己身份的条件下顾全别人的情感，都得算是诚恳，有诚意。这样宽大的看法也许可以使一些人活得更有兴趣些。西方有句话，“人生是做戏。”做戏也无妨，只要有心往好里做就成。客气等等一定有人觉得是做戏，可是只要为了大家好，这种戏也值得做的。另一方面，诚恳，诚意也未必不是戏。现在人常说，“我很诚恳的告诉你”，“我是很有诚意的”，自己标榜自己的诚恳，诚意，大有卖瓜的说瓜甜的神气，诚实的君子大概不会如此。不过一般人也已习惯自然，知道这只是为了增加诚意的分量，强调自己的态度，跟买卖人的吆喝到底不是一回事儿。常人到底是常人，得跟着局势斟酌加减他们的诚意，变化他们的态度；这就不免沾上了些戏味。西方还有句话，“诚实是最好的政策”，“诚实”也只是态度；这似乎也是一句戏词儿。

论别人

有自己才有别人，也有别人才有自己。人人都懂这个道理，可是许多人不能行这个道理。本来自己以外都是别人，可是有相干的，有不相干的。可以说是“我的”那些，如我的父母妻子，我的朋友等，是相干的别人，其余的是不相干的别人。相干的别人和自己合成家族亲友；不相干的别人和自己合成社会国家。自己也许愿意只顾自己，但是自己和别人是相对的存在，离开别人就无所谓自己，所以他得顾到家族亲友，而社会国家更要他顾到那些不相干的别人。所以“自了汉”不是好汉，“自顾自”不是好话，“自私自利”，“不顾别人死活”，“只知有己，不知有人”的，更都不是好人。所以孔子之道只是个忠恕：忠是己之所欲，以施于人，恕是“己所不欲，勿施于人”。这是一件事的两面，所以说“一以贯之”。孔子之道，只是教人为别人着想。

可是儒家有“亲亲之杀”的话，为别人着想也有个层次。家族第一，亲戚第二，朋友第三，不相干的别人挨边儿。几千年来顾家族是义务，顾别人多多少少只是义气；义务是分内，义气是分外。可是义务似乎太重了，别人压住了自己。这才来了五四时代。这是个自我解放的时代，个人从家族的压迫下挣出来，开始独立在社会上。于是乎自己第一，高于一切，对于别人，几乎什么义务也没有了似的。可是又都要改造社会，改造国家，甚至于改造世界，说这些是自己的责任。虽然是责任，却是无限的责任，爱尽不尽，爱尽多少尽多少；反正社会国家世界都可以只是些抽象名词，不像一家老小在张着嘴等着你。所以自己顾自己，在实际上第一，兼顾社会国家世界，在名义上第一。这算是义务。顾到别人，无论相干的不相干的，都只是义气，而且是客气。这些解放了的，以及生得晚没有赶上那种压迫的人，既然自己高于一切，别人自当不在眼下，而居然顾到别人，自当算是客气。其实在这些天之骄子各自的眼里，别人都似乎为自己活着，都得来供养自己才是道理。“我爱我”成为风气，处处为自己着想，说是“真”；为别人着想倒说是“假”，是“虚伪”。可是这儿“假”倒有些可爱，“真”倒有些可怕似的。

为别人着想其实也只是从自己推到别人，或将自己当作别人，和为自己着想并无根本的差异。不过推己及人，设身处地，确需要相当的勉强，不像“我爱我”那样出于自然。所谓“假”和“真”大概是这种意思。这种“真”未必就好，这种“假”也未必就是不好。读小说看戏，往往会为书中人戏中人捏一把汗，掉眼泪，所谓替古人担忧。这也是推己及人，设身处地；可是因为人和地只在书中戏中，并非实有，没有利害可计较，失去相干的和不相干的那分别，所以“推”“设”起来，也觉自然而然。作小说的演戏的就不能如此，得观察，揣摩，体贴别人的口气，身份，心理，才能达到“逼真”的地步。特别是演戏，若不能忘记自己，那非糟不可。这个得勉强自己，训练自己；训练越好，越“逼真”，越美，越能感染读者和观众。如果“真”是“自然”，小说的读者，戏剧的观众那样为别人着想，似乎不能说是“假”。小说的作者，戏剧的演员的观察，揣摩，体贴，似乎“假”，可是他们能以达到“逼真”的地步，所求的还是“真”。在文艺里为别人着想是“真”，在实际生活里却说是“假”，“虚伪”，似乎是利害的计较使然；利害的计较是骨子，“真”，“假”，“虚伪”只是好看的门面罢了。计较利害过了分，真是像法朗士说的“关闭在自己的牢狱里”；老那么关闭着，非死不可。这些人幸而还能读小说看戏，该仔细吟味，从那里学习学习怎样为别人着想。

五四以来，集团生活发展。这个那个集团和家族一样是具体的，不像社会国家有时可以只是些抽象名词。集团生活将原不相干的别人变成相干的别人，要求你也训练你顾到别人，至少是那广大的相干的别人。集团的约束力似乎一直在增强中，自己不得不为别人着想。那自己第一，自己高于一切的信念似乎渐渐低下头去了。可是来了抗战的大时代。抗战的力量无疑的出于二十年来集团生活的发展。可是抗战以来，集团生活发展的太快了，这儿那儿不免有多少还不能够得着均衡的地方。个人就又出了头，自己就又可以高于一切；现在却不说什么“真”和“假”了，只凭着神圣的抗战的名字做那些自私自利的事，名义上是顾别人，实际上只顾自己。自己高于一切，自己的集团或机关也就高于一切；自己肥，自己机关肥，别人瘦，别人机关瘦，乐自己的，管不着！——瘦瘪了，饿死了，活该！相信最后的胜利到来的时候，别人总会压下那些猖獗的卑污的自己的。这些年自己实在太猖獗了，总盼望压下它的头去。自然，一个劲儿顾别人也不一定好。仗义忘身，急人之急，确是英雄好汉，但是难得见。常见的不是敷衍妥协的乡愿，就是卑屈甚至谄媚的可怜虫，这些人只是将自己丢进了垃圾堆里！可是，有人说得好，人生是个比例问题。目下自己正在张牙舞爪的，且头痛医头，脚痛医脚，先来多想想别人罢！

论自己

翻开辞典，“自”字下排列着数目可观的成语，这些“自”字多指自己而言。这中间包括着一大堆哲学，一大堆道德，一大堆诗文和废话，一大堆人，一大堆我，一大堆悲喜剧。自己“真乃天下第一英雄好汉”，有这么些可说的，值得说值不得说的！难怪纽约电话公司研究电话里最常用的字，在五百次通话中会发现三千九百九十次的“我”。这“我”字便是自己称自己的声音，自己给自己的名儿。

自爱自怜！真是天下第一英雄好汉也难免的，何况区区寻常人！冷眼看去，也许只觉得那枉自尊大狂妄得可笑；可是这只见了真理的一半儿。掉过脸儿来，自爱自怜确也有不得不自爱自怜的。幼小时候有父母爱怜你，特别是有母亲爱怜你。到了长大成人，“娶了媳妇儿忘了娘”，娘这样看时就不必再爱怜你，至少不必再像当年那样爱怜你。——女的呢，“嫁出门的女儿，泼出门的水”；做母亲的虽然未必这样看，可是形格势禁而且鞭长莫及，就是爱怜得着，也只算找补点罢了。爱人该爱怜你？然而爱人们的嘴一例是甜蜜的，谁能说“你泥中有我，我泥中有你！”真有那么回事儿？赶到爱人变了太太，再生了孩子，你算成了家，太太得管家管孩子，更不能一心儿爱怜你。你有时候会病，“久病床前无孝子”，太太怕也够倦的，够烦的。住医院？好，假如有运气住到像当年北平协和医院样的医院里去，倒是比家里强得多。但是护士们看护你，是服务，是工作；也许夹上点儿爱怜在里头，那是“好生之德”，不是爱怜你，是爱怜“人类”。——你又不能老呆在家里，一离开家，怎么着也算“作客”；那时候更没有爱怜你的。可以有朋友招呼你；但朋友有朋友的事儿，哪能教他将心常放在你身上？可以有属员或仆役伺候你，那——说得上是爱怜么？总而言之，天下第一爱怜自己的，只有自己；自爱自怜的道理就在这儿。

再说，“大丈夫不受人怜”。穷有穷干，苦有苦干；世界那么大，凭自己的身手，哪儿就打不开一条路？何必老是向人愁眉苦脸唉声叹气的！愁眉苦脸不顺耳，别人会来爱怜你？自己免不了伤心的事儿，咬紧牙关忍着，等些日子，等些年月，会平静下去的。说说也无妨，只别不拣时候不看地方老是向人叨叨，叨叨得谁也不耐烦的岔开你或者躲开你。也别怨天怨地将一大堆感叹的句子向人身上扔过去。你怨的是天地，倒碍不着别人，只怕别人奇怪你的火气怎么这样大。——自己也免不了吃别人的亏。值不得计较的，不做声吞下肚去。出入大的想法子复仇，力量不够，卧薪尝胆的准备着。可别这儿那儿尽嚷嚷——嚷嚷完了一扔开，倒便宜了那欺负你的人。“好汉胳膊折了往袖子里藏”，为的是不在人面前露怯相，要人爱怜这“苦人儿”似的，这是要强，不是装。说也怪，不受人怜的人倒是能得人怜的人；要强的人总是最能自爱自怜的人。

大丈夫也罢，小丈夫也罢，自己其实是渺乎其小的，整个儿人类只是一个小圆球上一些碳水化合物，像现代一位哲学家说的，别提一个人的自己了。庄子所谓马体一毛，其实还是放大了看的。英国有一家报纸登过一幅漫画，画着一个人，仿佛在一间铺子里，周遭陈列着从他身体里分析出来的各种原素，每种标明分量和价目，总数是五先令——那时合七元钱。现在物价涨了，怕要合国币一千元了罢？然而，个人的自己也就值区区这一千元儿！自己这般渺小，不自爱自怜着点又怎么着！然而，“顶天立地”的是自己，“天地与我并生，万物与我为一”的也是自己；有你说这些大处只是好听的话语，好看的文句？你能愣说这样的自己没有！有这么的自己，岂不更值得自爱自怜的？再说自己的扩大，在一个寻常人的生活里也可见出。且先从小处看。小孩子就爱搜集各国的邮票，正是在扩大自己的世界。从前有人劝学世界语，说是可以和各国人通信。你觉得这话幼稚可笑？可是这未尝不是扩大自己的一个方向。再说这回抗战，许多人都走过了若干地方，增长了若干阅历。特别是青年人身上，你一眼就看出来，他们是和抗战前不同了，他们的自己扩大了。——这样看，自己的小，自己的大，自己的由小而大。在自己都是好的。

自己都觉得自己好，不错；可是自己的确也都爱好。做官的都爱做好官，不过往往只知道爱做自己家里人的好官，自己亲戚朋友的好官；这种好官往往是自己国家的贪官污吏。做盗贼的也都爱做好盗贼——好喽啰，好伙伴，好头儿，可都只在贼窝里。有大好，有小好，有好得这样坏。自己关闭在自己的丁点大的世界里，往往越爱好越坏。所以非扩大自己不可。但是扩大自己得一圈儿一圈儿的，得充实，得踏实。别像肥皂泡儿，一大就裂。“大丈夫能屈能伸”，该屈的得屈点儿，别只顾伸出自己去。也得估计自己的力量。力量不够的话，“人一能之，己百之，人十能之，己千之”；得寸是寸，得尺是尺。总之路是有的。看得远，想得开，把得稳；自己是世界的时代的一环，别脱了节才真算好。力量怎样微弱，可是是自己的。相信自己，靠自己，随时随地尽自己的一份儿往最好里做去，让自己活得有意思，一时一刻一分一秒都有意思。这么着，自爱自怜才真是有道理的。

论做作

做作就是“佯”，就是“乔”，也就是“装”。苏北方言有“装佯”的话，“乔装”更是人人皆知。旧小说里女扮男装是乔装，那需要许多做作。难在装得像。只看坤角儿扮须生的，像的有几个？何况做戏还只在戏台上装，一到后台就可以照自己的样儿，而女扮男装却得成天儿到处那么看！侦探小说里的侦探也常在乔装，装得像也不易，可是自在得多。不过——难也罢，易也罢，人反正有时候得装。其实你细看，不但“有时候”，人简直就爱点儿装。“三分模样七分装”是说女人，男人也短不了装，不过不大在模样上罢了。装得像难，装得可爱更难；一番努力往往只落得个“矫揉造作！”所以“装”常常不是一个好名儿。

“一个做好，一个做歹”，小呢逼你出些码头钱，大呢就得让你去做那些不体面的尴尬事儿。这已成了老套子，随处可以看见。那做好的是装做好，那做歹的也装得格外歹些；一松一紧的拉住你，会弄得你啼笑皆非。这一套儿做作够受的。贫和富也可以装。贫寒人怕人小看他，家里尽管有一顿没一顿的，还得穿起好衣服在街上走，说话也满装着阔气，什么都不在乎似的。——所谓“苏空头”。其实“空头”也不止苏州有。——有钱人却又怕人家打他的主意，开口闭口说穷，他能特地去当点儿什么，拿当票给人家看。这都怪可怜见的。还有一些人，人面前老爱论诗文，谈学问，仿佛天生他一副雅骨头。装斯文其实不能算坏，只是未免“雅得这样俗”罢了。

有能耐的人，有权位的人有时不免“装模作样”，“装腔作势”。马上可以答应的，却得“考虑考虑”；直接可以答应的，却让你绕上几个大弯儿。论地位也只是“上不在天，下不在田”，而见客就不起身，只点点头儿，答话只喉咙里哼一两声儿。谁教你求他，他就是这么着！——“笑骂由他笑骂，好官儿什么的我自为之！”话说回来，拿身份，摆架子有时也并非全无道理。老爷太太在仆人面前打情骂俏，总不大像样，可不是得装着点儿？可是，得恰到分际，“过犹不及”。总之别忘了自己是谁！别尽拣高枝爬，一失脚会摔下来的。老想着些自己，谁都装着点儿，也就不觉得谁在装。所谓“装模作样”，“装腔作势”。却是特别在装别人的模样，别人的腔和势！为了抬举自己，装别人；装不像别人，又不成其为自己，也怪可怜见的。

“不痴不聋，不作阿姑阿翁”，有些事大概还是装聋作哑的好。倒不是怕担责任，更不是存着什么坏心眼儿。有些事是阿姑阿翁该问的，值得问的，自然得问；有些是无需他们问的，或值不得他们问的，若不痴不聋，事必躬亲，阿姑阿翁会做不成，至少也会不成其为阿姑阿翁。记得那儿说过美国一家大公司经理，面前八个电话，每天忙累不堪，另一家经理，室内没有电话，倒是从容不迫的。这后一位经理该是能够装聋作哑的人。“不闻不问”，有时候该是一句好话；“充耳不闻”，“闭目无睹”，也许可以作“无为而治”的一个注脚。其实无为多半也是装出来的。至于装作不知，那更是现代政治家外交家的惯技，报纸上随时看得见。——他们却还得勾心斗角的“做姿态”，大概不装不成其为政治家外交家罢？

装欢笑，装悲泣，装嗔，装恨，装惊慌，装镇静，都很难；固然难在像，有时还难在不像而不失自然。“小心赔笑”也许能得当局的青睐，但是旁观者在恶心。可是“强颜为欢”，有心人却领会那欢颜里的一丝苦味。假意虚情的哭泣，像旧小说里妓女向客人那样，尽管一把眼泪一把鼻涕的，也只能引起读者的微笑。——倒是那“忍泪佯低面”，教人老大不忍。佯嗔薄怒是女人的“作态”，作得恰好是爱娇，所以《乔醋》是一折好戏。爱极翻成恨，尽管“恨得人牙痒痒的”，可是还不失为爱到极处。“假意惊慌”似乎是旧小说的常语，事实上那“假意”往往露出马脚。镇静更不易，秦舞阳心上有气脸就铁青，怎么也装不成，荆轲的事，一半儿败在他的脸上。淝水之战谢安装得够镇静的，可是不觉得意忘形摔折了屐齿。所以一个人喜怒不形于色，真够一辈子半辈子装的。

《乔醋》是戏，其实凡装，凡做作，多少都带点儿戏味——有喜剧，有悲剧。孩子们爱说“假装”这个，“假装”那个，戏味儿最厚。他们认真“假装”，可是悲喜一场，到头儿无所为。成人也都认真的装，戏味儿却淡薄得多；戏是无所为的，至少扮戏中人的可以说是无所为，而人们的做作常常是有所为的。所以戏台上装得像的多，人世间装得像的少。戏台上装得像就有叫好儿的，人世间即使装得像，逗人爱也难。逗人爱的大概是比较的少有所为或只消极的有所为的。前面那些例子，值得我们吟味，而装痴装傻也许是值得重提的一个例子。

作阿姑阿翁得装几分痴，这装是消极的有所为；“金殿装疯”也有所为，就是积极的。历来才人名士和学者，往往带几分傻气。那傻气多少有点儿装，而从一方面看，那装似乎不大有所为，至多也只是消极的有所为。陶渊明的“我醉欲眠卿且去”说是率真，是自然；可是看魏晋人的行径，能说他不带着几分装？不过装得像，装得自然罢了。阮嗣宗大醉六十日，逃脱了和司马昭做亲家，可不也一半儿醉一半儿装？他正是“喜怒不形于色”的人，而有一向当时人多说他痴，他大概是颇能做作的罢？

装睡装醉都只是装糊涂。睡了自然不说话，醉了也多半不说话——就是说话，也尽可以装疯装傻的，给他个驴头不对马嘴。郑板桥最能懂得装糊涂，他那“难得糊涂”一个警句，真喝破了千古聪明人的秘密。还有善忘也往往是装傻，装糊涂；省麻烦最好自然是多忘记，而“忘怀”又正是一件雅事儿。至此为止，装傻，装糊涂似乎是能以逗人爱的；才人名士和学者之所以成为才人名士和学者，至少有几分就仗着他们那不大在乎的装劲儿能以逗人爱好。可是这些人也良莠不齐，魏晋名士颇有仗着装糊涂自私自利的。这就“在乎”了，有所为了，这就不再可爱了。在四川话里装糊涂称为“装疯迷窍”，北平话却带笑带骂的说“装蒜”，“装孙子”，可见民众是不大赏识这一套的——他们倒是下的稳着儿。

论老实话

美国前国务卿贝尔纳斯退职后写了一本书，题为《老实话》。这本书中国已经有了不止一个译名，或作《美苏外交秘录》，或作《美苏外交内幕》，或作《美苏外交纪实》，“秘录”“内幕”和“纪实”都是“老实话”的意译。前不久笔者参加一个宴会，大家谈起贝尔纳斯的书，谈起这个书名。一个美国客人笑着说，“贝尔纳斯最不会说老实话！”大家也都一笑。贝尔纳斯的这本书是否说的全是“老实话”，暂时不论，他自题为《老实话》，以及中国的种种译名都含着“老实话”的意思，却可见无论中外，大家都在要求着“老实话”。贝尔纳斯自题这样一个书名，想来是表示他在做国务卿办外交的时候有许多话不便“老实说”，现在是自由了，无官一身轻了，不妨“老实说”了——原名直译该是

《老实说》，还不是《老实话》。但是他现在真能自由的“老实说”，真肯那么的“老实说”吗？——那位美国客人的话是有他的理由的。

无论中外，也无论古今，大家都要求“老实话”，可见“老实话”是不容易听到见到的。大家在知识上要求真实，他们要知道事实，寻求真理。但是抽象的真理，打破沙缸问到底，有的说可知，有的说不可知，至今纷无定论，具体的事实却似乎或多或少总是可知的。况且照常识上看来，总是先有事后才有理，而在日常生活里所要应付的也都是些事，理就包含在其中，在应付事的时候，理往往是不自觉的。因此强调就落到了事实上。常听人说“我们要明白事实的真相”，既说“事实”，又说“真相”，叠床架屋，正是强调的表现。说出事实的真相，就是“实话”。买东西叫卖的人说“实价”，问口供叫犯人“从实招来”，都是要求“实话”。人与人如此，国与国也如此。有些时事评论家常说美苏两强若是能够肯老实说出两国的要求是些什么东西，再来商量，世界的局面也许能够明朗化。可是又有些评论家认为两强的话，特别是苏联方面的，说的已经够老实了，够明朗化了。的确，自从去年维辛斯基在联合国大会上指名提出了“战争贩子”以后，美苏两强的话是越来越老实了，但是明朗化似乎还未见其然。

人们为什么不能不肯说实话呢？归根结底，关键是在利害的冲突上。自己说出实话，让别人知道自己的虚实，容易制自己。就是不然，让别人知道底细，也容易比自己抢先一着。在这个分配不公平的世界上，生活好像战争，往往是有你无我；因此各人都得藏着点儿自己，让人莫名其妙。于是乎勾心斗角，捉迷藏，大家在不安中猜疑着。向来有句老话，“知人知面不知心”，还有，“逢人只说三分话，未可全抛一片心”，这种处世的格言正是教人别说实话，少说实话，也正是暗示那利害的冲突。我有人无，我多人少，我强人弱，说实话恐怕人来占我的便宜；强的要越强，多的要越多，有的要越有。我无人有，我少人多，我弱人强，说实话也恐怕人欺我不中用；弱的想变强，少的想变多，无的想变有。人与人如此，国与国又何尝不如此！

说到战争，还有句老实话，“兵不厌诈”！真的交兵“不厌诈”，勾心斗角，捉迷藏，耍花样，也正是个“不厌诈”！“不厌诈”，就是越诈越好，从不说实话少说实话大大的跨进了一步；于是乎模糊事实，夸张事实，歪曲事实，甚至于捏造事实！于是乎种种谎话，应有尽有，你想我是骗子，我想你是骗子。这种情形，中外古今大同小异，因为分配老是不公平，利害也老在冲突着。这样可也就更要求实话，老实话。老实话自然是有的，人们没有相当限度的互信，社会就不成其为社会了。但是实话总还太少，谎话总还太多，社会的和谐恐怕还远得很罢。不过谎话虽然多，全然出于捏造的却也少，因为不容易使人信。麻烦的是谎话里掺实话，实话里掺谎话——巧妙可也在这儿。日常的话多多少少是两掺的，人们的互信就建立在这种两掺的话上，人们的猜疑可也发生在这两掺的话上。即如贝尔纳斯自己标榜的“老实话”，他的同国的那位客人就怀疑他在用好名字骗人。我们这些常人谁能知道他的话老实或不老实到什么程度呢？

人们在情感上要求真诚，要求真心真意，要求开诚相见或诚恳的态度。他们要听“真话”“真心话”，心坎儿上的，不是嘴边儿上的话。这也可以说是“老实话”。但是“心口如一”向来是难得的，“口是心非”恐怕大家有时都不免，读了奥尼尔的《奇异的插曲》就可恍然。“口蜜腹剑”却真成了小人。真话不一定关于事实，主要的是态度。可是，如前面引过的，“知人知面不知心”，不看什么人就掏出自己的心肝来，人家也许还嫌血腥气呢！所以交浅不能言深，大家一见面儿只谈天气，就是这个道理。所谓“推心置腹”，所谓“肺腑之谈”，总得是二三知己才成；若是泛泛之交，只能敷敷衍衍，客客气气，说一些不相干的门面话。这可也未必就是假的，虚伪的。他至少眼中有你。有些人一见面冷冰冰的，拉长了面孔，爱理人不理人的，可以算是“真”透了顶，可是那份儿过了火的“真”，有几个人受得住！本来彼此既不相知，或不深知，相干的话也无从说起，说了反容易出岔儿，乐得远远儿的，淡淡儿的，慢慢儿的，不过就是彼此深知，像夫妇之间，也未必处处可以说真话。“人心不同，各如其面”，一个人总有些不愿意教别人知道的秘密，若是不顾忌着些个，怎样亲爱的也会碰钉子的。真话之难，就在这里。

真话虽然不一定关于事实，但是谎话一定不会是真话。假话却不一定就是谎话，有些甜言蜜语或客气话，说得过火，我们就认为假话，其实说话的人也许倒并不缺少爱慕与尊敬。存心骗人，别有作用，所谓“口蜜腹剑”的，自然当作别论。真话又是认真的话，玩话不能当作真话。将玩话当真话，往往闹别扭，即使在熟人甚至亲人之间。所以幽默感是可贵的。真话未必是好听的话，所谓“苦口良言”“药石之言”“忠言”“直言”，往往是逆耳的，一片好心往往倒得罪了人。可是人们又要求“直言”，专制时代“直言极谏”是选用人才的一个科目，甚至现在算命看相的，也还在标榜“铁嘴”，表示直说，说的是真话，老实话。但是这种“直言”“直说”大概是不至于刺耳至少也不至于太刺耳的。又是“直言”，又不太刺耳，岂不两全其美吗！不过刺耳也许还可忍耐，刺心却最难宽恕；直说遭怨，直言遭忌，就为刺了别人的心——小之被人骂为“臭嘴”，大之可以杀身。所以不折不扣的“直言极谏”之臣，到底是寥寥可数的。直言刺耳，进而刺心，简直等于相骂，自然会叫人生气，甚至于翻脸。反过来，生了气或翻了脸，骂起人来，冲口而出，自然也多直言，真话，老实话。

人与人是如此，国与国在这里却不一样。国与国虽然也讲友谊，和人与人的友谊却不相当，亲谊更简直是没有。这中间没有爱，说不上“真心”，也说不上“真话”“真心话”。倒是不缺少客气话，所谓外交辞令；那只是礼尚往来，彼此表示尊敬而已。还有，就是条约的语言，以利害为主，有些是互惠，更多是偏惠，自然是弱小吃亏。这种条约倒是“实话”，所以有时得有秘密条款，有时更全然是密约。条约总说是双方同意的，即使只有一方是“欣然同意”。不经双方同意而对一方有所直言，或彼此相对直言，那就往往是谴责，也就等于相骂。像去年联合国大会以后的美苏两强，就是如此。话越说得老实，也就越尖锐化，当然，翻脸倒是还不至于的。这种老实话一方面也是宣传。照一般的意见，宣传决不会是老实话。然而美苏两强互相谴责，其中的确有许多老实话，也的确有许多人信这一方或那一方，两大阵营对垒的形势因此也越见分明，世界也越见动荡。这正可见出宣传的力量。宣传也有各等各样。毫无事实的空头宣传，不用说没人信；有事实可也掺点儿谎，就有信的人。因为有事实就有自信，有自信就能多多少少说出些真话，所以教人信。自然，事实越多越分明，信的人也就越多。但是有宣传，也就有反宣传，反宣传意在打消宣传。判断当然还得凭事实。不过正反错综，一般人眼花缭乱，不胜其麻烦，就索性一句话抹杀，说一切宣传都是谎！可是宣传果然都是谎，宣传也就不会存在了，所以还当分别而论。即如贝尔纳斯将他的书自题为《老实说》或《老实话》，那位美国客人就怀疑他在自我宣传；但是那本书总不能够全是谎罢？一个人也决不能够全靠撒谎而活下去，因为那么着他就掉在虚无里，就没了。

很好

“很好”这两个字真是挂在我们嘴边儿上的。我们说，“你这个主意很好。”“你这篇文章很好。”“张三这个人很好。”“这东西很好。”人家问，“这件事如此这般的办，你看怎么样?”我们也常常答道，“很好。”有时顺口再加一个，说“很好很好”。或者不说“很好”，却说“真好”，语气还是一样，这么说，我们不都变成了“好好先生”了么?我们知道“好好先生”不是无辨别的蠢才，便是有城府的乡愿。乡愿和蠢才尽管多，但是谁也不能相信常说“很好”“真好”的都是蠢才或乡愿。平常人口头禅的“很好”或“真好”，不但不一定“很”好或“真”好，而且不一定“好”；这两个语其实只表示所谓“相当的敬意，起码的同情”罢了。

在平常谈话里，敬意和同情似乎比真理重要得多。一个人处处讲真理，事事讲真理，不但知识和能力不许可，而且得成天儿和别人闹别扭；这不是活得不耐烦，简直是没法活下去。自然一个人总该有认真的时候，但在不必认真的时候，大可不必认真；让人家从你嘴边儿上得着一点点敬意和同情，保持彼此间或浓或淡的睦谊，似乎也是在世为人的道理。说“很好”或“真好”，所着重的其实不是客观的好评而是主观的好感。用你给听话的一点点好感，换取听话的对你的一点点好感，就是这么回事而已。

你若是专家或者要人，一言九鼎，那自当别论；你不是专家或者要人，说好说坏，一般儿无足重轻，说坏只多数人家背地里议论你嘴坏或脾气坏而已，那又何苦来？就算你是专家或者要人，你也只能认真的批评在你门槛儿里的，世界上没有万能的专家或者要人，那么，你在说门槛儿外的话的时候，还不是和别人一般的无足重轻？还不是得在敬意和同情上着眼？我们成天听着自己的和别人的轻轻儿的快快儿的“很好”或“真好”的声音，大家肚子里反正明白这两个语的分量。若有人希图别人就将自己的这种话当作确切的评语，或者简直将别人的这种话当作自己的确切的评语，那才真是乡愿或蠢才呢。

我说“轻轻儿的”“快快儿的”，这就是所谓语气。只要那么轻轻儿的快快儿的，你说“好得很”“好极了”“太好了”都一样，反正不痛不痒的，不过“很好”“真好”说着更轻快一些就是了。可是“很”字，“真”字，“好”字，要有一个说得重些慢些，或者整个儿说得重些慢些，分量就不同了。至少你是在表示你喜欢那个主意，那篇文章，那个人，那东西，那办法，等等，即使你还不敢自信你的话就是确切的评语。有时并不说得重些慢些，可是前后加上些字儿，如“很好，咳!”“可真好。”“我相信张三这个人很好。”“你瞧，这东西真好。”也是喜欢的语气。“好极了”等语，都可以如法炮制。

可是你虽然“很”喜欢或者“真”喜欢这个那个，这个那个还未必就“很”好，“真”好，甚至于压根儿就未必“好”。你虽然加重的说了，所给予听话人的，还只是多一些的敬意和同情，并不能阐发这个那个的客观的价值。你若是个平常人，这样表示也尽够教听话的满意了。你若是个专家，要人，或者准专家，准要人，你要教听话的满意，还得指点出“好”在那里，或者怎样怎样的“好”。这才是听话的所希望于你们的客观的好评，确切的评语呢。

说“不错”“不坏”，和“很好”“真好”一样；说“很不错”“很不坏”或者“真不错”“真不坏”，却就是加字儿的“很好”“真好”了。“好”只一个字，“不错”“不坏”都是两个字；我们说话，有时长些比短些多带情感，这里正是个例子。“好”加上“很”或“真”才能和“不错”“不坏”等量，“不错”，“不坏”再加上“很”或“真”，自然就比“很好”“真好”重了。可是说“不好”却干脆的是不好，没有这么多阴影。像旧小说里常见到的“说声‘不好’”和旧戏里常听到的“大事不好了”，可为代表。这里的“不”字还保持着它的独立的价值和否定的全量，不像“不错”“不坏”的“不”字已经融化在成语里，没有多少劲儿。本来呢，既然有胆量在“好”上来个“不”字，也就无需乎再躲躲闪闪的；至多你在中间夹上一个字儿，说“不很好”“不大好”，但是听起来还是差不多的。

话说回来，既然不一定“很”好或“真”好，甚至于压根儿就不一定“好”，为什么不沉默呢？不沉默，却偏要说点儿什么，不是无聊的敷衍吗？但是沉默并不是件容易事，你得有那种忍耐的功夫才成。沉默可以是“无意见”，可以是“无所谓”，也可以是“不好”，听话的却顶容易将你的沉默解作“不好”，至少也会觉着你这个人太冷，连嘴边儿上一点点敬意和同情都吝惜不给人家。在这种情景之下，你要不是生就的或炼就的冷人，你忍得住不说点儿什么才怪！要说，也无非“很好”，“真好”这一套儿。人生于世，遇着不必认真的时候，乐得多爱点儿，少恨点儿，似乎说不上无聊；敷衍得别有用心才是的，随口说两句无足重轻的好听的话，似乎也还说不上。

我屡次说到听话的。听话的人的情感的反应，说话的当然是关心的。谁也不乐意看尴尬的脸是不是？廉价的敬意和同情却可以遮住人家尴尬的脸，利他的原来也是利己的；一石头打两鸟儿，在平常的情形之下，又何乐而不为呢？世上固然有些事是当面的容易，可也有些事儿是当面的难。就说评论好坏，背后就比当面自由些。这不是说背后就可以放冷箭说人家坏话。一个人自己有身份，旁边有听话的，自爱的人那能干这个！这只是说在人家背后，顾忌可以少些，敬意和同情也许有用不着的时候。虽然这时候听话的中间也许还有那个人的亲戚朋友，但是究竟隔了一层；你说声“不很好”或“不大好”，大约还不至于见着尴尬的脸的。当了面就不成。当本人的面说他这个那个“不好”，固然不成，当许多人的面说他这个那个“不好”，更不成。当许多人的面说他们都“不好”，那简直是以寡敌众；只有当许多人的面泛指其中一些人这点那点“不好”，也许还马虎得过去。所以平常的评论，当了面大概总是用“很好”“真好”的多。——背后也说“很好”“真好”，那一定说得重些慢些。

可是既然未必“很”好或者“真”好，甚至于压根儿就未必“好”，说一个“好”还不成么？为什么必得加上“很”或“真”呢？本来我们回答“好不好？”或者“你看怎么样？”等问题，也常常只说个“好”就行了。但是只在答话里能够这么办，别的句子里可不成。一个原因是我国语言的惯例。单独的形容词或形容语用作句子的述语，往往是比较级的。如说“这朵花红”，“这花朵素净”，“这朵花好看”，实在是“这朵花比别的花红”，“这朵花比别的花素净”，“这朵花比别的花好看”的意思。说“你这个主意好”，“你这篇文章好”，“张三这个人好”，“这东西好”，也是“比别的好”的意思。另一个原因是“好”这个词的惯例。句里单用一个“好”字，有时实在是“不好”。如厉声指点着说“你好!”或者摇头笑着说，“张三好，现在竟不理我了。”“他们这帮人好，竟不理这个碴儿了。”因为这些，要表示那一点点敬意和同情的时候，就不得不重话轻说，借用到“很好”或“真好”两个语了。

冬　天

说起冬天，忽然想到豆腐。是一“小洋锅”（铝锅）白煮豆腐，热腾腾的。水滚着，像好些鱼眼睛，一小块一小块豆腐养在里面，嫩而滑，仿佛反穿的白狐大衣。锅在“洋炉子”（煤油不打气炉）上，和炉子都熏得乌黑乌黑，越显出豆腐的白。这是晚上，屋子老了，虽点着“洋灯”，也还是阴暗。围着桌子坐的是父亲跟我们哥儿三个。“洋炉子”太高了，父亲得常常站起来，微微地仰着脸，觑着眼睛，从氤氲的热气里伸进筷子，夹起豆腐，一一地放在我们的酱油碟里。我们有时也自己动手，但炉子实在太高了，总还是坐享其成的多。这并不是吃饭，只是玩儿。父亲说晚上冷，吃了大家暖和些。我们都喜欢这种白水豆腐；一上桌就眼巴巴望着那锅，等着那热气，等着热气里从父亲筷子上掉下来的豆腐。

又是冬天，记得是阴历十一月十六晚上，跟S君P君在西湖里坐小划子。S君刚到杭州教书，事先来信说："我们要游西湖，不管它是冬天。"那晚月色真好，现在想起来还像照在身上。本来前一晚是"月当头"；也许十一月的月亮真有些特别吧。那时九点多了，湖上似乎只有我们一只划子。有点风，月光照着软软的水波；当间那一溜儿反光，像新研的银子。湖上的山只剩了淡淡的影子。山下偶尔有一两星灯火。S君口占两句诗道："数星灯火认渔村，淡墨轻描远黛痕。"我们都不大说话，只有均匀的桨声。我渐渐地快睡着了。P君"喂"了一下，才抬起眼皮，看见他在微笑。船夫问要不要上净寺去；是阿弥陀佛生日，那边蛮热闹的。到了寺里，殿上灯烛辉煌，满是佛婆念佛的声音，好像醒了一场梦。这已是十多年前的事了，S君还常常通着信，P君听说转变了好几次，前年是在一个特税局里收特税了，以后便没有消息。

在台州过了一个冬天，一家四口子。台州是个山城，可以说在一个大谷里。只有一条二里长的大街。别的路上白天简直不大见人；晚上一片漆黑。偶尔人家窗户里透出一点灯光，还有走路的拿着的火把；但那是少极了。我们住在山脚下。有的是山上松林里的风声，跟天上一只两只的鸟影。夏末到那里，春初便走，却好像老在过着冬天似的；可是即便真冬天也并不冷。我们住在楼上，书房临着大路；路上有人说话，可以清清楚楚地听见。但因为走路的人太少了，间或有点说话的声音，听起来还只当远风送来的，想不到就在窗外。我们是外路人，除上学校去之外，常只在家里坐着。妻也惯了那寂寞，只和我们爷儿们守着。外边虽老是冬天，家里却老是春天。有一回我上街去，回来的时候，楼下厨房的大方窗开着，并排地挨着她们母子三个；三张脸都带着天真微笑地向着我。似乎台州空空的，只有我们四人；天地空空的，也只有我们四人。那时是民国十年，妻刚从家里出来，满自在。现在她死了快四年了，我却还老记着她那微笑的影子。

无论怎么冷，大风大雪，想到这些，我心上总是温暖的。

说话

谁能不说话，除了哑子？有人这个时候说，那个时候不说。有人这个地方说，那个地方不说。有人跟这些人说，不跟那些人说。有人多说，有人少说。有人爱说，有人不爱说。哑子虽然不说，却也有那伊伊呀呀的声音，指指点点的手势。

说话并不是一件容易事。天天说话，不见得就会说话；许多人说了一辈子话，没有说好过几句话。所谓“辩士的舌锋”“三寸不烂之舌”等赞词，正是物稀为贵的证据；文人们讲究“吐属”，也是同样的道理。我们并不想做辩士，说客，文人，但是人生不外言动，除了动就只有言，所谓人情世故，一半儿是在说话里。古文《尚书》里说，“唯口，出好兴戎”，一句话的影响有时是你料不到的，历史和小说上有的是例子。

说话即使不比作文难，也决不比作文容易。有些人会说话不会作文，但也有些人会作文不会说话。说话像行云流水，不能够一个字一个字推敲，因而不免有疏漏散漫的地方，不如作文的谨严。但那些行云流水般的自然，却决非一般文章所及。——文章有能到这样境界的，简直当以说话论，不再是文章了。但是这是怎样一个不易到的境界！我们的文章，哲学里虽有“用笔如舌”一个标准，古今有几个人真能“用笔如舌”呢？不过文章不甚自然，还可成为功力一派，说话是不行的；说话若也有功力派，你想，那怕真够瞧的！

说话到底有多少种，我说不上。约略分别：向大家演说，讲解，乃至说书等是一种，会议是一种，公私谈判是一种，法庭受审是一种，向新闻记者谈话是一种；——这些可称为正式的。朋友们的闲谈也是一种，可称为非正式的。正式的并不一定全要拉长了面孔，但是拉长了的时候多。这种话都是成片断的，有时竟是先期预备好的。只有闲谈，可以上下古今，来一个杂拌儿；说是杂拌儿，自然零零碎碎，成片段的是例外。闲谈说不上预备，满是将话搭话，随机应变。说预备好了再去“闲”谈，那岂不是个大笑话？这种种说话，大约都有一些公式，就是闲谈也有——“天气”常是闲谈的发端，就是一例。但是公式是死的，不够用的，神而明之还在乎人。会说的教你眉飞色舞，不会说的教你昏头搭脑，即使是同一个意思，甚至同一句话。

中国人很早就讲究说话。《左传》《国策》《世说》是我们的三部说话的经典。一是外交辞令，一是纵横家言，一是清谈。你看他们的话多么婉转如意，句句字字打进人心坎里。还有一部《红楼梦》，里面的对话也极轻松，漂亮。此外汉代贾君房号为“语妙天下”，可惜留给我们的只有这一句赞词；明代柳敬亭的说书极有大名，可惜我们也无从领略。近年来的新文学，将白话文欧化，从外国文中借用了许多活泼的，精细的表现，同时暗示我们将旧来有些表现重新咬嚼一番。这却给我们的语言一种新风味，新力量。加以这些年说话的艰难，使一般报纸都变乖巧了，他们知道用侧面的，反面的，夹缝里的表现了。这对于读者是一种不容避免的好训练；他们渐渐敏感起来了，只有敏感的人，才能体会那微妙的咬嚼的味儿。这时期说话的艺术确有了相当的进步。论说话艺术的文字，从前著名的似乎只有韩非的《说难》，那是一篇剖析入微的文字。现在我们却已有了不少的精警之作，鲁迅先生的《立论》就是的。这可以证明我所说的相当的进步了。

中国人对于说话的态度，最高的是忘言，但如禅宗“教”人“将嘴挂在墙上”，也还是免不了说话。其次是慎言，寡言，讷于言。这三样又有分别：慎言是小心说话，小心说话自然就少说话，少说话少出错儿。寡言是说话少，是一种深沉或贞静的性格或品德。讷于言是说不出话，是一种浑厚诚实的性格或品德。这两种多半是生成的。第三是修辞或辞令。至诚的君子，人格的力量照彻一切的阴暗，用不着多说话，说话也无须乎修饰。只知讲究修饰，嘴边天花乱坠，腹中矛戟森然，那是所谓小人；他太会修饰了，倒教人不信了。他的戏法总有让人揭穿的一日。我们是介在两者之间的平凡的人，没有那伟大的魄力，可也不至于忘掉自己。只是不能无视世故人情，我们看时候，看地方，看人，在礼貌与趣味两个条件之下，修饰我们的说话。这儿没有力，只有机智；真正的力不是修饰所可得的。我们所能希望的只是：说得少，说得好。

蒙自杂记

我在蒙自住过五个月，我的家也在那里住过两个月。我现在常常想起这个地方，特别是在人事繁忙的时候。

蒙自小得好，人少得好。看惯了大城的人，见了蒙自的城圈儿会觉得像玩具似的，正像坐惯了普通火车的人，乍踏上个碧石小火车，会觉得像玩具似的一样。但是住下来，就渐渐觉得有意思。城里只有一条大街，不消几趟就走熟了。书店，文具店，点心店，电筒店，差不多闭了眼可以找到门儿。城外的名胜去处，南湖，湖里的崧岛，军山，三山公园，一下午便可走遍，怪省力的。不论城里城外，在路上走，有时候会看不见一个人。整个儿天地仿佛是自己的；自我扩展到无穷远，无穷大。这教我想起了台州和白马湖，在那两处住的时候，也有这种静味。

大街上有一家卖糖粥的，带着卖煎粑粑。桌子凳子乃至碗匙等都很干净，又便宜，我们联大师生照顾的特别多。掌柜是个四川人，姓雷，白发苍苍的。他脸上常挂着微笑，却并不是巴结顾客的样儿。他爱点古玩什么的，每张桌子上，竹器瓷器占着一半儿；糖粥和粑粑便摆在这些桌子上吃。他家里还藏着些“精品”，高兴的时候，会特地去拿来请顾客赏玩一番。老头儿有个老伴儿，带一个伙计，就这么活着，倒也自得其乐。我们管这个铺子叫“雷稀饭”，管那掌柜的也叫这名儿；他的人缘儿是很好的。

城里最可注意的是人家的门对儿。这里许多门对儿都切合着人家的姓。别地方固然也有这么办的，但没有这里的多。散步的时候边看边猜，倒很有意思。但是最多的是抗战的门对儿。昆明也有，不过按比例说，怕不及蒙自的多；多了，就造成一种氛围气，叫在街上走的人不忘记这个时代的这个国家。这似乎也算利用旧形式宣传抗战建国，是值得鼓励的。眼前旧历年就到了，这种抗战春联，大可提倡一下。

蒙自的正式宣传工作，除党部的标语外，教育局的努力，也值得记载。他们将一座旧戏台改为演讲台，又每天张贴油印的广播消息。这都是有益民众的。他们的经费不多，能够逐步做去，是很有希望的。他们又帮忙北大的学生办了一所民众夜校。报名的非常踊跃，但因为教师和座位的关系，只收了二百人。夜校办了两三个月，学生颇认真，成绩相当可观。那时蒙自的联大要搬到昆明来，便只得停了。教育局长向我表示很可惜；看他的态度，他说的是真心话。蒙自的民众相当的乐意接受宣传。联大的学生曾经来过一次灭蝇运动。四五月间蒙自苍蝇真多。有一位朋友在街上笑了一下，一张口便飞进一个去。灭蝇运动之后，街上许多食物铺子，备了冷布罩子，虽然简陋，不能不说是进步。铺子的人常和我们说，“这是你们来了之后才有的呀。”可见他们是很虚心的。

蒙自有个火把节，四乡是在阴历六月二十四晚上，城里是二十五晚上。那晚上城里人家都在门口烧着芦秆或树枝，一处处一堆堆熊熊的火光，围着些男男女女大人小孩；孩子们手里更提着烂布浸油的火球儿晃来晃去的，跳着叫着，冷静的城顿然热闹起来。这火是光，是热，是力量，是青年。四乡地方空阔，都用一棵棵小树烧；想象着一片茫茫的大黑暗里涌起一团团的热火，光景够雄伟的。四乡那些夷人，该更享受这个节，他们该更热烈的跳着叫着罢。这也许是个祓除节，但暗示着生活力的伟大，是个有意义的风俗；在这抗战时期，需要鼓舞精神的时期，它的意义更是深厚。

南湖在冬春两季水很少，有一半简直干得不剩一点二滴儿。但到了夏季，涨得溶溶滟滟的，真是返老还童一般。湖堤上种了成行的由加利树；高而直的干子，不差什么也有“参天”之势。细而长的叶子，像惯于拂水的垂杨，我一站到堤上禁不住想到北平的什刹海。再加上崧岛那一带田田的荷叶，亭亭的荷花，更像什刹海了。崧岛是个好地方，但我看还不如三山公园曲折幽静。这里只有三个小土堆儿。几个朴素小亭儿。可是回旋起伏，树木掩映，这儿那儿更点缀着一些石桌石墩之类；看上去也罢，走起来也罢，都让人有点余味可以咀嚼似的。这不能不感谢那位李崧军长。南湖上的路都是他的军士筑的，崧岛和军山也是他重新修整的；而这个小小的公园，更见出他的匠心。这一带他写的匾额很多。他自然不是书家，不过笔势瘦硬，颇有些英气。

联大租借了海关和东方汇理银行旧址，是蒙自最好的地方。海关里高大的由加利树，和一片软软的绿草是主要的调子，进了门不但心胸一宽，而且周身觉得润润的。树头上好些白鹭，和北平太庙里的“灰鹤”是一类，北方叫做“老等”。那洁白的羽毛，那伶俐的姿态，耐人看，一清早看尤好。在一个角落里有一条灌木林的甬道，夜里月光从叶缝里筛下来，该是顶有趣的。另一个角落长着些芒果树和木瓜树，可惜太阳力量不够，果实结得不肥，但沾着点热带味，也叫人高兴。银行里花多，遍地的颜色，随时都有，不寂寞。最艳丽的要数叶子花。花是浊浓的紫，脉络分明活像叶，一丛丛的，一片片的，真是“浓得化不开”。花开的时候真久。我们四月里去，它就开了，八月里走，它还没谢呢。

外东消夏录

引　子

这个题目是仿的高士奇的《江村消夏录》。那部书似乎专谈书画，我却不能有那么雅，这里只想谈一些世俗的事。这回我从昆明到成都来消夏。消夏本来是避暑的意思。若照这个意思，我简直是闹笑话，因为昆明比成都凉快得多，决无从凉处到热处避暑之理。消夏还有一个新意思，就是换换生活，变变样子。这是外国想头，摩登想头，也有一番大道理。但在这战时，谁还该想这个！我们公教人员谁又敢想这个！可是既然来了，不管为了多俗的事，也不妨取个雅名字，马虎点儿，就算他消夏罢。谁又去打破沙缸问到底呢?

但是问到底的人是有的。去年参加昆明一个夏令营，营地观音山。七月二十三日便散营了。前一两天，有游客问起，我们向他说这是夏令营，就要结束了。他道，“就结束了?夏令完了吗?”这自然是俏皮话。问到底本有两种，一是“耍奸心”，一是死心眼儿。若是耍奸心的话，这儿消夏一词似乎还是站不住。因为动手写的今天是八月二十八日，农历七月初十日，明明已经不是夏天而是秋天。但“录”虽然在秋天，所“录”不妨在夏天;《消夏录》尽可以只录消夏的事，不一定为了消夏而录。还是马虎点儿算了。

外东一词，指的是东门外，跟外西，外南，外北是姊妹花的词儿。成都住的人都懂，但是外省人却弄不明白。这好像是个翻译的名词，跟远东、近东、中东挨肩膀儿。固然为纪实起见，我也可以用草庐或草堂等词，因为我的确住着草房。可是不免高攀诸葛丞相，杜工部之嫌，我怎么敢那样大胆呢?我家是住在一所尼庵里，叫做“尼庵消夏录”原也未尝不可，但是别人单看题目也许会大吃一惊，我又何必故作惊人之笔呢?因此马马虎虎写下“外东消夏录”这个老老实实的题目。

夜大学

四川大学开办夜校，值得我们注意。我觉得与其匆匆忙忙新办一些大学或独立学院，不重质而重量，还不如让一些有历史的大学办办夜校的好。

眉毛高的人也许觉得夜校总不像一回事似的。但是把毕业年限定得长些，也就差不多。东吴大学夜校的成绩好像并不坏。大学教育固然注重提高，也该努力普及，普及也是大学的职分。现代大学不应该像修道院，得和一般社会打成一片才是道理。况且中国有历史的大学不多，更是义不容辞的得这么办。

现在百业发展，从业员增多，其中尽有中学毕业或具有同等学力，有志进修无门可入的人。这些人往往将有用的精力消磨在无聊的酬应和不正当的娱乐上。有了大学夜校，他们便有机会增进自己的学识技能。这也就可以增进各项事业的效率，并澄清社会的恶浊空气。

普及大学教育，有夜校，也有夜班，都得在大都市里，才能有足够的从业员来应试入学。入夜校可以得到大学毕业的资格或学位，入夜班却只能得到专科的资格或证书。学位的用处久经规定，专科资格或证书，在中国因从未办过大学夜班，还无人考虑它们的用处。现时只能办夜校；要办夜班，得先请政府规定夜班毕业的出身才成。固然有些人为学问而学问，但各项从业员中这种人大概不多，一般还是功名心切。就这一般人论，用功名来鼓励他们向学，也并不错。大学生选系，不想到功名或出路的又有多少呢？这儿我们得把眉毛放低些。

四川大学夜校分中国文学、商学、法律三组。法律组有东吴的成例，商学是当今的显学，都在意中。只有中国文学是冷货，居然三分天下有其一，好像出乎意外。不过虽是夜校，却是大学，若全无本国文化的科目，未免难乎其为大，这一组设置可以说是很得体的。这样分组的大学夜校还是初试，希望主持的人用全力来办，更希望就学的人不要三心二意的闹个半途而废才好。

人和书

“人和书”是个好名字，王楷元先生的小书取了这个名字，见出他的眼光和品味。

人和书，大而言之就是世界。世界上哪一桩事离开了人？又哪一桩事离得了书？我是说世界是人所知的一切。知者是人，自然离不了人；有知必录，便也离不开书。小而言之，人和书就是历史，人和书造成了历史；再小而言之就是传记，就是王先生这本书叙述和评论的。传记有大幅，有小品，有工笔，有漫画。这本书是小品，是漫画。虽然是大大的圈儿里一个小小的圈儿，可是不含糊是在大圈儿里，所叙的虽小，所见的却大。

这本书分三部分。第一部分是传记，第三部分也是片段的传记，第二部分评介的著作还是传记。王先生有意“引起读者研读传记的兴趣”，自序里说得明白。撰录近代和现代名人轶事，所谓笔记小说，传统很长。这个传统移植到报纸上，也已多年。可见一般人原是喜欢这种小品的。但是“五四”以来，“现在”遮掩了“过去”，一般青年人减少了历史的兴味，对于这类小品不免冷淡了些。他们可还喜欢简短零星的文坛消息等等，足见到底不能离开人和书。

自序里希望读者“对于伟大人物，由景慕而进于效法，人人以圣贤自许，猛勇精进”。这是一个宏愿。近来在《美国文摘》里见到一文，叙述一位作家叫小亚吉尔的，如何因《褴褛的狄克》一部书而成名，如何专写贫儿努力致富的故事，风行全国，鼓舞人心。他写的是“工作和胜利，上进和前进的故事”，在美国文学中创一新派。他的时代虽然在一九二九年以前就过去了，但是许多自己造就的人都还纪念着他的书的深广的影响。可见文学的确有促进人生的力量。王先生的宏愿是可以达成的，有志者大家自勉好了。

成都诗

据说成都是中国第四大城。城太大了，要指出它的特色倒不易。说是有些像北平，不错，有些个。既像北平，似乎就不成其为特色了？然而不然，妙处在像而不像。我记得一首小诗，多少能够抓住这一点儿，也就多少能够抓住这座大城。

这是易君左先生的诗，题目好像就是“成都”两个字。诗道：

细雨成都路，微尘护落花。据门撑古木，绕屋噪栖鸦。入暮旋收市，凌晨即品茶。承平风味足，楚客独兴嗟。

住过成都的人该能够领略这首诗的妙处。它抓住了成都的闲味。北平也闲得可以的，但成都的闲是成都的闲，像而不像，非细辨不知。

“绕屋噪栖鸦”，自然是那些“据门撑”着的“古木”上栖鸦在噪着。这正是“入暮”的声音和颜色。但是吵着的东南城有时也许听不见，西北城人少些，尤其住宅区的少城，白昼也静悄悄的，该听得清楚那悲凉的叫唤罢。

成都春天常有毛毛雨，而成都花多，爱花的人家也多，毛毛雨的春天倒正是养花天气。那时节真所谓“天街小雨润如酥”，路相当好，有点泥滑滑，却不至于“行不得也哥哥”。缓缓的走着，呼吸着新鲜而润泽的空气，叫人闲到心里，骨头里。若是在庭园中踱着，时而看见一些落花，静静的飘在微尘里，贴在软地上，那更闲得没有影儿。

成都旧宅于门前常栽得有一株泡洞树或黄桷树，粗而且大，往往叫人只见树，不见屋，更不见门洞儿。说是“撑”，一点儿不冤枉，这些树戆粗偃蹇，老气横秋，北平是见不着的。可是这些树都上了年纪，也只闲闲的“据”着“撑”着而已。

成都收市真早。前几年初到，真搞不惯；晚八点回家，街上铺子便劈劈拍拍一片上门声，暗暗淡淡的，够惨。“早睡早起身体好”，农业社会的习惯，其实也不错。这儿人起的也真早，“入暮旋收市，凌晨即品茶”，是不折不扣的实录。

北平的春天短而多风尘，人家门前也有树，可是成行的多，独据的少。有茶楼，可是不普及，也不够热闹的。北平的闲又是一副格局，这里无须详论。“楚客”是易先生自称。他“兴嗟”于成都的“承平风味”。但诗中写出的“承平风味”，其实无伤于抗战；我们该嗟叹的恐怕是别有所在的。我倒是在想，这种“承平风味”战后还能“承”下去不能呢？在工业化的新中国里，成都这座大城该不能老是这么闲着罢。

蛇　尾

动手写《引子》的时候，一鼓作气，好像要写成一本书。但是写完了上一段，不觉再三衰竭了。到底已是秋天，无夏可消，也就“录”不下去了。古人说得好，“乘兴而来，兴尽而返”，只好以此解嘲。这真是蛇尾，虽然并不见虎头。本想写完上段就戛然而止，来个神龙见首不见尾。可是虎头还够不上，还闹什么神龙呢？话说回来，虎头既然够不上，蛇尾也就称不得，老实点，称为蛇足，倒还有个样儿。

1941 年

择偶记

自己是长子长孙，所以不到十一岁就说起媳妇来了。那时对于媳妇这件事简直茫然，不知怎么一来，就已经说上了。是曾祖母娘家人，在江苏北部一个小县份的乡下住着。家里人都在那里住过很久，大概也带着我；只是太笨了，记忆里没有留下一点影子。祖母常常躺在烟榻上讲那边的事，提着这个那个乡下人的名字。起初一切都像只在那白腾腾的烟气里。日子久了，不知不觉熟悉起来了，亲昵起来了。除了住的地方，当时觉得那叫做“花园庄”的乡下实在是最有趣的地方了。因此听说媳妇就定在那里，倒也仿佛理所当然，毫无意见。每年那边田上有人来，蓝布短打扮，衔着旱烟管，带好些大麦粉，白薯干儿之类。他们偶然也和家里人提到那位小姐，大概比我大四岁，个儿高，小脚；但是那时我热心的其实还是那些大麦粉和白薯干儿。

记得是十二岁上，那边捎信来，说小姐痨病死了。家里并没有人叹惜；大约他们看见她时她还小，年代一多，也就想不清是怎样一个人了。父亲其时在外省做官，母亲颇为我亲事着急，便托了常来做衣服的裁缝做媒。为的是裁缝走的人家多，而且可以看见太太小姐。主意并没有错，裁缝来说一家人家，有钱，两位小姐，一位是姨太太生的；他给说的是正太太生的大小姐。他说那边要相亲。母亲答应了，定下日子，由裁缝带我上茶馆。记得那是冬天，到日子母亲让我穿上枣红宁绸袍子，黑宁绸马褂，戴上红帽结儿的黑缎瓜皮小帽，又叮嘱自己留心些。茶馆里遇见那位相亲的先生，方面大耳，同我现在年纪差不多，布袍布马褂，像是给谁穿着孝。这个人倒是慈祥的样子，不住地打量我，也问了些念什么书一类的话。回来裁缝说人家看得很细：说我的“人中”长，不是短寿的样子，又看我走路，怕脚上有毛病。总算让人家看中了，该我们看人家了。母亲派亲信的老妈子去。老妈子的报告是，大小姐个儿比我大得多，坐下去满满一圈椅；二小姐倒苗苗条条的。母亲说胖了不能生育，像亲戚里谁谁谁；教裁缝说二小姐。那边似乎生了气，不答应，事情就摧了。

母亲在牌桌上遇见一位太太，她有个女儿，透着聪明伶俐。母亲有了心，回家说那姑娘和我同年，跳来跳去的，还是个孩子。隔了些日子，便托人探探那边口气。那边做的官似乎比父亲的更小，那时正是光复的前年，还讲究这些，所以他们乐意做这门亲。事情已到九成九，忽然出了岔子。本家叔祖母用的一个寡妇老妈子熟悉这家子的事，不知怎么教母亲打听着了。叫她来问，她的话遮遮掩掩的。到底问出来了，原来那小姑娘是抱来的，可是她一家很宠她，和亲生的一样。母亲心冷了。过了两年，听说她已生了痨病，吸上鸦片烟了。母亲说，幸亏当时没有定下来。我已懂得一些事了，也这末想着。

光复那年，父亲生伤寒病，请了许多医生看。最后请着一位武先生，那便是我后来的岳父。有一天，常去请医生的听差回来说，医生家有位小姐。父亲既然病着，母亲自然更该担心我的事。一听这话，便追问下去。听差原只顺口谈天，也说不出个所以然。母亲便在医生来时，教人问他轿夫，那位小姐是不是他家的。轿夫说是的。母亲便和父亲商量，托舅舅问医生的意思。那天我正在父亲病榻旁，听见他们的对话。舅舅问明了小姐还没有人家，便说，像×翁这样人家怎末样？医生说，很好呀。话到此为止，接着便是相亲；还是母亲那个亲信的老妈子去。这回报告不坏，说就是脚大些。事情这样定局，母亲教轿夫回去说，让小姐裹上点儿脚。妻嫁过来后，说相亲的时候早躲开了，看见的是另一个人。至于轿夫捎的信儿，却引起了一段小小风波。岳父对岳母说，早教你给她裹脚，你不信；瞧，人家怎末说来着！岳母说，偏偏不裹，看他家怎末样！可是到底采取了折衷的办法，直到妻嫁过来的时候。

1934年3月作

背影

我与父亲不相见已二年余了，我最不能忘记的是他的背影。那年冬天，祖母死了，父亲的差使也交卸了，正是祸不单行的日子，我从北京到徐州，打算跟着父亲奔丧回家。到徐州见着父亲，看见满院狼藉的东西，又想起祖母，不禁簌簌地流下眼泪。父亲说，“事已如此，不必难过，好在天无绝人之路！”

回家变卖典质，父亲还了亏空；又借钱办了丧事。这些日子，家中光景很是惨淡，一半为了丧事，一半为了父亲赋闲。丧事完毕，父亲要到南京谋事，我也要回北京念书，我们便同行。

到南京时，有朋友约去游逛，勾留了一日；第二日上午便须渡江到浦口，下午上车北去。父亲因为事忙，本已说定不送我，叫旅馆里一个熟识的茶房陪我同去。他再三嘱咐茶房，甚是仔细。但他终于不放心，怕茶房不妥帖；颇踌躇了一会。其实我那年已二十岁，北京已来往过两三次，是没有甚么要紧的了。他踌躇了一会，终于决定还是自己送我去。我两三回劝他不必去；他只说，“不要紧，他们去不好！”

我们过了江，进了车站。我买票，他忙着照看行李。行李太多了，得向脚夫行些小费，才可过去。他便又忙着和他们讲价钱。我那时真是聪明过分，总觉他说话不大漂亮，非自己插嘴不可。但他终于讲定了价钱；就送我上车。他给我拣定了靠车门的一张椅子；我将他给我做的紫毛大衣铺好坐位。他嘱我路上小心，夜里警醒些，不要受凉。又嘱托茶房好好照应我。我心里暗笑他的迂，他们只认得钱，托他们真是白托！而且我这样大年纪的人，难道还不能料理自己么？唉，我现在想想，那时真是太聪明了！

我说道，“爸爸，你走吧。”他望车外看了看，说，“我买几个橘子去。你就在此地，不要走动。”我看那边月台的栅栏外有几个卖东西的等着顾客。走到那边月台，须穿过铁道，须跳下去又爬上去。父亲是一个胖子，走过去自然要费事些。我本来要去的，他不肯，只好让他去。我看见他戴着黑布小帽，穿着黑布大马褂，深青布棉袍，蹒跚地走到铁道边，慢慢探身下去，尚不大难。可是他穿过铁道，要爬上那边月台，就不容易了。他用两手攀着上面，两脚再向上缩；他肥胖的身子向左微倾，显出努力的样子。这时我看见他的背影，我的泪很快地流下来了。我赶紧拭干了泪，怕他看见，也怕别人看见。我再向外看时，他已抱了朱红的橘子望回走了。过铁道时，他先将橘子散放在地上，自己慢慢爬下，再抱起橘子走。到这边时，我赶紧去搀他。他和我走到车上，将橘子一股脑儿放在我的皮大衣上。于是扑扑衣上的泥土，心里很轻松似的，过一会说，“我走了；到那边来信！”我望着他走出去。他走了几步，回过头看见我，说，“进去吧，里边没人。”等他的背影混入来来往往的人里，再找不着了，我便进来坐下，我的眼泪又来了。

近几年来，父亲和我都是东奔西走，家中光景是一日不如一日。他少年出外谋生，独力支持，做了许多大事。那知老境却如此颓唐！他触目伤怀，自然情不能自已。情郁于中，自然要发之于外；家庭琐屑便往往触他之怒。他待我渐渐不同往日。但最近两年的不见，他终于忘却我的不好，只是惦记着我，惦记着我的儿子。我北来后，他写了一信给我，信中说道，“我身体平安，惟膀子疼痛利害，举箸提笔，诸多不便，大约大去之期不远矣。”我读到此处，在晶莹的泪光中，又看见那肥胖的，青布棉袍，黑布马褂的背影。唉！我不知何时再能与他相见！

1925 年 10 月在北京

一封信

在北京住了两年多了，一切平平常常地过去。要说福气，这也是福气了。因为平平常常，正像“糊涂”一样“难得”，特别是在“这年头”。但不知怎的，总不时想着在那儿过了五六年转徙无常的生活的南方。转徙无常，诚然算不得好日子；但要说到人生味，怕倒比平平常常时候容易深切地感着。现在终日看见一样的脸板板的天，灰蓬蓬的地；大柳高槐，只是大柳高槐而已。于是木木然，心上什么也没有；有的只是自己，自己的家。我想着我的渺小，有些战栗起来；清福究竟也不容易享的。

这几天似乎有些异样。像一叶扁舟在无边的大海上，像一个猎人在无尽的森林里。走路，说话，都要费很大的力气；还不能如意。心里是一团乱麻，也可说是一团火。似乎在挣扎着，要明白些什么，但似乎什么也没有明白。“一部《十七史》，从何处说起”，正可借来作近日的我的注脚。昨天忽然有人提起《我的南方》的诗。这是两年前初到北京，在一个村店里，喝了两杯“莲花白”以后，信笔涂出来的。于今想起那情景，似乎有些渺茫；至于诗中所说的，那更是遥遥乎远哉了，但是事情是这样凑巧：今天吃了午饭，偶然抽一本旧杂志来消遣，却翻着了三年前给S的一封信。信里说着台州，在上海，杭州，宁波之南的台州。这真是“我的南方”了。我正苦于想不出，这却指引我一条路，虽然只是“一条”路而已。

我不忘记台州的山水，台州的紫藤花，台州的春日，我也不能忘记S。他从前欢喜喝酒，欢喜骂人；但他是个有天真的人。他待朋友真不错。L从湖南到宁波去找他，不名一文；他陪他喝了半年酒才分手。他去年结了婚。为结婚的事烦恼了几个整年的他，这算是叶落归根了；但他也与我一样，已快上那“中年”的线了吧。结婚后我们见过一次，匆匆的一次。我想，他也和一切人一样，结了婚终于是结了婚的样子了吧。但我老只是记着他那喝醉了酒，很妩媚的骂人的意态；这在他或已懊悔着了。

南方这一年的变动，是人的意想所赶不上的。我起初还知道他的踪迹；这半年是什么也不知道了。他到底是怎样地过着这狂风似的日子呢？我所沉吟的正在此。我说过大海，他正是大海上的一个小浪；我说过森林，他正是森林里的一只小鸟。恕我，恕我，我向那里去找你？

这封信曾印在台州师范学校的《绿丝》上。我现在重印在这里；这是我眼前一个很好的自慰的法子。

S兄：

…………

我对于台州，永远不能忘记！我第一日到六师校时，系由埠头坐了轿子去的。轿子走的都是僻路；使我诧异，为什么堂堂一个府城，竟会这样冷静！那时正是春天，而因天气的薄阴和道路的幽寂，使我宛然如入了秋之国土。约莫到了卖冲桥边，我看见那清绿的北固山，下面点缀着几带朴实的洋房子，心胸顿然开朗，仿佛微微的风拂过我的面孔似的。到了校里，登楼一望，见远山之上，都幂着白云。四面全无人声，也无人影；天上的鸟也无一只。只背后山上谡谡的松风略略可听而已。那时我真脱却人间烟火气而飘飘欲仙了！后来我虽然发见了那座楼实在太坏了：柱子如鸡骨，地板如鸡皮！但自然的宽大使我忘记了那房屋的狭窄。我于是曾好几次爬到北固山的顶上，去领略那飕飕的高风，看那低低的，小小的，绿绿的田亩。这是我最高兴的。

来信说起紫藤花，我真爱那紫藤花！在那样朴陋——现在大概不那样朴陋了吧——的房子里，庭院中，竟有那样雄伟，那样繁华的紫藤花，真令我十二分惊诧！她的雄伟与繁华遮住了那朴陋，使人一对照，反觉朴陋倒是不可少似的，使人幻想“美好的昔日”！我也曾几度在花下徘徊：那时学生都上课去了，只剩我一人。暖和的晴日，鲜艳的花色，嗡嗡的蜜蜂，酝酿着一庭的春意。我自己如浮在茫茫的春之海里，不知怎么是好！那花真好看：苍老虬劲的枝干，这么粗这么粗的枝干，宛转腾挪而上；谁知她的纤指会那样嫩，那样艳丽呢？那花真好看：一缕缕垂垂的细丝，将她们悬在那皴裂的臂上，临风婀娜，真像嘻嘻哈哈的小姑娘，真像凝妆的少妇，像两颊又像双臂，像胭脂又像粉……我在他们下课的时候，又曾几度在楼头眺望：那丰姿更是撩人：云哟，霞哟，仙女哟！我离开台州以后，永远没见过那样好的紫藤花，我真惦记她，我真妒羡你们！

此外，南山殿望江楼上看浮桥（现在早已没有了），看憧憧的人在长长的桥上往来着；东湖水阁上，九折桥上看柳色和水光，看钓鱼的人；府后山沿路看田野，看天；南门外看梨花——再回到北固山，冬天在医院前看山上的雪；都是我喜欢的。说来可笑，我还记得我从前住过的旧仓头杨姓的房子里的一张画桌；那是一张红漆的，一丈光景长而狭的画桌，我放它在我楼上的窗前，在上面读书，和人谈话，过了我半年的生活。现在想已搁起来无人用了吧？唉！

台州一般的人真是和自然一样朴实；我一年里只见过三个上海装束的流氓！学生中我颇有记得的。前些时有位P君写信给我，我虽未有工夫作复，但心中很感谢！乘此机会请你为我转告一句。

我写的已多了；这些胡乱的话，不知可附载在《绿丝》的末尾，使它和我的旧友见见面么？

弟　自清

1927年9月27日

怀魏握青君

两年前差不多也是这些日子吧，我邀了几个熟朋友，在雪香斋给握青送行。雪香斋以绍酒著名。这几个人多半是浙江人，握青也是的，而又有一两个是酒徒，所以便拣了这地方。说到酒，莲花白太腻，白干太烈；一是北方的佳人，一是关西的大汉，都不宜于浅斟低酌。只有黄酒，如温旧书，如对故友，真是醰醰有味。只可惜雪香斋的酒还上了色；若是"竹叶青"，那就更妙了。握青是到美国留学去，要住上三年；这么远的路，这么多的日子，大家确有些惜别，所以那晚酒都喝得不少。出门分手，握青又要我去中天看电影。我坐下直觉头晕。握青说电影如何如何，我只糊糊涂涂听着；几回想张眼看，却什么也看不出。终于支持不住，出其不意，哇地吐出来了。观众都吃一惊，附近的人全堵上了鼻子；这真有些惶恐。握青扶我回到旅馆，他也吐了。但我们心里都觉得这一晚很痛快。我想握青该还记得那种狼狈的光景吧？

我与握青相识，是在东南大学。那时正是暑假，中华教育改进社借那儿开会。我与方光焘君去旁听，偶然遇着握青；方君是他的同乡，一向认识，便给我们介绍了。那时我只知道他很活动，会交际而已。匆匆一面，便未再见。三年前，我北来作教，恰好与他同事。我初到，许多事都不知怎样做好；他给了我许多帮助。我们同住在一个院子里，吃饭也在一处。因此常和他谈论。我渐渐知道他不只是很活动，会交际；他有他的真心，他有他的锐眼，他也有他的傻样子。许多朋友都以为他是个傻小子，大家都叫他老魏，连听差背地里也是这样叫他；这个太亲昵的称呼，只有他有。

但他决不如我们所想的那么“傻”，他是个玩世不恭的人——至少我在北京见着他是如此。那时他已一度受过人生的戒，从前所有多或少的严肃气分，暂时都隐藏起来了；剩下的只是那冷然的玩弄一切的态度。我们知道这种剑锋般的态度，若赤裸裸地露出，便是自己矛盾，所以总得用了什么法子盖藏着。他用的是一副傻子的面具。我有时要揭开他这副面具，他便说我是《语丝》派。但他知道我，并不比我知道他少。他能由我一个短语，知道全篇的故事。他对于别人，也能知道；但只默喻着，不大肯说出。他的玩世，在有些事情上，也许太随便些。但以或种意义说，他要复仇；人总是人，又有什么办法呢？至少我是原谅他的。

以上其实也只说得他的一面；他有时也能为人尽心竭力。他曾为我决定一件极为难的事。我们沿着墙根，走了不知多少趟；他源源本本，条分缕析地将形势剖解给我听。你想，这岂是傻子所能做的？幸亏有这一面，他还能高高兴兴过日子；不然，没有笑，没有泪，只有冷脸，只有“鬼脸”，岂不郁郁地闷煞人！

我最不能忘的，是他动身前不多时的一个月夜。电灯灭后，月光照了满院，柏树森森地竦立着。屋内人都睡了；我们站在月光里，柏树旁，看着自己的影子。他轻轻地诉说他生平冒险的故事。说一会，静默一会。这是一个幽奇的境界。他叙述时，脸上隐约浮着微笑，就是他心地平静时常浮在他脸上的微笑；一面偏着头，老像发问似的。这种月光，这种院子，这种柏树，这种谈话，都很可珍贵；就由握青自己再来一次，怕也不一样的。

他走之前，很愿我做些文字送他；但又用玩世的态度说，“怕不肯吧？我晓得，你不肯的。”我说，“一定做，而且一定写成一幅横披——只是字不行些。”但是我惭愧我的懒，那“一定”早已几乎变成“不肯”了！而且他来了两封信，我竟未复只字。这叫我怎样说好呢？我实在有种坏脾气，觉得路太遥远，竟有些渺茫一般，什么便都因循下来了。好在他的成绩很好，我是知道的；只此就很够了。别的，反正他明年就回来，我们再好好地谈几次，这是要紧的。——我想，握青也许不那么玩世了吧。

1928 年 5 月 25 日夜

荷塘月色

这几天心里颇不宁静。今晚在院子里坐着乘凉，忽然想起日日走过的荷塘，在这满月的光里，总该另有一番样子吧。月亮渐渐地升高了，墙外马路上孩子们的欢笑，已经听不见了；妻在屋里拍着闰儿，迷迷糊糊地哼着眠歌。我悄悄地披了大衫，带上门出去。

沿着荷塘，是一条曲折的小煤屑路。这是一条幽僻的路；白天也少人走，夜晚更加寂寞。荷塘四面，长着许多树，蓊蓊郁郁的。路的一旁，是些杨柳，和一些不知道名字的树。没有月光的晚上，这路上阴森森的，有些怕人。今晚却很好，虽然月光也还是淡淡的。

路上只我一个人，背着手踱着。这一片天地好像是我的；我也像超出了平常的自己，到了另一世界里。我爱热闹，也爱冷静；爱群居，也爱独处。像今晚上，一个人在这苍茫的月下，什么都可以想，什么都可以不想，便觉是个自由的人。白天里一定要做的事，一定要说的话，现在都可不理。这是独处的妙处，我且受用这无边的荷香月色好了。

曲曲折折的荷塘上面，弥望的是田田的叶子。叶子出水很高，像亭亭的舞女的裙。层层的叶子中间，零星地点缀着些白花，有袅娜地开着的，有羞涩地打着朵儿的；正如一粒粒的明珠，又如碧天里的星星，又如刚出浴的美人。微风过处，送来缕缕清香，仿佛远处高楼上渺茫的歌声似的。这时候叶子与花也有一丝的颤动，像闪电般，霎时传过荷塘的那边去了。叶子本是肩并肩密密地挨着，这便宛然有了一道凝碧的波痕。叶子底下是脉脉的流水，遮住了，不能见一些颜色；而叶子却更见风致了。

月光如流水一般，静静地泻在这一片叶子和花上。薄薄的青雾浮起在荷塘里。叶子和花仿佛在牛乳中洗过一样；又像笼着轻纱的梦。虽然是满月，天上却有一层淡淡的云，所以不能朗照；但我以为这恰是到了好处——酣眠固不可少，小睡也别有风味的。月光是隔了树照过来的，高处丛生的灌木，落下参差的斑驳的黑影，峭楞楞如鬼一般；弯弯的杨柳的稀疏的倩影，却又像是画在荷叶上。塘中的月色并不均匀；但光与影有着和谐的旋律，如梵婀玲上奏着的名曲。

荷塘的四面，远远近近，高高低低都是树，而杨柳最多。这些树将一片荷塘重重围住；只在小路一旁，漏着几段空隙，像是特为月光留下的。树色一例是阴阴的，乍看像一团烟雾；但杨柳的丰姿，便在烟雾里也辨得出。树梢上隐隐约约的是一带远山，只有些大意罢了。树缝里也漏着一两点路灯光，没精打采的，是渴睡人的眼。这时候最热闹的，要数树上的蝉声与水里的蛙声；

但热闹是它们的，我什么也没有。

忽然想起采莲的事情来了。采莲是江南的旧俗，似乎很早就有，而六朝时为盛；从诗歌里可以约略知道。采莲的是少年的女子，她们是荡着小船，唱着艳歌去的。采莲人不用说很多，还有看采莲的人。那是一个热闹的季节，也是一个风流的季节。梁元帝《采莲赋》里说得好：

于是妖童媛女，荡舟心许；鹢首徐回，兼传羽杯；櫂将移而藻挂，船欲动而萍开。尔其纤腰束素，迁延顾步；夏始春余，叶嫩花初，恐沾裳而浅笑，畏倾船而敛裾。

可见当时嬉游的光景了。这真是有趣的事，可惜我们现在早已无福消受了。

于是又记起《西洲曲》里的句子：

采莲南塘秋，莲花过人头；低头弄莲子，莲子清如水。

今晚若有采莲人，这儿的莲花也算得"过人头"了；只不见一些流水的影子，是不行的。这令我到底惦着江南了。——这样想着，猛一抬头，不觉已是自己的门前；轻轻地推门进去，什么声息也没有，妻已睡熟好久了。

1927年7月，北京清华园。

看花

生长在大江北岸一个城市里，那儿的园林本是著名的，但近来却很少；似乎自幼就不曾听见过“我们今天看花去”一类话，可见花事是不盛的。有些爱花的人，大都只是将花栽在盆里，一盆盆搁在架上；架子横放在院子里。院子照例是小小的，只够放下一个架子；架上至多搁二十多盆花罢了。有时院子里依墙筑起一座“花台”，台上种一株开花的树；也有在院子里地上种的。但这只是普通的点缀，不算是爱花。

家里人似乎都不甚爱花；父亲只在领我们上街时，偶然和我们到“花房”里去过一两回。但我们住过一所房子，有一座小花园，是房东家的。那里有树，有花架（大约是紫藤花架之类），但我当时还小，不知道那些花木的名字；只记得爬在墙上的是蔷薇而已。园中还有一座太湖石堆成的洞门；现在想来，似乎也还好的。在那时由一个顽皮的少年仆人领了我去，却只知道跑来跑去捉蝴蝶；有时掐下几朵花，也只是随意挼弄着，随意丢弃了。至于领略花的趣味，那是以后的事：夏天的早晨，我们那地方有乡下的姑娘在各处街巷，沿门叫着，“卖栀子花来。”栀子花不是什么高品，但我喜欢那白而晕黄的颜色和那肥肥的个儿，正和那些卖花的姑娘有着相似的韵味。栀子花的香，浓而不烈，清而不淡，也是我乐意的。我这样便爱起花来了。也许有人会问，“你爱的不是花吧?”这个我自己其实也已不大弄得清楚，只好存而不论了。

在高小的一个春天，有人提议到城外 F 寺里吃桃子去，而且预备白吃；不让吃就闹一场，甚至打一架也不在乎。那时虽远在五四运动以前，但我们那里的中学生却常有打进戏园看白戏的事。中学生能白看戏，小学生为什么不能白吃桃子呢？我们都这样想，便由那提议人纠合了十几个同学，浩浩荡荡地向城外而去。到了 F 寺，气势不凡地呵叱着道人们（我们称寺里的工人为道人），立刻领我们向桃园里去。道人们踌躇着说：“现在桃树刚才开花呢。”但是谁信道人们的话？我们终于到了桃园里。大家都丧了气，原来花是真开着呢！这时提议人 P 君便去折花。道人们是一直步步跟着的，立刻上前劝阻，而且用起手来。但 P 君是我们中最不好惹的；“说时迟，那时快”，一眨眼，花在他的手里，道人已踉跄在一旁了。那一园子的桃花，想来总该有些可看；我们却谁也没有想着去看。只嚷着，“没有桃子，得沏茶喝!”道人们满肚子委屈地引我们到“方丈”里，大家各喝一大杯茶。这才平了气，谈谈笑笑地进城去。大概我那时还只懂得爱一朵朵的栀子花，对于开在树上的桃花，是并不了然的；所以眼前的机会，便从眼前错过了。

以后渐渐念了些看花的诗，觉得看花颇有些意思。但到北平读了几年书，却只到过崇效寺一次；而去得又嫌早些，那有名的一株绿牡丹还未开呢。北平看花的事很盛，看花的地方也很多；但那时热闹的似乎也只有一班诗人名士，其余还是不相干的。那正是新文学运动的起头，我们这些少年，对于旧诗和那一班诗人名士，实在有些不敬；而看花的地方又都远不可言，我是一个懒人，便干脆地断了那条心了。后来到杭州做事，遇见了Y君，他是新诗人兼旧诗人，看花的兴致很好。我和他常到孤山去看梅花。孤山的梅花是古今有名的，但太少；又没有临水的，人也太多。有一回坐在放鹤亭上喝茶，来了一个方面有须，穿着花缎马褂的人，用湖南口音和人打招呼道，“梅花盛开嗒！”“盛”字说得特别重，使我吃了一惊；但我吃惊的也只是说在他嘴里“盛”这个声音罢了，花的盛不盛，在我倒并没有什么的。

有一回，Y来说，灵峰寺有三百株梅花；寺在山里，去的人也少。我和Y，还有N君，从西湖边雇船到岳坟，从岳坟入山。曲曲折折走了好一会，又上了许多石级，才到山上寺里。寺甚小，梅花便在大殿西边园中。园也不大，东墙下有三间净室，最宜喝茶看花；北边有座小山，山上有亭，大约叫“望海亭”吧，望海是未必，但钱塘江与西湖是看得见的。梅树确是不少，密密地低低地整列着。那时已是黄昏，寺里只我们三个游人；梅花并没有开，但那珍珠似的繁星似的骨都儿，已经够可爱了；我们都觉得比孤山上盛开时有味。大殿上正做晚课，送来梵呗的声音，和着梅林中的暗香，真叫我们舍不得回去。在园里徘徊了一会，又在屋里坐了一会，天是黑定了，又没有月色，我们向庙里要了一个旧灯笼，照着下山。路上几乎迷了道，又两次三番地狗咬；我们的Y诗人确有些窘了，但终于到了岳坟。船夫远远迎上来道：“你们来了，我想你们不会冤我呢！”在船上，我们还不离口地说着灵峰的梅花，直到湖边电灯光照到我们的眼。

Y 回北平去了，我也到了白马湖。那边是乡下，只有沿湖与杨柳相间着种了一行小桃树，春天花发时，在风里娇媚地笑着。还有山里的杜鹃花也不少。这些日日在我们眼前，从没有人像煞有介事地提议，“我们看花去”。但有一位 S 君，却特别爱养花；他家里几乎是终年不离花的。我们上他家去，总看他在那里不是拿着剪刀修理枝叶，便是提着壶浇水。我们常乐意看着。他院子里一株紫薇花很好，我们在花旁喝酒，不知多少次。白马湖住了不过一年，我却传染了他那爱花的嗜好。但重到北平时，住在花事很盛的清华园里，接连过了三个春，却从未想到去看一回。只在第二年秋天，曾经和孙三先生在园里看过几次菊花。“清华园之菊”是著名的，孙三先生还特地写了一篇文，画了好些画。但那种一盆一干一花的养法，花是好了，总觉没有天然的风趣。直到去年春天，有了些余闲，在花开前，先向人问了些花的名字。一个好朋友是从知道姓名起的，我想看花也正是如此。恰好 Y 君也常来园中，我们一天三四趟地到那些花下去徘徊。今年 Y 君忙些，我便一个人去。我爱繁花老干的杏，临风婀娜的小红桃，贴梗累累如珠的紫荆；但最恋恋的是西府海棠。海棠的花繁得好，也淡得好；艳极了，却没有一丝荡意。疏疏的高干子，英气隐隐逼人。可惜没有趁着月色看过；王鹏运有两句词道：“只愁淡月朦胧影，难验微波上下潮。”我想月下的海棠花，大约便是这种光景吧。为了海棠，前两天在城里特地冒了大风到中山公园去，看花的人倒也不少；但不知怎的，却忘了畿辅先哲祠。Y 告我那里的一株，遮住了大半个院子；别处的都向上长，这一株却是横里伸张的。花的繁没有法说；海棠本无香，昔人常以为恨，这里花太繁了，却酝酿出一种淡淡的香气，使人久闻不倦。Y 告我，正是刮了一日还不息的狂风的晚上；他是前一天去的。他说他去时地上已有落花了，这一日一夜的风，准完了。他说北平看花，是要赶着看的：春光太短了，又晴的日子多；今年算是有阴的日子了，但狂风还是逃不了的。我说北平看花，比别处有意思，也正在此。这时候，我似乎不甚菲薄那一班诗人名士了。

1930 年 4 月

论无话可说

十年前我写过诗；后来不写诗了，写散文；人中年以后，散文也不大写得出了——现在是，比散文还要“散”的无话可说！许多人苦于有话说不出，另有许多人苦于有话无处说；他们的苦还在话中，我这无话可说的苦却在话外。我觉得自己是一张枯叶，一张烂纸，在这个大时代里。

在别处说过，我的“忆的路”是“平如砥”“直如矢”的；我永远不曾有过惊心动魄的生活，即使在别人想来最风华的少年时代。我的颜色永远是灰的。我的职业是三个教书；我的朋友永远是那么几个，我的女人永远是那么一个。有些人生活太丰富了，太复杂了，会忘记自己，看不清楚自己，我是什么时候都“了了玲玲地”知道，记住，自己是怎样简单的一个人。

但是为什么还会写出诗文呢？——虽然都是些废话。这是时代为之！十年前正是五四运动的时期，大伙儿蓬蓬勃勃的朝气，紧逼着我这个年轻的学生；于是乎跟着人家的脚印，也说说什么自然，什么人生。但这只是些范畴而已。我是个懒人，平心而论，又不曾遭过怎样了不得的逆境；既不深思力索，又未亲自体验，范畴终于只是范畴，此处也只是廉价的，新瓶里装旧酒的感伤。当时芝麻黄豆大的事，都不惜郑重地写出来，现在看看，苦笑而已。

先驱者告诉我们说自己的话。不幸这些自己往往是简单的，说来说去是那一套；终于说的听的都腻了。——我便是其中的一个。这些人自己其实并没有什么话，只是说些中外贤哲说过的和并世少年将说的话。真正有自己的话要说的是不多的几个人；因为真正一面生活一面吟味那生活的只有不多的几个人。一般人只是生活，按着不同的程度照例生活。

这点简单的意思也还是到中年才觉出的；少年时多少有些热气，想不到这里。中年人无论怎样不好，但看事看得清楚，看得开，却是可取的。这时候眼前没有雾，顶上没有云彩，有的只是自己的路。他负着经验的担子，一步步踏上这条无尽的然而实在的路。他回看少年人那些情感的玩意，觉得一种轻松的意味。他乐意分析他背上的经验，不止是少年时的那些；他不愿远远地捉摸，而愿剥开来细细地看。也知道剥开后便没了那跳跃着的力量，但他不在乎这个，他明白在冷静中有他所需要的。这时候他若偶然说话，决不会是感伤的或印象的，他要告诉你怎样走着他的路，不然就是，所剥开的是些什么玩意。但中年人是很胆小的；他听别人的话渐渐多了，说了的他不说，说得好的他不说。所以终于往往无话可说——特别是一个寻常的人像我。但沉默又是寻常的人所难堪的，我说苦在话外，以此。

中年人若还打着少年人的调子，——姑不论调子的好坏——原也未尝不可，只总觉“像煞有介事”。他要用很大的力量去写出那冒着热气或流着眼泪的话；一个神经敏锐的人对于这个是不容易忍耐的，无论在自己在别人。这好比上了年纪的太太小姐们还涂脂抹粉地到大庭广众里去卖弄一般，是殊可不必的了。

其实这些都可以说是废话，只要想一想咱们这年头。这年头要的是“代言人”，而且将一切说话的都看作“代言人”；压根儿就无所谓自己的话。这样一来，如我辈者，倒可以将从前狂妄之罪减轻，而现在是更无话可说了。

但近来在戴译《唯物史观的文学论》里看到，法国俗语“无话可说”竟与“一切皆好”同意。呜呼，这是多么损的一句话，对于我，对于我的时代！

1931 年 3 月

白马湖

今天是个下雨的日子。这使我想起了白马湖；因为我第一回到白马湖，正是微风飘萧的春日。

白马湖在甬绍铁道的驿亭站，是个极小极小的乡下地方。在北方说起这个名字，管保一百个人一百个人不知道。但那却是一个不坏的地方。这名字先就是一个不坏的名字。据说从前（宋时?）有个姓周的骑白马入湖仙去，所以有这个名字。这个故事也是一个不坏的故事。假使你乐意搜集，或也可编成一本小书，交北新书局印去。

白马湖并非圆圆的或方方的一个湖，如你所想到的，这是曲曲折折大大小小许多湖的总名。湖水清极了，如你所能想到的，一点儿不含糊像镜子。沿铁路的水，再没有比这里清的，这是公论。遇到旱年的夏季，别处湖里都长了草，这里却还是一清如故。白马湖最大的，也是最好的一个，便是我们住过的屋的门前那一个。那个湖不算小，但湖口让两面的山包抄住了。外面只见微微的碧波而已，想不到有那么大的一片。湖的尽里头，有一个三四十户人家的村落，叫做西徐岙，因为姓徐的多。这村落与外面本是不相通的，村里人要出来得撑船。后来春晖中学在湖边造了房子，这才造了两座玲珑的小木桥，筑起一道煤屑路，直通到驿亭车站。那是窄窄的一条人行路，蜿蜒曲折的，路上虽常不见人，走起来却不见寂寞——尤其在微雨的春天，一个初到的来客，他左顾右盼，是只有觉得热闹的。

春晖中学在湖的最胜处，我们住过的屋也相去不远，是半西式。湖光山色从门里从墙头进来，到我们窗前、桌上。我们几家接连着；丏翁的家最讲究。屋里有名人字画，有古瓷，有铜佛，院子里满种着花。屋子里的陈设又常常变换，给人新鲜的受用。他有这样好的屋子，又是好客如命，我们便不时地上他家里喝老酒。丏翁夫人的烹调也极好，每回总是满满的盘碗拿出来，空空的收回去。白马湖最好的时候是黄昏。湖上的山笼着一层青色的薄雾，在水面映着参差的模糊的影子。水光微微地暗淡，像是一面古铜镜。轻风吹来，有一两缕波纹，但随即平静了。天上偶见几只归鸟，我们看着它们越飞越远，直到不见为止。这个时候便是我们喝酒的时候。我们说话很少；上了灯话才多些，但大家都已微有醉意。是该回家的时候了。若有月光也许还得徘徊一会；若是黑夜，便在暗里摸索醉着回去。

白马湖的春日自然最好。山是青得要滴下来，水是满满的、软软的。小马路的两边，一株间一株地种着小桃与杨柳。小桃上各缀着几朵重瓣的红花，像夜空的疏星。杨柳在暖风里不住地摇曳。在这路上走着，时而听见锐而长的火车的笛声是别有风味的。在春天，不论是晴是雨，是月夜是黑夜，白马湖都好。——雨中田里菜花的颜色最早鲜艳；黑夜虽什么不见，但可静静地受用春天的力量。夏夜也有好处，有月时可以在湖里划小船，四面满是青霭。船上望别的村庄，像是蜃楼海市，浮在水上，迷离惝恍的；有时听见人声或犬吠，大有世外之感。若没有月呢，便在田野里看萤火。那萤火不是一星半点的，如你们在城中所见；那是成千成百的萤火。一片儿飞出来，像金线网似的，又像耍着许多火绳似的。只有一层使我愤恨。那里水田多，蚊子太多，而且几乎全闪闪烁烁是疟蚊子。我们一家都染了疟病，至今三四年了，还有未断根的。蚊子多足以减少露坐夜谈或划船夜游的兴致，这未免是美中不足了。

离开白马湖是三年前的一个冬日。前一晚“别筵”上，有丏翁与云君，我不能忘记丏翁，那是一个真挚豪爽的朋友。但我也不能忘记云君，我应该这样说，那是一个可爱的——孩子。

七月十四日，北平。